JN102679

シェイクスピアは
三度がお好き?!
―沙翁と聖書にみる反復表現―

古庄　信　著

英　宝　社

まえがき

　本書はそのタイトルが示すように、シェイクスピアの作品中に見られる「三度のくり返し」の表現に着目し、言葉の大海（あるいは大宇宙）といったほうがよいほどの膨大な彼のセリフの中で、この手法がいかに効果的に用いられているかを分析し、その結果を読者一人一人が、役者になったつもりで、声に出して朗読することで「名セリフ」を楽しんでもらいたいという趣旨で書かれたものである。

　シェイクスピアの作品を原語で読んでみると、あるいは原語上演の舞台や映画を視聴していると、時として登場人物が、同一の単語または類義語、はたまた類似した語句（フレーズ）や文（センテンス）を用いたくり返しのセリフを吐くことで、独特の言葉のリズムを生み出していることに気がつく。これは、たまたま筆者が読んだ個々の作品に固有の現象かと思いきや、注意深く観察してみると、ほとんどの作品でこの「くり返し」が共通の現象として見られるではないか！愚鈍な当方が気づくほどであるから、さぞかし修辞法の専門家らによって、詳細な研究がなされていることであろうと調べてみると、意外なことに G. L. ブルック (Brook) がその著書 *The Language of Shakespeare* (1976) の第 8 章の中でこの「くり返し」について数行を費やして述べている程度である。[1]

　話は変わるが、シェイクスピアに限らず、英米文学に興味をもち、研究を志す人であれば必ずや、その大きなよりどころの一つとなるのがキリスト教の原典『聖書』(*The Bible*) である。クリスチャンである著者は日曜日の礼拝の度に「主の祈り」[2]を牧師の声に合わせ唱え、牧師が語る説教を聞く。すると面白いことに、これら聖書の箇所にもシェイクスピアと同じ「くり返し」があるではないか！「天にまします我らの父よ、願わくは**御名をあがめさせ給え、御国を来らせ給え、御心の天になるごとく地にもなさせ給え**…（この後「…給え」があと 3 回続く）」[3]（英語の原文は p. 183 を参照）という具合である。聡明な方ならお分かりのように、聖書がシェイクスピアの手法を真似たのではない。シェイクスピアが幼少の頃から読まされ、慣れ親しんだであろう聖書の文体に大いに影響を受けたのである。その聖書はシェイクスピアの英語とともに偉大

な言語文化として 17 世紀前半、清教徒とともに新大陸アメリカへ渡り、現代へと受け継がれ、「反復」の手法は歴代の米国大統領の演説にも見られる。たとえば第 16 代大統領リンカーン（Abraham Lincoln, 1861-65）の有名なゲティスバーグ・アドレスの中の一節：

> … and that government *of the people, by the people, for the people*, shall not perish from the earth.
> 「そして**人民の、人民による、人民々のための**政治は、この地上から消え去ることは決してない。」

次は、リンカーン同様、凶弾に倒れた第 35 代ケネディ大統領（John Fitzgerald Kennedy, 1961-63）の就任演説の一節：

> So *let us* begin anew—remembering on both sides that civility is not a sign of weakness, … *Let us* never negotiate out of fear. But *let us* never fear to negotiate.
> 「それゆえ新たに**始めよう**―丁寧な物言いが弱さの表れではないことを覚えて、…決して恐れるがゆえに交渉することは**やめよう**、だが交渉することを恐れることだけは**やめよう**…」[4]

そしてリンカーンの奴隷解放運動から 135 年後、初の黒人大統領となったオバマ大統領（Barack Obama, 2009-）の選挙戦勝利演説の一節：

> What change will they see? What progress will we have made? *This is our chance* to answer that call. *This is our moment*. *This is our time* to put our people back to work and open doors of opportunity for our kids…
> 「どんな変化を彼らは見るでしょう？どんな進歩を私たちは成し遂げているでしょう？ **今こそ**、その呼びかけに応えるときです。**今こそ**、私たちにとって大事なときです。**今こそ**、国民が仕事に就けるようにし、子供たちに機会を与える扉をひらくときなのです…」

直近では 2021 年 1 月、第 46 代バイデン新大統領が就任演説で、分断に蝕まれたアメリカに結束を呼びかけようと、三度のくり返しを惜しげもなく全文にちりばめた。"And together, we shall write an American story of *hope, not fear*. Of *unity, not division*. Of *light, not darkness*…"

「そして共に米国の物語を綴りましょう、**恐怖ではなく希望**の物語を、**分断で
はなく結束**の、**暗闇ではなく光明**の物語を…」5)

　語や句、文は同様の内容やヴァリエーションが2回以上用いられなけ
れば「くり返し」とはいえないが、シェイクスピアのセリフを観察する
と、2回のくり返しももちろん頻繁に出てくるが、3回の例がそれらに混
じって相当数観察される。ときには4回、5回、あるいはそれ以上の反
復例にもお目にかかることがある。そして、これまで長年に渡って著者
が観察してきた結果から結論を述べるならば、シェイクスピアの作品に
関して、頻度でいえば残念ながら3回よりも2回のくり返しの方が多い。
しかし、劇中で、ヘンリー六世やハムレット、マクベス、オセロー、ポ
ーシャやジュリエット、オフィーリアやデズデモーナらがここぞという
ところで観客に向かって語りかけるとき、彼らの言葉は2回より3回の
くり返しをもって圧倒的に観客の耳に迫るのである。

　本書の構成は全体を5章に分け、1～4章をシェイクスピアの修辞法
について、5章では沙翁のこの修辞法の起源が聖書にあることを証明す
る目的で旧約、新約両聖書から同様の例を取り上げて観察している。

　さあ、読者のみなさん、自分が登場人物になったつもりで、これらの
「くり返し」の名セリフをどうぞ声に出して味わっていただきたい。す
るときっと聴こえてくるでしょう、さざ波のごとくシェイクスピアの
科白が、そして沙翁の言葉の背景には聖書の「言葉、言葉、言葉…」6)が。

---

1) Brook (p. 171, 408)の第8章の中でこの「くり返し」について以下のように述べ
ている。「幾人かの登場人物は、同義語あるいは類義語を重ねるという奇妙な癖を
示している。好みの数は3で、3語の同義語のうち、ひとつは本来語、残りふたつ
はフランス語およびラテン語起源の語で…シェイクスピアでは、この修辞法は、一
つには語いの豊富さをもたらすため、もうひとつはこれらの語のひとつを観客が理
解できない場合に備えたいためである。つまり、残りの単語が注釈の役割を担うの
である。」
2) 英訳聖書の原文 The Lord's Prayer (V 章 p. 183, 199) 参照。
3) 英語の原文は本文 p. 182 を参照。
4) 但し、Kennedy のスピーチでは有名な "Ask not what your country … but ask
what you can do for your country…"のように二度の反復が主となっている。
5) 朝日新聞 2021 年 1 月 22 日朝刊より。
6) *Hamlet*, 2. 2. 192.

目 次

シェイクスピアは
三度がお好き?!

―沙翁と聖書にみる反復表現―

Ⅰ シェイクスピアの歴史劇
における三度のくり返し

I シェイクスピアの歴史劇における三度のくり返し

　シェイクスピアの作品群は、歴史劇、喜劇、悲劇そしてロマンス劇という四つのジャンルに分けるのが一般的であるが、彼の劇作家としての出発はまさに歴史劇から始まった。その第一作が英仏の百年戦争を舞台にしたこの作品『ヘンリー六世　第一部』（以下　1H6　と略）[1]である。処女作ゆえに、本書の主題である修辞法についていえば彼のテクニックは未熟ではと疑いたくなるが、読んでみるとこれは全くの誤解であることがわかる。

『ヘンリー六世　第一部』 *The First Part of Henry the Sixth*

1. 貴族たちのぼやき―英軍敗北の始まり

　ドラマの幕開けは、ウェストミンスター寺院の中、ヘンリー六世の亡き父五世王の葬儀が行われる中、故人の叔父ベッドフォード公爵の嘆きのセリフで始まる。[2]

> *Bedford.* **Hung be the heavens** with black, **yield day** to
> 　　night! 　　　　　　　　　　　　　　　　　　　　　　1
> **Comets**, importing change of times and states,
> **Brandish** your crystal tresses in the sky,
> **And** with them **scourge** the bad revolting stars 　　　4

> 　ベッドフォード　*天は黒雲に覆われ、昼は夜に道を譲るのだ*！
> 　この世に異変をもたらす**彗星は**
> 　きらめく長い尾を大空に*振りかざせ*
> 　そして謀反を起こす邪悪な星々を**鞭打つがよい**　（1H6 1. 1. 1-4）

　イタリック体と網掛で示したように、"Hung be…, yield…, Brandish… And scourge…と命令文の動詞が3つ並ぶ。それらの主語は "the heavens", "day", "Comets"で「人間を取り巻く自然界の要素」を「関連ある概念を列挙する際に、適切な対応語に分離させる[3]」代換法（hypallage）という手法で表している。「この世のすべてが闇に覆われ、彗星が不幸をもたらし邪悪な人々を罰する」と予言しているのだ。

2

続いてグロスター公爵の五世王を偲ぶ言葉。これは首句反復[4]の技法で 3 行の頭に、各々His brandish'd sword,.. . His arms... His sparkling eyes,と五世王にちなむ語句を並べることで「五世王の偉大さ」を表す。

> *Glou.* ***His brandish'd sword*** did blind men with his beams;
> ***His arms*** spread wider than a dragon's wings;
> ***His sparkling eyes***, replete with wrathful fire,　　　　　12

> グロスター　*彼の振りかざした剣は*その光で人々の目をくらませ、
> *彼の広げた両腕は*ドラゴンの翼よりも広く、
> *彼の火花散る両の眼は*、怒りの炎に満ちていた　　　(1H6 1. 1. 10-12)

このように「三つの語句の並列」または「三度の反復」が劇の冒頭から用いられていることがわかる。そして貴族たちの悲しみに追い打ちをかけるように、フランスからの使者が「英軍の仏領土における戦況悪化」の知らせをもって登場する。

> *Messenger.*　　Sad tidings bring I to you out of France,
> ***Of loss, of slaughter,*** and ***discomfiture***:
> Guienne, Champaigne, Rheims, Orleance,...

> 使者　悲しい知らせをもって参りました、フランスから、
> *損失、虐殺、そして敗北*についての：
> ギュイエンヌ、シャンパーニュ、ランス、オルレアンと... (1H6 1. 1. 58-60)

これは「いくつかの句や節が対応した構造をもつ[5]」類節並列（Parison）と呼ばれる例で、1H6 中、11 例が見られ、うち 2 回の反復が 6 例、3 回の反復が 4 例、4 回の反復例が 1 例という割合で見られる。[6] 使者の報告はさらに身内の非難へと変わる。

> *Messenger.*　　***One*** would have ling'ring wars with little cost;
> ***Another*** would fly swift, but wanteth wings;　　　　75
> ***A third*** thinks, without expence at all,
> By guileful fair words peace may be obtain'd.

> 使者　**ある方は** 出費をなるべく抑え、戦争を長引かせようと言い、
> **またある方は** 素早く戦地へ飛んでいきたい、だが翼がない、
> **さらにはこんなお考えの方も**いらっしゃる、金は一文も使わず、
> 巧みな舌先によって和平がもたらされると。(1H6 1.1.74-77)

　このように三人三様の考え方を各々一息で 1〜2 行ずつ、各行頭で
'one... another... a third...'の代名詞を 3 つ並べ簡潔に表現している。

2.　仏軍の苦悩とジャンヌの出現

　さてストーリーは進み、1 幕 1 場でフランスに進軍したイングランド
軍の戦況が使者によって報告されると、場面は次の 1 幕 2 場でフランス・
オルレアンへと移る。一旦は英軍と戦闘を交えるものの英軍に押し返さ
れてあっけなく逃げ帰った自軍の情けなさをフランス皇太子シャルルは
次のように嘆いてみせる。

> *Charles.* Who ever saw the like? What men have I!
> *Dogs! cowards! dastards!*
>
> シャルル　誰がこんなざまを見せたか？何たる部下どもだ！
> **犬！腰抜け！臆病者ら**が！　　　　　　(1H6 1.2.22-23)

　そして一進一退を続けるフランス軍の様子に苦悩する皇太子シャルルの
前に、ついにジャンヌダルク[7]が現れ、自分の勇気と剣の腕前を試させよう
と挑発のセリフをかける。

> *Pucelle.*　My courage by combat, *if thou dar'st,*　89
> And thou shalt find that I exceed my sex.
> Resolve on this: thou shalt be fortunate
> *If thou receive me* for thy warlike mate.　　　　92
>
> 乙女　私の勇気が戦いでどんなものか、もし試してみれば、
> そうすればわかるでしょう、私がただの女じゃないってことが。
> 決めなさい、幸運にめぐまれるでしょう
> もしあなたが私を戦友として受け入れるならば。　(1H6 1.2.89-92)

この 4 行の例は、X＞Y/ Y＞X（主節-従節/従節-主節）というシンメトリカ

ル(symmetrical)な構造で、これは英語表現では一般的によく見られるポ
ピュラーなパターンであるが、一見3回の反復例には見えない。しかし
注意して観察すると、最初の2行(89-90)の'My courage'の前に（Try を
補って「私の勇気を（試してみなさい）」のように解読すると、A (Try)
My courage by combat > B *if thou dar'st* > C thou shalt find、次
の2行(91-92)が A Resolve on this > C thou shalt be fortunate > B
If thou receive のように A > B > C の3つの要素が順番を変えて列挙
されていることがわかる。この'if…'の従節と未来時制の主節の組み合わ
せは "Ask, and it shall be given you,"[8] のような聖書の表現をも感じ
させ、聖書のシェイクスピアに与えた影響を想像せざるをえないが、こ
れは第5章であらためて取り上げる。

3. 仏軍の襲撃に怒るトールボット

　1幕4場〜5場では英軍の英雄トールボットによって三度の反復がし
ばしば見られる。その中で副詞句、疑問文、主節に見られる例を紹介す
る。最初の例は、仏軍から釈放されたトールボットがどんな扱いを受け
たかを3つの名詞で簡潔に切り出す。

> *Salisbury.* Yet tell'st thou not how thou wert entertain'd.
> *Talbot. With* **scoffs** and **scorns** and **contumelious taunts**.
>
> ソールズベリー　ともかく話してくれ、どのようにもてなされたのかを。
> トールボット　*冷笑と、軽蔑と、悪口雑言*をもってです。(1H6 1. 4. 38-39)

　こうしてソールズベリーとトールボットが戦況を語り合っていると、
いきなり仏軍の銃声が響き、ソールズベリーは重傷を負う。そして仏軍
の再度の襲撃にトールボットは驚いて次の3つの疑問文を発する。

> *Talbot.* **What stir is this? What tumult's in the heavens?**
> **Whence cometh this alarum, and the noise?**
>
> トールボット　*何の騒ぎだ、これは？どんな騒動が天に起こった？*
> *あのラッパの音は何の知らせだ、そしてあの物音は？* (1H6 1. 4. 98-99)

次の場面ではジャンヌにトールボットが罵りの言葉を投げかける。

> Talbot.　…*I'll have a bout with thee;*　　4
> Devil or devil's dam, *I'll conjure thee.*
> Blood *will I draw on thee* ―

> トールボット　…　*おまえに対し一騎打ちをしてやろう。*
> 悪魔だか、悪魔のお袋だか知らないが、*おまえに容赦はしないぞ、*
> 血を*流してやる、おまえの上に。*　　(1H6 1. 5. 4-6)

かたや2幕ではオーヴェルニュ伯爵夫人がトールボットを捕らえようと次のセリフを繰り出す。

> Countess.　And I will chain these legs and arms of thine,
> That hast by tyranny these many years　　40
> *Wasted our country, slain our citizens,*
> And *sent our sons and husbands captivate.*

> 伯爵夫人　縛りつけてやろう、お前の両脚と両手を、
> 長年にわたり暴虐をほしいままにしてきた挙句、
> *わが国土を荒れ果てさせ、わが民を殺害し、*
> *息子たち、夫たちを捕虜としてきた*のだからな。　(1H6 2. 3. 39-42)

4. モーティマーの嘆き

　謀反のかどでロンドン塔に幽閉されていたモーティマーが繰り出す次の名詞句3回反復（あるいは並列）の例は圧巻である。1行目の 'my limbs' から始まり 'from top to toe' の順番で 'these grey locks' > 'These eyes' > 'shoulders' > 'arms' > 'these feet' と至る自分の「五体」が、牢獄に捕らわれ、「いかに老い果てた」か、まもなく息を引き取る運命にあるモーティマー自身によって語られている。

> Mortimer.　So fare *my limbs* with long imprisonment
> And *these grey locks*, the pursuivants *of* death,
> Nestor-like aged, in an age *of* care,　　5
> Argue the end *of Edmund Mortimer.*
> *These eyes*, like lamps whose wasting oil is spent
> Wax dim, as drawing to their exigent;

Weak shoulders, overborne with burthening grief,
Unable to support this lump of clay...   10
And pithless arms, like to a withered vine
That droops his sapless branches to the ground.
Yet are these feet, whose strengthless stay is numb

> モーティマー　*この体の節々*は、長年の幽閉で弱り果てた、
> そして*この白髪*は、死神の先触れとして、
> 老将軍ネスターのように年老いた、心労の年月のうちに、　5
> 告げておるのだ、エドマンド・モーティマーの最後を。
> *この両の目*は、油の燃え尽きたランプのように
> 光を失い、無明の闇へ刻一刻近づいておるし、
> *弱々しい両肩*は、悲しみの重荷に耐え兼ね、
> *この力なき両腕*は、彼果てた葡萄の蔓のように　　　　10
> 樹液の通わぬ枝を大地に垂らしたままでおる。
> だが*この両脚*は、筋力も萎えてしまい、
> もはやこの土くれの塊を支えきれずにおる…　　(1H6 2. 5. 3-13)

　この 11 行中の修辞構造を分析してみると、モーティマー自身の五体
が 1)まず 1 行目(3)の'*my limbs*'（体全体）で、それらの状態が'So
fare... with...'の修飾句で表され、2)それに続き 2 行目(4)の '*these grey
locks*'（頭髪）についての修飾句に各々'of...'の前置詞句が 3 つ付属して
いる。3)次が 7 行目'*These eyes*'（両目）で、'like lamps...exigent;'まで
の語句で修飾され、4) '*Weak shoulders*'（両肩）、5) '*pithless arms*'（両
腕）と続く。最後に 6)それら上体を支える'*these feet*'（両脚）の弱り切
った様が 'whose...'以下の関係詞節で修飾される、といった具合である。
この箇所全体を俯瞰すると、A1>-M/A2 -M1-M2-M3/A3-M/A4-M/A5-
M/A6-M のような 6 つの A（被修飾語）を各々の M（修飾語句）がサン
ドイッチ状に挟みつつ 6 回の（つまり 3 回の 2 倍の）反復表現を形成し
ているといえる。このようにまず（体）全体を述べて次に各パーツをそ
れぞれ修飾語句を伴って表現する、という手法は、他にジェイクィズ
(Jaques)の "All the world's a stage..."[9]で始まる人生七役の哲学的セ
リフにも見られるのでぜひ味わっていただきたい。

5. 乙女ジャンヌの説き落とし

　フランスを舞台に英仏両軍の領土争いが続く中、英軍に寝返ったフランスの貴族バーガンディに再度仏軍に留まるよう、ルーアンの荒廃した土地と町を指してジャンヌは祖国奪還の必要性を熱く語る。

> *Pucelle.* **Look on** thy country, *look on* fertile France,
> And *see* the cities and the towns defac'd　　　　　45
> …
> *Behold* the wounds, the most unnatural wounds,　　50
> Which thou thyself hast given her woeful breast.
> O, *turn* the edged sword another way,
> *Strike* those that hurt, and *hurt not* those that help.
> One drop of blood drawn from thy country's bosom
> Should grieve thee more than streams of foreign gore.　55
> *Return* thee therefore with a flood of tears,
> And *wash away* thy country's stained spots.

> 乙女　ご覧なさい、あなたの祖国を、ご覧、豊かなフランスを、
> そして*見なさい*、その都市や町々が荒れ果てている様を　　45
> …
> *見るがいい*、その傷を、これ以上ないほど人道にはずれた傷を、　50
> それをあなたは自ら祖国の嘆きの胸に与えたのです。
> ああ*向けなさい*、その鋭い剣先を別の方へ、
> *打ちなさい*、傷つける者どもを、そして守る者どもは*傷つけずに*。
> 祖国の胸から流された血の一滴は、
> あなたをもっと悲しませるでしょう、外国人の血の川以上に。　55
> *帰りなさい*、それゆえ、涙の洪水をもって
> そして*洗い流すのです*、祖国の血に汚れた汚点を。　（1H6 3. 3. 44-57）

　ここでは命令文が動詞'Look', 'look', 'see', 'Behold', 'Strike', 'Return', 'wash away'により各行頭で9回繰り返されているが、最初の3つの'look'と'see'は同じ行中に、あとの'Behold'と'Strike'はその間に2ないし3行ずつの修飾句（節）を、また中間の52行目で再び'O, turn'で始まる1行を挿み、ほぼ等間隔で現れている。この 45〜55 行の中間部が目的語'wounds', 'the edged sword'その他で膨らむが、最後の2行(56, 57 行)は

1 行ずつの簡潔な命令文で終わる。またその間の修飾句中には網かけで示したような頭韻を思わせる語句が交互に緊密にくり返し配置されており、このような反復と頭韻にも似た音声的にも「反復」を意識させる言葉の組み合わせが「英軍についたバーガンディ公を仏軍に寝返らせよう」とするジャンヌの言葉巧みな説得表現に大きく貢献しているといえる。実際この後、バーガンディは己の不実さを恥じて、仏軍に復帰する。

6. 貴族たちのセリフに見られる3つの反復例

　ここまで、ドラマの前半〜中間における反復例を示してきたが、この修辞技法が全体で用いられていることを証明するため、以下、4幕、5幕での代表例を紹介する。4幕に入ると、まず王の叔父で摂政のグロスターがパリの王宮にて戴冠したヘンリー六世に対し、パリ市長に忠誠を誓わせる場面で3つのフレーズを用いている。

> *Gloucester.*　Now Governor... take your oath:
> That you *elect no other king but him;*
> *Esteem non friends but such as are his friends*,　　5
> *And non your foes but such as shall pretend*
> *Malicious practices against his state.*

> グロスター　さて市長、誓約を。
> *汝、この君主以外のいかなる者も王として押し抱かず、*
> *この君主の味方以外のいかなる者も味方と認めず、*　　5
> この君主に対し悪事を企む者以外、*いかなる者も*
> *敵とみなさずと。*　　　　　　　　　(1H6 4. 1. 3-7)

　王の叔父エクセター公は王位を狙うヨーク公の言動に、次の3回の首句反復を用いたセリフで不穏な国内情勢を照らしだす。

> *Exeter.* But howsoe'er, no simple man that sees
> *This jarring discord of nobility,*
> *This shouldering of each other in the court,*
> *This factious bandying of their favorite,*　　190
> But that it doth presage some ill event.

エクセター　だが、どのような平民といえども、わかるであろう、
この貴族たちの争い合う不和を、
この宮廷内で互いを誇り退け合う様を、
この配下の者たちの派閥争いを見れば、
良からぬ結果の予兆であることが。　　　(1H6 4. 1. 187-191)

　サマセット公の裏切りに遭い、窮地に立たされたヨーク公は我が身を嘆き次のセリフを吐く。

　　　York. **He dies, we lose; I break my warlike word;**
　　　We morn, France smiles; we lose, *they daily get;*
　　　All long of this vile traitor Somerset.

　　　ヨーク　*彼は死に、我らは敗る。我は武人の誓いを捨て、*
　　　我らは泣く、フランスは微笑み、我らは敗れ、彼らは勝ち誇る
　　　これら全てはサマセットの怠慢のせいなのだ。　(1H6 4.3. 31-33)

　A1-B1; A2-B2; A3-B3 というシンプルな同一構造をもつこの 3 つの節が、抒情的な心情を醸し出すのに一役買っているようである。

　1H6, Part 1 の全 2931 行を締めくくる最後の行では、サフォーク公がフランスから国王の妃として連れてきたマーガレットを自らが操り、この後、影の権力者となることを観客に告げて第一部の幕となる。

　　　Suffolk. Margaret shall now be Queen, and rule the King;
　　　But I will rule both *her, the King, and realm*.

　　　サフォーク　マーガレットは今や妃となり、王を支配するだろう、
　　　だが俺はその*妃も*、*王も*、そして*王国をも*支配してやる。(1H6 5. 5. 108)

　最後に、シェイクスピアより 600 年昔の古英語(Old English)では頻繁に使用された頭韻(alliteration)について触れるならば、中英語(Middle English)までは相当数見られたこの修辞法はシェイクスピアではだいぶ影を潜めている。そうはいっても 1H6 の韻文(verse)で 1 行中 2 回の例が 100 件、3 回の例が 16 件現れている。晩年の作 WT でも 2 回：138 件、3 回：19 件と割合的にはほとんど変わらないという結果が判明して

いる。'The other *lords, like lions* wanting food,' (1H6 1. 2. 27), '*Marriage* is a *matter* of *more* worth ' (1H6 5. 5. 55)など。

　シェイクスピアは反復の効果を信じ、様々な登場人物たちのセリフにこの技法を織り込み、彼らの生き生きとした言葉を生み出した。[10]これは実にデビュー作 1H6 から晩年のロマンス劇に至るまでの 25 年間、変わらぬセリフ回しに関する技法のひとつであったといえよう。

Notes

1) 『ヘンリー六世・3 部作』については第 1 部より第 2 部の方が先に書かれたのではという議論もあるようだが、これについては Pendleton に従う。彼は著書 *HENRY VI* で次のように述べている。"Taylor's challenge* to the orthodox position on the authorship of Part 1 is strong" (p. 6) Taylor が 1H6 が最初の作であることを疑うことに、Pendleton は異議を唱えている。作品名の略称については Spevack の Harvard Concordance に従う。本書 pp. 150-151 参照。

2) ヘンリー六世はまだ 1 幕では即位していない。3 幕で王として登場。

3) hypallage(代換法)。　Brook, 402 参照。

4)首句反復(anaphora)：連続した一連の文または節の頭の語句(首句)を 2 行以上くり返す修辞法をいう。Brook, 398 参照。

5) Parison(類節並列)：連続した複数の語句や文がそれらに対応した構造をもつ修辞法をいう。Brook, 406 参照。

6) 拙論. 学習院女子大学紀要 2007 年参照。

7) 原文のト書きでは *Pucelle,* = Maid. i. e. Joan of Arc.

8) 新約聖書 Matthew 7:7 参照。"Ask, and it shall be given you; seek, and ye shall find; knock, and it shall be opened unto you."のように、ここでも「命令文」が 3 回反復されている。

9) AYL 2.7.139-166.

10) Palfrey は"Shakespeare's repetitions have the effect of dramatizing the word. The use of the word re-enacts the struggles informing that word; it reveals how the word bears witness to ongoing battles over identity, history, or knowledge." (p. 58)と反復の効果について述べている。また Booth は"The difference between Shakespeare's abilities with language and those even of Milton, Chaucer, or Ben Johnson is immense. The densities of his harmonies－phonic and ideational both－are beyond comfortable calculation, are so great…"(p. 18)のように各々シェイクスピアにおける「反復」の効果を他の作家と比較しつつ評価している。

『リチャード三世』 *Richard the Third*

　シェイクスピアのデビュー作『ヘンリー六世３部作』に続く「ヘンリーもの第一・四部作」[1]の４作目とされる「『リチャード三世』で、彼はこの上なく魅力的な悪役を創り出した。」[2]と評される。バラ戦争終結を舞台としたこのドラマでも、白バラ・ヨーク家最後の当主となるリチャードや、そのリチャードをボズワースの戦い(The Battle of Bosworth)[3]にて打ち破り、その後テューダー朝を立ち上げたリッチモンド伯(後のヘンリー七世)らによって「権力を求める者、権力にたかろうとする者、権力を奪い返そうとする者」らの赤裸々なドラマが展開される。そして、ここにも「三度のくり返し」を用いた豪華なセリフが多々用いられている。

１. １幕１場　グロスター公リチャード登場

　冒頭、リチャードの「今や俺たちの不満の冬はヨークの長男エドワードによって輝かしい夏となった」(Now is the winter of our discontent / Made glorious summer by this son of York, 1.1.1-2)という「ヨーク家の繁栄の始まり」を祝うセリフの数行あとには次の「くり返し」が「首句反復」によって現れ、彼らの「戦争」がどう「平和」へと変わったかが描写される。

　　Richard. Now are *our brows* bound with victorious wreaths
　Our bruised arms hung up for monuments, 　　　　　　5
　Our stern alarums changed to merry meetings,
　Our dreadful marches to delightful measures.

　　リチャード　今や*俺たちの額には*勝利の花輪がかけられ、
　俺たちの傷だらけの甲冑は 記念の品として壁に掛けられ、
　俺たちの軍鼓の響きは 陽気な集いのために用いられ、
　俺たちの重苦しい行軍は 軽やかな踊りへと変わった。(R3 1.1.4-7)

　ここでは、4 行目の"our brows"を入れると次の 5 ～7 行目までの"Our..."のくり返しは 4 回だが、首句反復の例に限ると 3 回ということになる。同様の手法で、さらにその数行あとに次のフレーズが繰り返される。

> *Richard*. But ***I that am not shaped*** for sportive tricks
> Nor made to court an amorous looking-glass,　　　　　15
> ***I that am*** rudely ***stamped*** and want love's majesty
> To strut before a wanton ambling nymph,
> ***I that am curtailed*** of this fair proportion
> ***Cheated*** of feature by dissembling nature,
> ***Defórm'd, unfínish'd, sént*** before my time　　　　20
> Into this breathing world ***scarce half made up***,

> 　リチャード　だが*この俺は*、色恋にうつつを抜かすには*不向きな体で*、
> 鏡をのぞきこんで好色を楽しむ柄でもない、　　　　　15
> *この俺は*、粗雑な姿形で愛を大袈裟に*語るなど*できはせず、
> すました浮気女の前をきどって歩くなどもってのほかだ
> *この俺は*、美しい均整を*奪われたうえ*、
> 思わせぶりな自然の女神に*騙されて*
> *体はゆがみ、出来損ないのまま*、月足らずで*産み堕とされ*　　　20
> この世に出たときには*五体不満足なまま*だった　　（R3 1. 1. 14-21）

　まず 14～18 行にかけて斜体で示した"I that..."（この俺は）で始まるフレーズが 3 回繰り返され、自分がいかに色事や女性に無縁な男かをこれでもかとばかりにぶちまける。その醜い体つきについての描写はさらに 18 行の三度目の"I that..."に続く"curtailed... Cheated... Deformed, ... sent... scarce half made up"と 21 行目まで 6 つの過去分詞によって表されている。特に 20 行目は"Deformed, unfinished, sent..."と 3 つの形容詞が連続することでリチャードの生まれつきの醜さが弱強のリズムと音で増幅されている。（上の原文参照。強を´ で示す）

　さらに彼は、もって生まれた自らの醜さ、それに対するコンプレックスをして、自分の兄弟を罠にはめ、自らヨーク家の権力を握ろうと次の

セリフを繰り出す。

> *Richard.*　I am determined to prove a villain　　30
> And hate the idle pleasures of these days.
> Plots gave I laid, inductions dangerous,
> By **drunken prophecies, libels,** and **dreams**
> To set my brother Clarence and the king
> In deadly hate the one against the other.　　35

> リチャード　決めたぞ、俺は悪党になってやる
> そしてこの世の無益な快楽を憎んでやる。
> 筋書きはすでに出来ている、危険な幕開けだ、
> **酔っぱらいの予言、中傷、夢占**いで
> 兄クラレンスと王をおとしめて
> 互いに死ぬほど憎しみ合うよう仕向けてやる。(R3 1. 1. 30-35)

2．1幕2場　リチャードに懐柔されるアン

　リチャードによりロンドン塔で暗殺されたヘンリー六世の棺ととも
に、その息子エドワード王子の未亡人アンが登場し、リチャードに対す
るあらゆる悪口雑言を 32 行の長セリフで吐き散らす。その中ほどの箇
所で「三度のくり返し」が以下のように聴かれる。

> *Anne.* Oh, **cursed** be the hand that made these holes, 14
> **Cursed** the heart that had the heart to do it,
> **Cursed** the blood that let this blood from hence.
> More direful hap betide that hated wretch
> That makes us wretched by the death of thee
> Than I can wish to **wolves**, to **spiders**, **toads**,　　19
> . . .
> If ever he have child, **abortive** be it,
> **Prodigious**, and **untimely brought** to light,　　22

> アン　ああ、**呪いあれ**、この傷を負わせた手に、
> **呪いあれ**、残虐な行為の主の心なき心に、

呪いあれ、この血を流した者の血に。
もっと忌まわしい呪いをくれてやる、
私たちを嘆かせた嘆かわしい人でなしに
まむし、蜘蛛、ひき蛙 に向けるより
...
もしあの男に子ができるなら、*化け物に生まれつけ*、
奇怪な姿かたちの、月足らずで... 　　(R3 1. 2. 14-22)

　夫とその父ヘンリー六世を殺したリチャードに対し激しい憎悪の念を
このようなセリフに込め、チャートシーの墓前へと向かうアン。"Come
now towards Chertsey with your holy load, Taken from Paul's to be
interred there." (さあチャートシーへ、聖なる柩とともに、セント・ポールか
ら運び葬るのです。1. 2. 29-30) その彼女の前にリチャードが現れ、葬儀の
列を差し止める。"Stay, you that bear the corpse, and set it down."
(待て、その柩をそこへ下ろせ。1. 2. 33) ここから約195行の長さでリチャ
ードとアンの壮烈な口喧嘩が展開される。夫を殺されたばかりか、その
葬儀まで妨害しようというリチャードに怒り心頭のアン、その彼女をひ
たすら彼女の美しさを誉め、口説くリチャード。"*Your beauty* was the
cause of that effect: *Your beauty*, that did haunt me in my
sleep..." (*あなたの美しさが*手を下させた張本人、*あなたの美しさが*私の眠
りにとり憑いて... 1. 2. 125-6) リチャードの熱烈な告白に次第にアンの彼
に対する憎しみは揺らいでいく。「この男が死ぬほど憎い—だがこの男は
私を美しいという…」彼女のその迷いにつけ込み、リチャードは自分の
剣を彼女の手に握らせ、「どうしても許せないなら私をその剣で殺せ」と
迫る。しかしここでとどめとばかりにアンの美しさ、魅力を理由にあげ
る。

> *Richard.*　　Nay, do not pause, for I did kill King Henry, 184
> But *'twas thy beauty that* provoked me.
> Nay, now dispatch; *'twas I that stabbed young Edward*, 186
> But *'twas thy heavenly face that set me on.*
> 　　　　　　　　　　　　　　*She falls the sword.*

15

Take up the sword again, or take up me.　　　188

> リチャード　さあ、ためらうな、私が殺したのだ、ヘンリー王を、
> だが**あなたの美しさが私を駆り立てたのだ**。
> さあ、早く、*私が刺し殺したのだ、若いエドワードを*、
> だが**あなたの天使のようなお顔が私をそそのかしたのだ**。
> 　　　　　　　　　　　　　　　　　（アン、剣を落とす）
> もう一度その剣を取るか、それともこの私を取るか。(R3 1. 2. 184-187)

　日本語は訳し方によっては分かりにくいが、原文では "it was... that..." という大学の入試英語でおなじみの "it... that..." の構文が 3 回繰り返される。アンの目の前で**thy** beauty"> "**me**"; "**thy** heavenly face">"**me**" と「私が彼を」をはさみ「あなた」と「私」の関係 "**your** beauty"(125-126) を "**thy** beauty"に変えることでより親密さを強調する。[4]「私」を「あなた（アン）」の中にすでに「取り込ませよう」というのである。この強烈な愛の告白に、アンはリチャードの胸に突き付けた剣を落としてしまう。彼女の「愚かな女心が彼の蜜の言葉の虜になった[5]」のだ。リチャードの捨て身の選択を迫る「剣か、私か」。すでに心は自分に傾いたアンに、追い打ちをかけるようにリチャードは "**thy love**"を三度くり返す。

> *Richard.* This hand, which for ***thy love*** did kill ***thy love***,　194
> Shall for ***thy love*** kill a far truer love.
>
> リチャード　この手は、**あなたへの愛**ゆえに**あなたの愛**する者を殺したが、
> **あなたへの愛**ゆえにもっと真実の愛を抱くものを殺すことになろう。
> 　　　　　　　　　　　　　　　　　　　　　　　(R3 1. 2. 194-195)

　こうして、まんまとアンの心を掴んだリチャードはほくそ笑む。"My dukedom to a beggarly denier," （[こんなに簡単に醜い俺になびくのなら]俺の王国を小銭と取り換えてもいい。R3 1. 2. 255) このうぬぼれのセリフはドラマの終盤、ボズワースのドラマの終盤、ボズワースの戦場で敵兵から逃げまどいながら叫ぶ 「馬のかわりに王国をやる」(R3 5. 4. 7)というセリフと対照的である。

3．1幕3場　マーガレットの滅びの予言

　次の場面では夫ヘンリー六世と息子で後継ぎだったエドワード皇太子を殺されたマーガレット王妃が「しわくちゃ婆の魔女」(Foul wrinkled witch, R3. 1. 3. 162)となってリチャードの前に現れ、彼の憎悪に引き裂かれた憐れな最期を予言する。ここにも「三度の反復」が見られる。(イタリック体部分参照。)

> *Margaret.* Have not to do with him; beware of him.　292
> *Sin, death,* and *hell* have set their marks on him,
> ...
> Oh, but remember this another day,
> When he shall split thy very heart with sorrow,　300
> And say poor Margaret was a prophetess.
> Live each of you *the subjects to his hate*,
> And *he to yours*, and *all of you to Gods*.　303

> 　マーガレット　あやつにはかかわるな、用心しろ。
> *罪と、死と、地獄*の烙印があの男に捺されている、
> ...
> おお、いつの日か思い出せ、
> そのときお前の心臓は、あやつのせいで悲しみに引き裂かれ、
> そして言うだろう、哀れなマーガレットは予言者だったと。
> お前たち一人一人が*あやつの憎悪の的*となって生きるがよい、
> そして*あやつがお前たちの、*そして*みなが神の憎悪*の的として。

(R3 1. 3. 292-303)

　余談ではあるが、BBC版『リチャード三世』のエンディングでは、バラ戦争で命を奪われたおびただしい死人の山の上で、マーガレットがリチャードの亡骸を抱きかかえて不気味な笑い声をいつまでも響かせる、という終り方である。それは『ピエタ』でマリアが十字架に架けられ命を奪われた我が子イエスを抱きかかえ、悲しみの涙を流す構図を連想させる。が、捉え方によっては、マーガレットのうす笑いは、リチャードの死により自分の予言が成就したことに対する喜びを表しているようでもあり、秀逸な演出である。

4.　3幕7場　リチャード、王位の申し出を三度断る?!

　さて、アンをはじめ次々と周囲の人物たちを騙したり、闇に葬りながら、王位に就く機会を狙うリチャードだが、ついにその時がやってくる。リチャードにとっては兄であり、現国王であるエドワード四世の後継ぎである二人の王子たちが邪魔である。この子供らが兄の不義の子だとの噂を信じたヨーク大司教とバッキンガム公爵が「王位に就くのはあなただ」とリチャードのもとを訪れる。"We heartily solicit Your gracious self to take on you the charge And kingly government of this your land,…"(心から願います、公爵自らこの重責をお引き受けになり、このあなたの国に、王として君臨していただきたい。R3 3. 7. 129-131)これに対し、リチャードは敬虔なクリスチャンを装いながら、いかにも引き受ける気がないようなそぶりを三度見せる。一度目は"Your love deserves my thanks, but my desert Unmeritable shuns your high request."(ご好意には感謝するが、取柄なき我が身にはあなた方の高邁な願いを叶えること能わずである。R3 3. 7. 154-155)さらに大司教が王位に就くことを勧めると"Alas, why would you heap this care on me? I am unfit for state and majesty. … I cannot nor I will not yield to you."(ああ、なぜこのような気苦労を私に？私は国王の器ではない。… あなた方の願いを聞き入れることはできぬし、その気もないのだ。R3 3. 7. 203-206)とじらす。たまりかねてその場を去る大司教を呼び戻したリチャードは "Albeit against my conscience and my soul."(わが良心と本意には背くが… R3 3. 7. 224)と三度目の否定を匂わせながら、[6]しぶしぶと、だが実は「意のままに」王座を手に入れ、国王リチャード三世として君臨することになるのだ。

5.　5幕4場　馬のかわりに王国を！

　第4幕では、まんまと王冠を手に入れたリチャードが、兄エドワード四世の妃エリザベスの娘[7]をわが妃に迎え身辺を固めようと画策する。一方、リチャードに対し反旗を翻すリッチモンド伯ヘンリー・テューダー率いる軍勢がひたひたと迫りくる知らせが告げられ、第5幕でついにヨーク方

とランカスター方のボズワースの戦場で天下分け目の合戦が繰り広げられる。このドラマの最後から二番目の場面5幕4場では、馬を失い、敵兵に追われながら必死に逃げまどうリチャードの名セリフが聞かれる。「馬を!(A horse!)」が三度使われて。

> *Richard.* ***A horse, a horse***, my kingdom for ***a horse!***
> リチャード　馬を、馬をくれ、馬の代わりに俺の王国をやるぞ！(R3 5. 4. 7)

1幕2場で「俺の王国を小銭と取り換えてもいい」と語っていたリチャードだが、今はそんな余裕などどこにもない。「馬（＝命）」と引き換えになら、王座も明け渡す覚悟なのだ。そしてこのセリフを13行目でもう一度繰り返し、命を果てる。BBC版ではロン・クック演じるリチャードが一人、リッチモンドの軍勢に取り囲まれ、最後はくし刺しにされて息を引き取る…という壮絶な最期が描かれる。

6．5幕5場　リッチモンドの勝利宣言

こうして30年に及ぶヨーク家とランカスター家の内乱の「バラ戦争」のドラマは、白バラ・ヨーク家による王位簒奪から、赤バラ・ランカスター家の末裔、リッチモンド伯による勝利と彼が新たに興すテューダー家の末永い繁栄の宣言により幕となる。次の『ヘンリー六世第3部』中のイタリック体と網掛けで示したセリフに注目してみよう。103〜108行で "How will... and ne'er be satisfied!"と続く 109〜111 行で"Was ever... so ...?"と息子、父、王の三人が同じフレーズを 3 回ずつ繰り返し、戦場で敵同士となって互いの父と子をそれぞれ殺してしまったこと、それを目撃する王は自分の国民どおしが殺しあう不幸を、三人がそれぞれに「自分は決して許されないだろう」と語る。

> *Son.* ***How will my mother*** for a father's death　　103
> Take on with me, ***and ne'er be satisfied!***
> *Father.* ***How will my wife*** for slaughter of my son

Shed seas of tears, *and ne'er be satisfied!*
 King. **How will the country** for these woeful chances
Misthink the King, *and not be satisfied!*
 Son. **Was ever son so** ru'd a father's death?
 Father. **Was ever father so** bemoan'd his son?   110
 King. **Was ever king so** griev'd for subjects' woe?

息子　おふくろは俺が親父を殺したと知ったら
　　どれほど俺をなじるだろう、決して許しはしないだろう！
父　　女房は俺がせがれを殺したと知ったら
　　どれほど涙を流すだろう、決して許しはしないだろう！
王　　国の民はこの悲惨な出来事を知ったら
　　どれほど王を咎めるだろう、決して許しはしないだろう！
息子　いままでこれほど父の死を悔やんだ息子がいただろうか？
父　　いままでこれほど子の死を嘆いた父がいただろうか？
王　　いままでこれほど民の不幸を悲しんだ王がいただろうか？

(3H6 2. 5. 103-111)

　『ヘンリー六世第3部』の 2 幕 5 場でヘンリーが遭遇する父と子の各々の肉親殺しと、それに対し深く後悔するこの場面と、次の『リチャード三世』の 23〜41 行で「兄弟どうし("The brother")」でヨーク家のエドワード 4 世からリチャードに至る王座の強奪の場面は対応している。『リチャード三世』の前に『ヘンリー六世・3 部作』の舞台を先に観たエリザベス朝の観客は、上の父と子と国王のそれぞれの悲しみのセリフを思い出しながら、以下のリッチモンドによる「三度の」平和への願いを込めたセリフを聴いたことであろう。

 Richmond. …
England hath long been mad, and scarred herself; 23
The brother blindly shed the brother's blood;
The father rashly slaughtered his own son;
The son, compelled, been butcher to the sire;   26
All this divided York and Lancaster,
Divided in their dire division.
…

And let thy heirs, God, if thy will be so,　　　　　　　32
Enrich the time to come with ***smooth-faced peace***,
With ***smiling plenty*** and ***fair prosperous days***.
...
That she may long live here, God say amen.　　　　41

　　リッチモンド　　…
　イングランドは長い間、狂気に取りつかれ、自らを傷つけてきた。　23
　兄弟は見境いなしに血を流しあい、
　父は軽率にも息子を虐殺し、
　息子もまた、余儀なく父を惨殺した。　　　　　　　　　　26
　これがみなヨークとランカスターを引き裂いた、
　・・・
　そして神よ、それがみ心なら、子孫たちが　　　　　　　　　　32
　来るべき未来を満たしますよう、***和やかな平和***と、
　微笑の満ちた、曇りなき繁栄とで。
　・・・
　平和が末永くここに保たれますように、神の御名によりアーメン。　41

　　　　　　　　　　　　　　　　　　　　　　(R3 5. 5. 23-41)

注
1) 『リチャード二世』『ヘンリー四世・第一部』『ヘンリー四世・第二部』『ヘンリー五世』が第二・四部作とされる。
2) ダントン=ダウナー p. 79
3) ボズワースの戦い(The Battle of Bosworth, 1485) Bosworth は Birmingham の東、レスターシャー州の西にある人口 2000 人の小さな町。
4) 現代英語では 2 人称代名詞は you(your)だけだが、Sha では you と並んで古い thou(ここではその所有格 thy)が使われる。You が「目下の者から目上の者へ」、thou が「目上から目下へ」という使い分けの一般ルールがあるが、この例のように「親密な間柄で使われる」場合もある。
5) 4.1.79-80 でアンはこう告白している。 "Within so small a time, my woman's heart Grossly grew captive to his honey words..."
6) JC ではシーザーが王冠を三度否定したとアントニーは後に語る。(JC 3. 2. 96-97)
7) 彼女もまた名前をエリザベスといい、ヘンリー七世がリチャードを討ち果たしたのち、ランカスター家とヨーク家の和平を願い、ヨーク家から自分の妃として娶る。テューダー家の紋章はこれを象徴して赤バラの中に白バラを取り込んだデザインとなる。

『ヘンリー五世』 *Henry the Fifth*

　史実の順番でいえばヘンリー六世の父ヘンリー五世の物語が先に語られるは
ずだが、シェイクスピアは先に紹介したデビュー作となる『ヘンリー六世』3部作
（1H6, 2H6, 3H6）と『リチャード三世』（R3）の第一・4部作を書いた後、さらに英王
室の歴史を遡り『エドワード三世』、『ジョン王』、『リチャード二世』、『ヘンリー四世』
2部作、そして『ヘンリー五世』（H5）を執筆した。このうち『リチャード二世』から『ヘ
ンリー五世』までの4作が第二・4部作といわれている。第一・4部作が英仏百年
戦争後半からバラ戦争（1422-1485）を舞台にしているのに対し、第二・4部作は
百年戦争前半（1377-1422）で、特に『ヘンリー五世』では弱小イングランド軍が
フランスの大軍をアジンコートの戦い（1415）で破る活躍が描かれている。（巻末の
推定執筆年代表 p. 156 を参照。）

　前置きはこのくらいにして、この本の主題である「くり返しの表現」
に焦点を絞ってこの作品をみていこう。セリフに関して H5 が H6 三部
作とどこが違うかといえば、H6 三部はほとんど全行がブランク・ヴァー
ス（韻文）で書かれているのに対し、H5 になると全 3381 行のうち韻文
が 2056 行（61%）、散文が 1325 行（39%）と、韻文に交じってかなりの割
合が散文体によるセリフで占められていることがわかる。「くり返し」は
韻文と散文でどのような違いが出るか、についても観察してみたい。

1. O for a Muse of fire

　この作品の舞台はヘンリー五世率いる英軍とフランス軍の駆け引きと
激烈な戦闘、その間に登場する様々な登場人物たちの様子をイングラン
ドとフランスの両方を舞台に描かれ、ドラマが展開する。その場面と時
間経過の切り替えを観客に分かりやすく伝える役としてコーラス（説明
役）が全 5 幕の各冒頭に登場する。そしてこの 5 回の彼のセリフの中に
も必ず「（言葉の）三度の反復または並列」が含まれ、幕開けで登場した
コーラスの最初から 3 行目で早くもこの修辞法が聴かれる。

Chorus. O for a Muse of fire, that would ascend   1
The brightest heaven of invention!
A kingdom for a stage, princes to act,
And monarchs to behold the swelling scene!
Then should the warlike Harry, ...   5
Assume the port of Mars ...
... should famine, sword, and fire
Crouch for employment.

コーラス　おお、女神ミューズ[1]よ、その炎を噴き上げたまえ   1
創造の輝かしい天頂まで！
舞台には**王国**を、演じる**王侯貴族**らを、
そして**帝王**らを、この壮大な芝居を見守るために与えたまえ！
さすれば武門の誉れ高きヘンリーも…   5
軍神マルスの姿で現れ、…
… **飢餓**と、**剣**と、**火**とが
控えることでありましょう。(H5, Prologue 1-8)

　こうして1幕1場が始まると、カンタベリーの司教がイーリーの司教に、国王となったヘンリー五世の若い頃の放蕩さを'his addiction…'と'any study…'のヴァリエーション3つを使って、次のように語る。

The Archbishop of Canterbury.
Since his addiction was to courses vain,   54
His companies *unletter'd, rude and shallow*,
His hours fill'd up with *riots, banquets, sports;*
And never noted in him any study,
Any retirement, any sequestration
From open haunts and popularity.   59

カンタベリー　陛下のお好みは**くだらぬ遊び**で、   54
陛下のお仲間は、*無学で、粗暴、軽薄な輩*たち、
陛下のご日課は、*馬鹿騒ぎや宴会、気晴らし*など、
決して見られることがなかったのは、**学問をなさったり**、
お一人になられたり、**離れてお過ごしになる**お姿だ、   59
大衆の出入りする盛り場から離れて。 (H5 1. 1. 54-59)

　その遊び人だったヘンリーが国王となり、若い時に鍛えた武人として
の力だけでなく、政治家としての手腕を見せるのが1幕2場の終りであ
る。「フランスの領土はやれぬ」という仏皇太子のヘンリーに対する侮蔑
の伝言に対し、彼がたたきつけた返事は次のような宣戦布告であった。

> *King Henry.* 　... for many a thousand widows 　　　284
> Shall this his mock **mock** out of their dear husbands;
> **Mock** mothers from their sons, **mock** castles down;
> ...
> That shall have cause to curse the Dolphin's scorn.
> 　ヘンリー　…　何千人もの妻を 　　　　　　　　　　　284
> 彼は嘲弄し、その嘲弄は彼女らの愛しい夫らを **嘲弄し**、
> 母を **嘲弄し**息子らを奪い、城を **嘲弄し**崩壊させるだろう。
> ...
> それにより仏皇太子の嘲弄も呪われることになるだろう。
> 　　　　　　　　　　　　　　　　　　　(H5 1. 2.284-288)

2. ピストルとニム：下級兵士の戯言

　2幕では第1場で下級兵士ピストル、ニムらの他愛ない日常茶飯事の
会話が前場1幕の緊張感をほぐす。ここではピストル中尉が韻文で話す
のに対し、ニム伍長は散文で "solus"（一人で）という言葉を巡ってやり
取りする。ニムがピストルに "you"で、ピストルはニムに "thou"で話す
ので、明らかにピストルの方がニムより階級が上であることも分かる。

> *Nym.* 　Will you shog off? I would have you **solus**. 　45
> *Pistol.* "**Solus**," egregious dog? O viper vile!
> The "**solus**" in thy most mervailous face,
> The "**solus**" in thy teeth, and in thy throat,
> ...
> 　ニム　　向うへ行かないか？あんたを **一人に**して決着つけてやるぜ。　45
> 　ピストル　　「**一人に**して」だと、この犬が？忌まわしいマムシめ！
> 「**一人に**」はお前の変てこりんな顔にたたき返してやる、
> 「**一人に**」をお前の歯に、お前の喉にお返しだ、…　(H5 2. 1. 45-48)

　ピストルはニムの一度の "solus"に三倍返しをする。そして "in thy
throat"の後、"thy... lungs", "thy maw", "thy... mouth"と「お前の〜」

を6回くり返して「仕返し」している。続く2幕2場は再び舞台が王宮へ戻り、ヘンリー王が裏切った貴族3名を処刑するという容赦ない場面である。処刑後、王は何事もなかったかのように、兵を率いて、いよいよフランスへ出陣してゆく、次の3つのフレーズとともに。

King Henry. **Cheerly to sea! The signs of war advance!**
No king of England, if not king of France!

ヘンリー　勇みて、海へ乗り出そうぞ！軍旗を掲げるのだ！
イングランド国王など意味はない、フランス王でなければ！

(H5 2. 2. 192-3)

　若き日のヘンリー、プリンス・ハルの悪友フォルスタッフの死が、次の2幕3場で、宿屋の女将クイックリーのセリフによって再現される。最後は "God, God, God!"（神よ…）を3回くり返して息を引き取った、と彼女は言う。そして彼女がフォルスタッフの足に手を触れると、「石のように冷たくなっていた」と描写する。余談だが、敬愛する小田島訳では「冷たくなって…」が3回繰り返されるが、原文では残念ながら "... as cold as any stone"[2)]が2回のみである。さらに脱線で申し訳ないが、ブラナー監督・主演の映画[3)]では、この場面で女将クイックリー役を名女優ジュディ・デンチ[4)]が演じるなど、見応え抜群である。

3. 男たちの戦い、女たちの戦い

　3幕に入るといよいよフランスでの戦闘シーンが展開される。3幕1場の冒頭、堅い守りの仏軍に対し、"Once more unto the breach..."（もう一度あの突破口へ突撃！ H5 3. 1. 1.）の掛け声に始まり、"Cry, God for *Harry, England*, and *Saint George!*"（突撃しながら叫べ「神よハリーにお味方を、イングランドにお味方を、聖ジョージ、お味方を！」H5 3. 1. 34）と兵士たちに3語の檄を飛ばし、敵陣深くヘンリーは突進していく。

　3幕2場は同じ戦場で、バードルフ、ピストル、ニムら兵士たちが戦闘の悲惨さをぼやいている。

　そして3幕4場、男たちの戦いの最中、フランスの王宮では、キャサ

25

リン妃が侍女アリスを相手に英語の練習をしている。この場面はすべて
フランス語でセリフが語られるが、注意して読む（聞いている）と、キ
ャサリンが英単語を**3つずつくり返している**のがわかる。

> *Alice.* Les ongles? Nous les appelons **de nailes**. (= The nails?
> We call them de nails.)
> *Katherine.* De nailes. Ecourtez, dites-moi si je parle bien: **de**
> **hand, de fingres,** et **de nailes**. (= "Listen, tell me whether I
> speak correctly: *de hand, de fingres*, and *de nailes*.)

> アリス　「爪」ですか？私たちはそれを**ド・ネイルズ**といいます。
> キャサリン　ド・ネイルズ... 聞いて、私正しく言えてるかしら、**ド・ハンド、**
> **ド・フィングルズ、ド・ネイルズ**... （H5. 3. 4. 16-18）

　ところで、侍女アリスの英語も少し怪しい。彼女が "de nails"と発音
している "de"はフランス語の前置詞 de (= of)ではなく、英語の定冠詞
the のつもりなのだろう。通常強いアクセントで発音されない the は仏
語の de に近い音かもしれない。この数行後に「肘は？」と王女に聞か
れ、"D' elbow."とアリスが答える。仏語の得意な方はご存じのとおり、
de の後に母音で始まる名詞が続くと、de の-e が省略されるが、発音は
同じ（デルボー）。[5]そして王妃が習った単語を繰り返し発音する次のシー
ンに注意してみる。

> *Katherine.*　Je m'en fais la **repetition** de tous les mots que
> vous m'avez appris des a **present**. (= I'm going to repeat all the
> words you have taught me so far.)

> キャサリン　**今まで習った言葉を全部くり返してみるわ**。（H5 3. 4. 25-26）

　筆者同様に「英語以外は苦手」という方でも上の2行中の"repetition",
"present"はそのまま英語の単語として理解できよう。少し古い話で恐縮
だが、今から約1500年前のブリテン島へ英語の祖先(OE)とともに侵入
したアングロ・サクソン人を今度は別の民族ノルマン人が征服、支配し
た。いわゆる「ノルマン・コンクエスト」(1066)である。それ以来、英
語におびただしい数のフランス語が流入する結果となった。フランスで

は「英語はフランス語の方言にすぎない」とさえいわれるとか。次の 3
幕 5 場では、仏皇太子とブルボン公爵が英軍を「ノルマン人の子孫のく
せに」と罵るのに次のセリフを繰りだす。ここでも「3 回」が見られる。

> *Dolphin.* O Dieu vivant! Shall *a few sprays of us*,　　　　5
> *The emptying of our fathers' luxury*,
> *Our scions,* put in wild and savage stock,
> Spirt up so suddenly into the clouds
> And overlook their grafters?
> 　*Bourbon.* **Normans**, but **bastard Normans, Norman**
> **bastards!**　　　　　　　　　　　　　　　　　　　　10

> 　皇太子　生ける神よ！我ら**フランス人の小枝、**　　　　5
> **我が祖先の情欲からこぼれ落ちた**
> **接ぎ木**たちが、野生の卑しい台木から
> 伸びて雲を突き抜けるほどに
> 元の木を見下ろすなど（あっていいものか）？
> 　ブルボン公爵　ノルマン人め、だが**私生児ノルマン人、ノルマン人の**
> **私生児め！**　　　　　　　　　　　　　　　（H5 3. 5. 5-10）

　この作品はこのような英語がフランス語と深く関わるようになった背
景も反映しているといえよう。5 幕ではヘンリー五世がキャサリンを王
妃に、求婚するシーンがあるが、キャサリンはそのことを予測してかど
うかはわからないが、「敵国の言葉」を覚えることで戦っているのである。
しかし彼女の戦いは英仏両国間の平和をもたらす戦いである。一方、3 幕
7 場で、自分たちの鎧兜の美しさ、馬の素晴らしさを自慢して油断して
いたフランス軍は、次の 4 幕で惨めな敗北を見るのである。

4. アジンコートの戦い

　1415 年 10 月 25 日の夜明け前、いよいよアジンコート[6)]での英軍と仏
軍の決戦の始まる直前から第 4 幕が始まる。英軍陣地では、カレーへ退
却途中、行軍の疲れや疫病にかかった者たちも出始め、弱り目に祟り目
の状況の中、ヘンリー五世が" 'tis true that we are in great danger,"
（我々が危機に瀕しているのは事実だ。 H5 4. 1. 1）と戦う前から不利な戦況

を危惧する。そうは言いながらも兵士を気遣う国王は兵士たちのテント
を見回りながら「３カ所」のテントで兵士たちに出会う。最初はこの章
の２で紹介したピストル中尉。部下のアーピンガムから借りた外套を被
ったヘンリーを王と気づかないピストルは、仏軍のスパイと間違ったの
か、仏語で "Qui vous la?"(= Who are you there?)と話しかける。"A
friend." と英語でヘンリーが返事をすると、ピストルは自分がいかに王を
信頼しているかを語り、去っていく。次はフルーエリンとガワー。彼ら
の戦争に対する心構えができている様子を見て安心するヘンリー。そし
て３組目はベーツ、コート、ウィリアムズの３兵士。不安な戦況を案ず
る三人に王は、"The King is but a man, *as I am*. The violet smells
to him *as it doth to me*; the element shows to him *as it doth to
me*"(王様だって俺と同じ人間だ。スミレの花が彼に匂うのは**俺と同じ**だ。大空
も**俺と同じ**ように彼に見えているはず。H5 4. 1. 101-102)と語り、落ち着かせ
ようとするが、ウィリアムズが "if these men do not die well, it will
be a black matter for the King that led them to it;"(もし兵士らがろく
な死に方しなかったら、そういう目に遭わせた王様の罪はえらいもんだろう。H5
4. 1. 144-146)と反論すると、さらに "...should every soldier in the
wars ... wash every mote out of his conscience; and *dying so*, *death
is to him advantage*; or *not dying*, *the time was blessedly lost
wherein such preparation was gain'd*; and *in him that escapes*, *it
were not sin to think* that... *He let him outlive... to teach others
how they should prepare*."(戦場の兵士は自分の良心の塵を洗い清めるべき
だ、そうやって死ねば、死は彼にとって好ましい**機会**となるし、死ななければ、
心の準備を得るために失った時間は祝福されるだろう。そして**死を免れた者**はこ
う考えても罪にはならんだろう、すなわち**神が彼を生かしてくださったのだ**、他
の者たちに**心の準備がいかに大切かということを教えさせるために**。H5 4.
1.178-185)。こう説得したヘンリー自身は改めて自分の王としての責任の
重さに苛まされ、苦渋の気持ちを伝える 54 行の長セリフを語ることにな
るが、最後は(戦の)神に武運を祈り、出陣していく。
　H6〜R3 の四部作では度々戦闘シーンが舞台上で展開されるが、H5 で

は実際の戦闘シーンは次の 4 幕 3 〜 4 場の一カ所だけである。その 4 幕 3 場の冒頭で国王の貴族たちが、英軍一人に対し、仏軍五人[7]という眼前のフランスの大軍に戦意を失いかけ、ウェストモランド伯が「あと一万人の暇なイギリス軍の助っ人がいれば」[8]とぼやくと、ヘンリーが最後の激励とばかりに次の演説をぶつのだ。ここではその全 47 行に及ぶ長大なセリフから後半の 28 行を紹介する。

> *King Henry*.　This day is call'd the feast of **Crispian**
> **He that** outlives this day, and comes safe home,
> **Will stand** a' tiptoe when this day is named,
> And rouse him at the name of **Crispian**.
> **He that** shall see this day, and live old age,　　45
> **Will** yearly on the vigil **feast** his neighbors,
> And say, "To-morrow is Saint **Crispian**."
> Then **will he strip** his sleeve and show his scars,
> And say, "These wounds I had on **Crispin**'s day."
> Old men forget; yet all shall be forgot,　　50
> But he'll remember with advantages
> What feats he did that day. Then shall our names,
> Familiar in his mouth as household words,
> Harry the King, Bedford and Exeter,
> Warwick and Talbot, Salisbury and Gloucester,　　55
> Be in their flowing cups freshly remember'd.
> This story shall the good man teach his son;
> And Crispin **Crispian** shall ne'er go by,
> From this day to the ending of the world,
> But we in it shall be remembered—　　60
> *We few, we happy few, we band of brothers;*
> For he to-day that sheds his blood with me
> Shall be my brother; be he ne'er so vile,
> This day shall gentle his condition;
> And gentlemen in England, now a-bed,　　65
> Shall think themselves accurs'd they were not here;
> And hold their manhoods cheap whiles any speaks
> That fought with us upon Saint **Crispin**'s Day.

　ヘンリー　今日は**聖クリスピアン** 9)の祭日だ、
今日を生き延びて故郷に無事帰る者は
今日の出来事が話題に挙がるたびに我知らず胸を張り、
聖クリスピアンの名を聞くたびに誇らしく思うのだ。
今日を生き延びて穏やかに老いを迎える者は　　　　　　　　　　45
その前夜祭が来るたびに近所の人々を宴に招き、
「明日は**聖クリスピアン**の祭日」と言うのだ、
そして袖まくりして、古傷を見せながら、
「**聖クリスピアン**の日に受けた傷だ」と言うのだ。
老人は忘れやすい、他の全てを忘れたとしても、　　　　　　　　50
しかし思い出すだろう、大風呂敷を広げて
この日に立てた手柄だけは。そして我らの名は
日々の挨拶のごとく繰り返され、親しいものとなるのだ。
国王ハリー、**ベッドフォード**、**エクセター**、
ウォリック、そして**トールボット**、**ソールズベリー**、**グロスター**、　　55
溢れる杯を飲み干すたびに新たにこれらの名が記憶に留められよう。
この物語は善良な父から息子へと語り継がれ、
そして**聖クリスピアン**の日は決して忘れ去られることはないだろう、
今日から世の終わりの日まで、
その日に我らのことも共に思い出されることだろう。　　　　　　60
我ら、少数だ、我ら幸せな少数は、我ら一つに結ばれた兄弟だ。
なぜなら今日、私とともに血を流す者は、
私の兄弟となるからだ。どれほど卑しい身分であっても、
今日の日がその身分を貴族と等しくしてくれるのだ。
そしてイングランドで今頃ベッドに体を横たえている貴族たちは、　65
自らを呪うだろう、ここに加わっていなかったことを悔やみ、
また男の面目を失い、負い目を感じるだろう、誰かが話をするたびに、
彼は我らと共に戦ったと、**聖クリスピアン**の日に。(H5 4. 3. 40-67)

　この演説の中で、際立つ修辞法は、まずヘンリー五世が"Crispian"を
繰り返していることである。各語の間隔が空いているのでわかりにくい
かもしれないが、注意してみると 6 回（3 の倍数）くり返している。さ
らに 41 行から 48 行目までで、"He that... will ..."のパターンを 3 つ並べ
ている。3 つは 2 つ目の"**He that** shall see this day, and live old
age, **Will** yearly on the vigil **feast** his neighbors,"を省き、簡潔に
まとめている。そして 53 行から 54 行で自分も含め、主だった部下たち
の名を挙げていく。その瞬間、絶望で伏し目がちになっていた貴族たち

の目が希望に輝きだす。[10] 自分たちがいかに王に信頼され、重用され、頼られているか再認識するのである。60行目の三度の "we..." も効果的である。「兵の数は少ないが、その分我らの結束は固い、この団結の戦果は一生語り継がれ、参加しなかった者たちのうらやむような名誉となるのだ—その日が今日、聖クリスピアンの日なのだ」と否が応にも兵士たちの士気を盛り上げていく。史実によれば[11]、「フランスの大軍は動きが鈍く、指揮系統にも乱れがあり、さらに当日の悪天候でアジンコートの戦場はぬかるんでいた。それに対し、英軍は少数ながら弾道距離の長いロングボウ（長弓）で仏軍に雨あられのごとく矢を射かけ混乱させた」とあり、ブラナー監督・主演の映画では[12]特撮技術の効果もあり、この飛び道具の威力が仏軍の勢いを止める様をうまく表現している。

　シェイクスピアの舞台では国王ヘンリー五世のこの「言葉の力」が疲弊した英軍の兵士たちに活力を与え、勝利を導いたのは言うまでもない。ブラナー演じるヘンリー王が（実際にはなかっただろうが）戦死した少年を担ぎ、聖歌"Non nobis"を歌いながら兵士らとともにカレーへ歩いていくシーン[13]が印象的である。この讃美歌にも三度のくり返しがある。[14]

5. 獅子と白ユリ [15]

　『ヘンリー五世』の最後を飾る5幕2場は全部で374行だが、そのうち約半分の182行が散文体によるヘンリーのキャサリン妃へのプロポーズ・シーンにあてられている。アジンコートの戦いで勝利し、さらにフランスにおける領土を広げていくヘンリー五世がひとまずフランス王シャルル六世と和平条約を結び、王女キャサリンを自分の妃にと望む。シャルルにとっては敗北者として恭順の証として娘を否応なしに差し出さねばならぬ立場、ヘンリーは勝者として、わざわざ求婚などしなくてもキャサリンを娶ることができる立場だが、この長い場面で敢えて丁重に彼女の承諾を得ようと、再び得意な弁舌を披露する。ここではその中から以下の3カ所を選んでみた。「三度の反復」はここでも健在である。

King Henry. Marry, ***if you*** would put me to verses, or to dance for your sake, Kate, why, **you undid me**: for the one,

I have neither words nor measure; and for the other, I have no strength in measure, yet a reasonable measure in strength. *If I* could win a lady at leap-frog, or by vauting into my saddle with my armor on my back, **I should** quickly leap into a wife. Or *if I* might buffer for my love, or bound my horse for her favors, **I could** lay on like a butcher, and sit like a jack-an-apes, never off.

　ヘンリー　まあ、**もしあなたが**、私にあなたのために詩を作れとか、あなたのためにダンスを踊れと言うの**なら**、**私は**お手上げだ、ケイト、何故なら詩は、言葉も韻律もわからない、ダンスはといえば、踊り方も知らない、喧嘩に駆けつける足の運び方なら心得てはいるが。**もし私が**馬跳びで、あるいは甲冑のまま馬の鞍に飛び乗ることで、ご婦人の愛を勝ち得ることができるもの**なら**、**私は**すぐに妻にも飛び乗ってみせよう。**もし私が**恋人のために殴り合いをしろと言われたり、馬を飛び跳ねさせろと言われる**なら**、**私は**屠殺人のごとくに飛び掛かるし、曲芸のサルのように馬の背に乗って、決して落ちたりしないだろう。(H5 5. 2. 132-142)

　原文中の網掛けでお分かりと思うが、"If …"のパターンが3回見られるが、一度目は "if you…", 二度目と三度目は "If I…"と、「あなたが〜なら、私は〜だ、〜だ」と主張を進める。また一度目の "if you…"の後に"measure"が3回使われるが、いずれも異義語でシェイクスピアが言葉遊びをしている。

　また次の数行においても同じ "If …"のパターンを3回使い、王はキャサリン王女に問いかける。

King Henry. **If thou** canst love a fellow of this temper, Kate, whose face is not worth sunburning, that never looks in his glass for love of any thing he sees there, let thine eye be thy cook. I speak to thee plain soldier. **If thou** canst love me for this, take me! **If not**, to say to thee that I shall die, is true, but for thy love, by the Lord, no; yet I love thee too.

　ヘンリー　**もし君が**、こういう気性の男を愛することができれば、ケイト、その顔がもはや日に焼けるまでもないほど黒く、鏡に写して得意になれない顔でも、愛することができれば、君の目で料理して**私を見てくれ**。率直な軍人として言おう。**もし君が**こんな男でも愛することができるというなら、**私の妻になってくれ！もしできないのなら**、私を殺せと言うだろう、真実だ、君を愛するがゆえに、嘘ではない、神に誓って、違うと言われようが、

私も君を愛しているからだ。(H5 5. 2. 146-152)

　そして三度目のダメ押しである。フランス人のキャサリンをイングランドのヘンリーがどう口説き落とせるか。しかも、ヘンリーから自国の領土を奪われた彼女に征服者としてより、夫としてどう愛してもらえる存在かを認めてもらうため、ヘンリーは彼女と自分とフランスがどのような関係であるべきか、を以下のように王女に語るのである。

> *King Henry.* …it is not possible you should love the enemy of France, Kate; but in loving me, you should love the friend of France; for I love France so well that I will not part with a village of it; I will have it all mine. And, Kate, when France is mine and I am yours, then yours is France and you are mine.

> ヘンリー　**あなた**が**フランスの敵**を愛することは不可能だ、ケイト。だが、**私**を愛することは**フランスの友人**を愛することだ、**私**は**フランス**を愛している、だからその村一つさえ手放すつもりはない、全てを**私**のものにしたいのだ、そしてケイト、**フランス**が**私**のものであり、**私**が**あなた**のものなら、**フランスはあなたのものであり、あなたは私のものなのだ。**

(H5 5. 2. 171-176)

　「フランス」「あなた」「私」というそれぞれの三角関係をうまくつなぎ合わせながらこの三者は三位一体なのだとキャサリン妃を説き伏せ、ヘンリー王は武力ではなく言葉で愛を勝ち得る。

　王女に対する呼びかけが"you","thou"と変化していることにも触れておきたい。ここでは敢えて"you","thou"の違いを「あなた」「君」と区別して訳したが、元々ME から EModE で存在した"you","thou"の使い分けはシェイクスピアではほとんど無くなっていた、と一般には考えられている。ではなぜシェイクスピアはこの2つの二人称代名詞を使うのだろうか。"you","thou"の併用は他のシェイクスピア作品でもしばしば見られ、[16] 面白いことに男性は相手の女性に"you","thou"を交互に使うのに対し、女性は男性に対し "you"のみである。しいて言うならば、美しいフランス王女を目の前にして、ときに"you"とあらたまった呼びかけをし、ときに"thou"と、くだけた調子で呼びかけたり、と王の心も揺れていることを示したものと解釈したい。

33

　最後にフランス王妃イザベラがヘンリーとキャサリン王女の結婚を祝
福して、あわせて次のセリフでフランスとイングランドが一つになるこ
とを願い芝居は幕を迎える。[17]

> *Queen Isabel.*　God, the best maker of all marriages,
> Combine your hearts in one, your realms in one!
> As **man and wife**, being two, are one in love,
> So be there 'twixt your kingdoms such a spousal,

> 　王妃イサベル　全ての結婚の最高の結び手である神が、
> 結ばれますように、お二人の心を一つに、お二人の領土も一つに
> 夫と妻は、体は二つでも、愛においては一つですから。
> 同じようにお二人の王国も夫婦のようでありますように。

(H5 5. 2. 359-361)

　上の王妃のセリフ中、網掛けで示した "in one" と "one in love" がイザ
ベルのメッセージの核をなしているといえる。すなわち、ヘンリー王と
キャサリン、すなわちイングランドとフランスの夫と妻が心を一つにす
ることで、領土も一つになる、すなわち夫と妻が一心同体であれば両国
の関係も同様になる、と言っているのである。"man and wife" と "one"
は聖書の引用である。シェイクスピアも幼少時から親しんだはずのジュ
ネーヴ訳聖書には "... shall **a man** leave father and mother, and
cleave unto **his wife**, and they twain, shall be **one flesh**."（人は父
母を離れて**その妻**と結ばれ、二人は**一体**となる。）[18] とあり、シェイクスピアは
ハムレットにもこの引用を語らせている。[19]

注

1）ミューズ: ギリシャ神話の音楽・舞踏・学術・文芸などを司る女神（たち）。元は複数形。仏語、英語で単数形となっている。

2）H5 2. 3. 19-26 参照。

3）ケネス・ブラナー監督・主演『ヘンリー五世』、1989 年イギリス。

4）Dame Judy Dench. 『夏の夜の夢』(1968)。『間違いの喜劇』(1978)をはじめ数々のシェイクスピア映画に出演、2018 年の映画『シェイクスピアの庭』では監督ブラナー自身が演じるシェイクスピアの妻アン・ハサウェイを演じた。

5）"D' elbow."は但し、仏語なら/delbou/のように子音と母音がつながって聴こえるリエゾンの発音となる。

6）堀越によれば「1415 年 8 月、ヘンリー五世が 3 万の軍勢をノルマンディーに上陸させたが、悪疫流行のため 1 万の人員を失ったヘンリーは、冬越しのためカレーに向かって北上。カレーはすでにイングランド王家の支配地であった。（しかし）6 万のフランス王軍が北仏のカレー南東 50 km の小村アザンクール Azincourt にて 10 月 25 日これを迎撃した」（日本大百科全書. 堀越孝一著）とある。

7）「英軍一人に対し、仏軍五人」Westmerland. "Of fighting men they have full threescore thousand." Exeter. "There's five to one..." (H5 4. 3. 3-4)

8）「あと一万人の助っ人がいれば」Westmerland. "O that we had here But one ten thousand of those men in England That do no work to-day!" (H5 4. 3. 16-17)

9）キリスト教の殉教者で、靴屋の守護聖人とされる。

10）ケネス・ブラナー監督・主演『ヘンリー五世』、1989 年イギリス。

11）https://www.historic-uk.com/HistoryUK/HistoryofEngland/The-Longbow/

12）ケネス・ブラナー監督・主演『ヘンリー五世』、1989 年イギリス。

13）"Non nobis" Psalm 115, beginning "Not **unto us**, O Lord, not **unto us**, but **unto** thy name give glory." 「私たちにではなく、主よ私たちにではなくあなたの御名にこそ、栄光が与えられますように」旧約聖書・詩篇 115 章 1 節。これも前置詞句 unto... が 3 回繰り返される。この "not A, not B, but C"の反復は後の聖書の箇所でも指摘する。

14）ケネス・ブラナー監督・主演『ヘンリー五世』、1989 年イギリス。

15）獅子(ライオン)はヘンリー二世以来イングランドの紋章、白ユリはフランス王室の紋章とされてきた。英軍と仏軍の戦闘とその後のヘンリー五世とキャサリン妃の結婚を象徴する意味で獅子と白ユリを本章 5 節の見出しに使っている。

16）ADO 4. 1. 255-336 など参照。

17）実際にはイザベルのセリフの後、全員が退場、コーラス役が登場し、その後の五世王の治世の繁栄、その後に即位したヘンリー六世の不幸を告げて幕となる。

18）Geneva Version of the Bible, Matthew 19:5,
http://www.genevabible.org/geneva.html

19）"father and mother is man and wife, man and wife is one flesh" *Hamlet*, Act Scene 4, ll.51-52.

II シェイクスピアの喜劇
における三度のくり返し

Ⅱ　シェイクスピアの喜劇における三度のくり返し

『ヴェニスの商人』　*The Merchant of Venice*

　『ヴェニスの商人』といえば、得てして裁判の場面があまりにも有名だろう。悪徳金貸しのシャイロックが証文どおりの判決を望んだばかりに、逆に証文にはない、一滴の血も流さずにという条件が課せられ、被告アントーニオの肉１ポンドを切り取ることはおろか、殺人容疑の罪で全財産没収、逆転敗訴…という、あの裁判である。が、しかしこの裁判のシーン以外にも観客をわくわくさせ、笑いを誘うコミカルな、またシニカルな場面がシェイクスピアの言葉の魔法「三度のくり返し」と共にちりばめられている。

１．登場人物たちの「憂鬱」

　１幕の冒頭、アントーニオは　憂鬱 [1] (sad = melancholy)にとりつかれ悩んでいること、その原因が不明であることを友人らに語る。

> *Antonio.*　In sooth, I know not why I am so sad;
> …
> But how I *caught it, found it*, or *came by it*,
> …
> アントーニオ　正直いって、なぜ俺はこんなに憂鬱なんだか、
> …
> だがなぜ俺はこんなものを**捕らえ**、**見つけ**、**背負い込んだ**のか、
> …
> (MV 1. 1. 1-3)

　そこへバサーニオがポーシャへの求婚に必要な持参金を借りようと、金の無心に来る。彼をわが子同様に愛するアントーニオは気前の良さをつぎのセリフで表現する。

> *Antonio.*　*My purse, my person, my extremest means*,
> Lie all unlock'd to your occasions.
> アントーニオ　**おれの財布も、おれの体も、おれの自由になるもの**なら
> 何でも君の必要のために喜んで提供しよう。(MV 1. 1. 138-139)

　その体を借金のかたに入れたばかりに、後で命を落とす恐怖を味わうことになろうとは、夢にも思っていないアントーニオであろう。ともかく１幕１場では様々な"melancholy"（憂鬱）に悩まされる人物たちが紹

介される。憂鬱の原因のわからないアントーニオ、恋に落ちたポーシャ
への持参金のことで憂鬱なバサーニオ…。

　次の1幕2場では、父の遺言により結婚相手を自分の意思では決めら
れないポーシャの憂鬱が侍女ネリッサによって紹介される。"he hath
devis'd in these three chests of *gold, silver*, and *lead*, whereof
who chooses his meaning chooses you, ..."（お父様がお考えになられ
たあの箱選びも、*金、銀、鉛*の三つの箱のいずれかに隠されたお父様のお心をう
まく選びあてた人がお嬢様を選びとることになる… MV 1. 2. 29-31）

　そしてポーシャ自身は結婚の申し込みに来たイングランドの青年男爵
のことを "He hath neither *Latin, French*, nor *Italian*,..."（あの人は
ラテン語もフランス語もイタリア語もだめ… MV 1. 2. 69-70）と罵る。だがネリ
ッサが "Do you not remember, ... *a Venetian*, *a scholar* and *a
soldier*...?"（覚えておいでですか、ヴェニスの、学者で軍人のあの方？　MV 1.
2. 112-113）と探りをいれるとポーシャは唯一、気を惹かれた男性バサー
ニオの名を思い出す。

　そして、いよいよシャイロックの登場。悪徳高利貸しとして評判の悪
いユダヤ人の彼は特にアントーニオから罵られ、それがシャイロックの
アントーニオに対する恨み、妬みそして憂鬱の種となっている。

　　Shylock. On *me*, *my bargains*, and *my well-won thrift*,
　　Which he calls interest. Cursed be my tribe
　　If I forgive him!
　　シャイロック　（あいつらは）*俺を、俺の商売を、俺の正当な稼ぎを、*
　　高利貸しとぬかして悪態をつく。俺のユダヤ民族は地獄へ落ちろってんだ、
　　もし俺が奴を許すなら！（MV 1. 3. 50-52）

　さらにアントーニオには彼が自分に対して行った迫害行為を3つ並べ
て、アントーニオとバサーニオの借金の申し出にこう答える。

　　Shylock.　Shall I... say this:
　　"Fair sir, *you spet on me*...,
　　You spur'd me such a day, another time

You call'd me dog; and for these courtesies
I'll lend you thus much money?"
　シャイロック　…こう申し上げましょうか？
「*旦那様は*、（先日は）*私めに唾を吐きかけ*てくださり…
旦那様はまたいつぞや*私めを足蹴*になさり、
旦那様は*私めを犬とお呼び*になった、このお礼に
これほどのお金をお貸しいたしましょうか」と。(MV 1. 3. 126-129)

　シャイロックのこのような挑発に乗ったアントーニオは "I am as like to call so again,/To spet on thee again, to spurn thee too."（俺はこれからもお前を犬と呼ぶし、唾も吐くし、足蹴にもする。MV 1. 3. 130-131）と感情を荒立て、シャイロックの "for an equal pound/Of your fair flesh, to be cut off..."（あんたの体の肉 1 ポンドを切り取る MV 1. 3. 149-150）という恐ろしい契約の罠にまんまとはまるのである。

2．人生の裏切り

　2 幕に入ると、シャイロックの娘ジェシカの駆け落ち(2. 5-6)、モロッコ大公、アラゴン大公の箱選びのシーン(2. 1, 2. 7, 2. 9)など、さらに新たな登場人物たちが登場する。そしてジェシカは父シャイロックを捨て、恋人ロレンゾーとの駆け落ちに父の財産を持ち逃げし、父を裏切る。また二人の大公たちは「ポーシャの肖像画の入った箱を引き当てる」べく、金と銀の箱を「身分にふさわしい」つもりで選ぶも失敗。こうして彼らもまた人生に裏切られるのである。

　2 幕 3 場で、ヴェニスのキリスト教徒ロレンゾーと恋に落ちたジェシカは父とユダヤ教を捨てる覚悟をする。

　Jessica.　But though *I am a daughter to his blood*,
I am not to his manners. O Lorenzo,
If thou keep promise, *I shall end this strife*,
Become a Christian and thy loving wife.
　ジェシカ　私、*お父様の血を受け継いだ娘だけど*、
その気性まで受け継いではいない。ああ、ロレンゾー、

約束を守ってくださるなら、*この苦しみを終わらせて、*
キリスト教徒に、そしてあなたの愛しい妻にならせて。(MV 2. 3. 18-21)

　そして次の 2 行のセリフでジェシカはいよいよ家を出る覚悟を観客に告げる。"my fortune", "father", "daughter"の 3 つの言葉がジェシカのこれからの人生を暗示しているようだ。

　　Jessica.　Farewell, and if **my fortune** be not cross'd,
　　I have **a father**, you **a daughter**, lost.

　　ジェシカ　さようなら、私の運が邪魔されなければ、
　　私は父を、あなたは娘を失ったのだわ。(MV 2. 5. 56-57)

　57 行目は文法的には I have (lost) a father, and you (have lost) a daughter と(　)内に lost または have lost を補って読むべきであるが、この 2 行の行末で **crossed/lost** のように脚韻(rhyme)を踏む目的[2]で、省略と語順の転倒が見られる。が同時に、*"I"-"father"/ "you"-"daughter"/ lost* の言葉がブランクヴァースの弱強の響きに乗ってジェシカの父との決別の心境をも表す効果ももたらしている。その彼女と駆け落ちするロレンゾーは、彼女が少年に変装し 2 階から降りて来る姿に「賢さ、美しさ、忠実（の愛）」[3]を見出し、これを 3 行の首句反復で表現する。

　　Lorenzo.　***And*** fair she is, if that mine eyes be true,
　　And true she is, as she hath prov'd herself;
　　And therefore, like herself, ***wise, fair, true,*** [3]
　　Shall she be placed in my constant soul.

　　ロレンゾー　*そして*彼女は美しい、俺の目が忠実であるならば、
　　*そして*彼女は忠実だ、彼女自身が証明しているとおり。
　　*そして*それゆえ、彼女にふさわしく、**賢く、美しく、忠実**なのだ、
　　彼女は俺の変わることのない胸に抱かれるのだ。(MV 2. 6. 54-57)

　次に人生に裏切られる人物としてモロッコの大公が登場する。すでに 2 幕 1 場でポーシャの邸を訪ねていた大公だが、ここでいよいよ「箱選び」に臨む。そしてポーシャに催促され、3 つの箱の銘文(inscription)をそれぞれ読み始める。

Morocco. This first, of gold, who this inscription bears,
"*Who chooseth me* shall gain what many men desire";
The second, silver, which this promise carries,
"*Who chooseth me* shall get as much as he deserves";
This third, dull lead, with warning all as blunt,
"*Who chooseth me* must give and hazard all he hath."

　　モロッコ大公　　最初は金の箱だ、その銘がこう刻んである、
　「*我を選ぶ者は*得るべし、衆人の求むるものを」、
　二つ目の銀の箱は、こう約束している、
　「*我を選ぶ者は*得るべし、分相応のものを」、
　この三つ目の、貧弱な鉛の箱は、そっけない警句が、
　「*我を選ぶ者は*自分のものを与え危険にさらさねばならぬ」。(MV 2. 7. 4-9)

　そしてポーシャから正しい箱には彼女の絵姿が入っていると知らされ、45 行もの長セリフを費やし、彼なりに懸命に考える。自分の身分にふさわしく("As much as I deserve" 2. 9. 31)、ポーシャという高価な宝石は金の台以外にはめられない("never so rich a gem/Was set in worse than gold" 2. 9. 54-55)、ポーシャという「天使の金貨」[4)]は金の寝台に置かれているはずだ("an angel in a golden bed /Lies all within" 2. 9. 58-59)と身勝手な三段論法で推論し、金の箱を選んでしまう。結果は髑髏（どくろ）の目に差し込まれたメッセージを見つけることに。そのメッセージの最初の行が諺でも有名な「光るもの全て金にあらず」である。この後 9 行に渡ってメッセージは続くが、面白いのはこの 9 行の行末の単語がすべて "gold/told..."のように /əʊld/[5)]の発音で脚韻を踏んでいることだ。役者の読み方によっては笑いさえ誘う忠告のセリフである。小田島訳も原文の脚韻を巧みに日本語に訳して聴かせてくれている。

　Morocco. (reads) "All that is gold is not *gold*,
Often have you heard that *told;*
Many a man his life hath *sold*
But my outside to *behold.*
Gilded [tombs] do worms *infold.*
Had you been as wise as *bold,*

Young in limbs, in judgment *old,*
Your answer had not been *inscroll'd.*
Fare you well, your suit is *cold.*"

　モロッコ大公　（読む）「輝くもの必ずしも*金にあらざるなり*、
この言葉、汝もしばしば*耳にせしはずのものなり。*
目くるめくわが面に*心惹かるるあまり*、
その命売るに至りし者*あまたあり*、
金色に輝く墓もその下に*蛆虫住める所なり*、
汝に欠けたるはその*勇気に劣らざる知恵なり*。
若き五体にもなお必要な*老熟せる分別なり*、
さもなくばかかる答えを*目にせざりしはずなり。*
さらば、汝の願いは死体同様、*冷たくなりはてるなり。*」(MV 2.7.65-73)

　さらに二人目の求婚者としてポーシャを訪ねたアラゴン大公も知恵足りず、「分相応のもの」の文言に心を奪われ、銀の箱を選ぶ。そしてポーシャではなく阿呆の絵を引き当て、すごすごと引き上げていく。銀の箱のメッセージにも 10 行からなる脚韻詩が用いられているが、紙面の都合で省略する。お読みになりたい方は 2 幕 9 場の 64～78 行を参照されたい。

　「箱選び」の本命バサーニオの話へいく前に、シャイロックが自分たちユダヤ人に対する迫害について不満を語り、復讐を誓うシーンが 3 幕 1 場で展開される。シャイロックは散文で語るが、注意して聴くとここにも 3 つの数で語句が並べられていることがわかる。

Shylock.　Hath not a Jew eyes? ₁Hath not a Jew *hands, organs, dimensions, senses, affections, passions;* ₂fed with the same food, ₃hurt with the same weapons, ₄subject to the same diseases, ₅heal'd by the same means, ₆warm'd and cool'd by the same winter and summer, as a Christian is?

シャイロック　ユダヤ人には目がないか？ユダヤ人には*手が*ないか、*五臓六腑が*、*四肢五体が*、*感覚も*、*感情も*、*情熱も*ないというのか、キリスト教徒と同じものを食い、同じ刃や剣で傷つき、キリスト教徒と同じ病気にかかり、やつらと同じ治療で癒されているんだぞ、同じ冬の寒さや夏の暑さを感じたりしないとでもいうのか？　(MV 3.1.59-64)

　2 回目の"Hath not a Jew…"は番号を付けたように 1 で hands から passions まで目的語が 6 つ並列され、2〜6 までは動詞句が 5 回並ぶ。1 と合わせれば 6 つの動詞句からなる一つの疑問文が形成されている。さらにこの後に "If ..., we not ...?"が 7 回くり返される。そして 4 回目の "If ...?"の後と 6〜7 の"If ...?"の後で "revenge"（復讐）が 3 回繰り返されることで、シャイロックの憎悪の念が増幅されているようだ。

> *Shylock.*　If you prick us, do we not bleed? If you tickle us, do we not laugh? If you poison us, do we not die? And if you wrong us, shall we not *revenge*? If we are like you in the rest, we will resemble you in that. If a Jew wrong a Christion, what is his humility? *Revenge*. If a Christian wrong a Jew, what should his sufferance be by Christian example? Why, *revenge*.
>
> シャイロック　もしあんたらが俺たちを刺したら、血は出ないか？もしあんたらが俺たちをくすぐったら、笑わないのか？もしあんたらが毒をもったら、死なないのか？もし俺たちを虐待したら、*復讐*しないとでも？もし俺たちが他の点であんたらと同じなら、その点でも同じだ。もしユダヤ人がキリスト教徒をいじめたら、それに対するお情けとは？*復讐*だ。もしキリスト教徒がユダヤ人をいじめたら、奴らのやり方だとどんな忍従が？ああ、*復讐*だ。
>
> (MV 3. 1. 64-71)

　4 幕の裁判の場面だけをみると、なぜシャイロックが「証文どうりの裁き」を望んだかがはっきりしないかもしれないが、彼の胸の中にあるキリスト教徒のユダヤ人迫害に対する怨念を上のセリフから読み取ることができれば、これまでさんざん自分たちユダヤ人を「犬呼ばわり」してきたアントーニオを訴える際、シャイロックには「死刑」同然の「胸の肉 1 ポンド」の求刑がどうしても必要だったことがわかる。

3. バサーニオの箱選び

　このドラマの前半から後半への折り返し、3 幕 2 場で、ポーシャの結婚相手の本命バサーニオが箱選びに挑戦する。選ぶ前に二人の気持ちは

互いに惹かれ、以下の会話が恋のささやきとして交わされる。

> *Portia.*　　Beshrew your eyes,
> They have o'erlook'd me and divided me:
> **One half of me is yours, the other half yours—**
> Mine own, I would say; but if mine, then yours,
> And so **all yours**.

> ポーシャ　　嘆かわしいわ、あなたの目、
> その眼が私を見て、私を引き裂いてしまった。
> **その半分はあなたのもの、残りの半分もあなたのもの—**
> 私のもの、と言いたいけど、私のものなら、あなたのもの、
> だから**全部あなたのもの**。　　　　　　（MV 3. 2. 16-18）

それでもバサーニオは敢えて箱選びによってポーシャの愛を勝ち得ようとする。そこでポーシャはバサーニオを落ち着かせようと、歌を聴かせる。この歌詞にも3行一連の脚韻が3回くり返されている。

> Tell me where is fancy ***bred***,　浮気心はどこに住むのか、
> Or in the heart or in the ***head?***　胸の底にか、頭にか？
> How begot, how ***nourished?***　どうして生まれ、育つのか？
> 　*All.*　Reply, reply.　（全員）答えておくれ、答えておくれ。
> It is engend'red in the ***eyes***,　浮気心は目に生まれて、
> With gazing fed, and fancy ***dies***　目で育ち、死にゆきて
> In the cradle where it ***lies.***　ゆりかごの中で横たわりて。
> Let us all ring fancy's ***knell.***　さあ弔いの鐘鳴らそう。
> I'll begin it. Ding, dong, ***bell.***　ディンドン、鐘鳴らそう。
> 　*All.*　Ding, dong, ***bell.***　（全員）鐘鳴らそう。（MV 3. 2. 63-72）

そしてバサーニオは 30 行近い長いセリフで試行錯誤した後、次のように鉛の箱に狙いを定める。"but thou, thou meagre lead,/.../Thy paleness moves me more than eloquence,/And here choose I."（だがみすぼらしい鉛よ、…飾らぬ姿が雄弁以上に俺の心を揺り動かす。だから私はこれを選びます。MV 3. 2. 104-107) そして鉛の箱を開けると、中にポーシャの肖像画を見つけ、その美しさを次の3つの疑問文と3つの/s/で始まる語の頭韻で表現している。

Bassanio. Fair Portia's counterfeit! ***What demigod***   115
Hath come so near creation? Move these eyes?
Or whether, riding on the balls of mine,
Seem they in motion?
    …   so sweet a bar
Should sunder such sweet friends.   120

> バサーニオ　美しいポーシャの肖像！どんな半神半人が
> これほどの造化の美を作り上げるのか？両の眼が動いている？
> はたまた、俺の両眼に合わせて
> この眼も動いているのか？
> …　　　　　これほど美しい息でなければ
> これほど美しい友の仲を裂くことはしまい。(MV 3. 2. 115-120)

　120 行目の "***sunder such sweet*** …" のような語句の組み合わせはジュリエットのロミオに対する別れの言葉[6]にも見られ、シェイクスピアの得意な頭韻の組み合わせであったかもしれない。バサーニオの心躍る喜びにポーシャもまた頭韻で次のように答える。

Portia.   …   yet for you,
I would be ***trebled twenty times*** myself,
A thousand times more fair, ***ten thousand times*** more rich,

> ポーシャ　… でもあなたのためなら
> 今の私より二十倍、いえ三十倍も偉くなりたい、
> 一千倍も美しく、一万倍も金持ちでありたい、 (MV 3. 2. 152-154)

　さらに 154 行目の "A thousand times more fair, ten thousand times more rich," のように、「誇張法(hyperbole)」[7]と呼ばれる修辞法を用いてバサーニオへの愛を強調している。

　だが二人のこの喜びもつかの間、アントーニオの船の難破の知らせがこの後のドラマの展開に暗雲をもたらす。友人の危機に慌てるバサーニオに対し、ポーシャは少しも動じず、心強い対応で、次の 4 幕においてスーパーヒロインとして再び登場することになる。

4．慈悲の本質

　有名な法廷の場面にたどり着く前に、ドラマはまだいろいろ紆余曲折があるのだが、そこは少し省き、法廷の場面へと目を向けてみよう。

　この章の２．「人生の裏切り」の最後でも述べたように、シャイロックは借金の返済が不可能になったアントーニオを訴え、裁判で「証文どおり、彼の胸の肉１ポンドを切り取る」ことを遮二無二主張する。これに対して、男装で裁判官になりすましたポーシャが「慈悲」を見せては、と諭すスピーチはあまりにも有名である。ここにはどんな「反復」が見られるであろうか。

> *Portia.*　The quality of **mercy** is not strain'd,　　184
> *It* droppeeth as the gentle rain from heaven
> Upon the place beneath. *It* is twice blest:
> *It* blesseth him that gives and him that takes.
> *'Tis* mightiest in the mightiest, *it* becomes
> The throned monarch better than his crown.
> His sceptre shows the force of temporal power,　　190
> The attribute to awe and majesty,
> Wherein doth sit the dread and fear of kings;
> But **mercy** is above this sceptred sway,
> *It* is enthroned in the hearts of kings,
> *It* is an attribute to God himself;　　195
> And earthly power doth then show likest God's
> When **mercy** seasons **justice**. Therefore Jew,
> Though **justice** be thy plea, consider this,
> That in the course of **justice**, none of us
> Should see **salvation**. We do pray for **mercy**,　　200
> And the same prayer doth teach us all to render
> The deeds of **mercy**.

> ポーシャ　慈悲の本質は義務によって強制されるものではない、
> それは天より降りきたる恵みの雨のように
> 自ら大地を潤すものなのだ。それは二重に祝福される、

慈悲は与える者と受ける者をともに祝福する。
それこそ最強のものが持ちうる最強のもの、それは
王にとっては王冠よりもふさわしい王者のしるしだ。
王の手にする王笏はこの世の権力を示すにすぎない、　　190
つまりそれは畏怖と尊厳を誇示する表象であって、
そこにあるのは王に対する恐れの念でしかない。
だが慈悲は、この王笏による権力支配を越え、
それが王たるものの心の王座にあって人を治める、
それはつまり天の座にまします神ご自身の表象なのだ。　195
したがって地上の権力が神の力に近づくのは
慈悲が正義をやわらげるときだ。それゆえユダヤ人よ、
お前が正義を要求するのはわかるが、考えてもみよ、これを、
即ち、正義のみを求めれば、人間誰一人救いには
あずかれまい。だから我々は慈悲を求めて祈るのだ、　　200
そしてその祈りそのものが、我々に施せと教えているのではないか
慈悲の行いを。　　　　　　　　　　　　　　　　(MV 4. 1. 184-202)

　まず最初の5行(184〜188 行)において、冒頭の"mercy"が次行の
"It"(185)以下、"mercy"自体を含め6回繰り返され「慈悲」とは何か
を定義づける。すなわち「慈悲」は ⅰ)「強制されてはいけない」(not
strain'd)、ⅱ)「天からの恵みの雨」(the gentle rain from heaven)、
ⅲ, ⅳ)「与える者と与えられる者両者への祝福」(bless him that gives
and him that takes)、ⅴ)「最強の中の最強のもの」(mightiest in the
mightiest)など、と「慈悲」を定義づける。5番目の"mightiest in the
mightiest"は日本語訳が示すように、聖書の"the King of kings"や
"the Lord of lords"（王の中の王)[8]を連想させる言い回しで「慈悲」
こそが王たる者に最もふさわしいものだと説く。

　次の 4 行(189〜192 行)では王冠や王笏は王の象徴であるが、「畏怖
と尊厳」(The attribute to awe and majesty)、「恐れの念」(the dread
and fear of kings)であり、「慈悲」はそれらを越え「神」と同じ、すな
わちより崇高なものであると 194〜195 行で述べる。

　そして次の 196〜202 行までを注意してみると、「慈悲」が3回、「正
義」がその3つの「慈悲」の間に挟まれて3回出て来る。3回目の「正

義」で、「正義だけでは救われない」(in the course of justice, none of us/ Should see salvation)となり、最後に200〜202行で2つ目、3つ目の「慈悲」を用いて、だから「慈悲を求めて祈るのだ」とあり、これも聖書のある「我らに罪を犯す者を我らが許すごとく、我らの罪をも許したまえ」という「主の祈り」[9]に自らの主旨（神への祈り）を重ねながら、裁判官ポーシャは同時にシャイロックに「慈悲」(= 許し／赦し)を求めることで最強、最高の正義を施せ、と説いている。「慈悲」＝「正義」＝「救い」という3つのキーワードが盛り込まれたキリスト教の大いなるメッセージとしてとらえることができよう。

　こうしてポーシャはシャイロックに譲歩を求めながらも、一方で「証文は法的に正しい」とシャイロックの正当性を認め、彼はもう裁判における自分の勝利を確信する。そこでポーシャは被告アントーニオには覚悟を、シャイロックには医者を呼ぶよう助言するが、復讐に理性を失ったシャイロックの耳にその言葉は入らない。アントーニオがバサーニオに別れを告げると、バサーニオは思わず **"life itself, my wife, and all the world,**/Are not with me esteem'd above thy life"(自分の命も、妻も、世界も君の命には代えられない　MV 4. 1. 28-285)と口走ってしまう、愛する妻がすぐそばで聴いているとも知らずに。ポーシャが "Your wife would give you little thanks..."(奥様は喜ばれないでしょう。MV 4 .1. 288-289)と口をはさむ。さらにバサーニオの友人でポーシャの侍女ネリッサを妻にしたグラシアーノも自分の妻が裁判官の書記としてその場にいることも知らずに、**"I have wife** who I protest **I love; I would she were in heaven,...."**(俺にも妻がいて、愛しているが、[このユダヤ人の心を変えられるものなら]死んでくれたらと思う。MV 4. 1. 290-291)。ネリッサも夫に "you offer it behind her back"(そんなことは奥さんのいないところでいいなさい。MV 4. 1. 293) 血なまぐさい残酷な裁きが起きようとする寸前、シェイクスピアはこんなユーモラスなやり取りで、笑いの肩透かしを私たちに食らわせる。ここにも「3つのくり返し」が絡んでいるのである。

5. 指輪、指輪、あの指輪

　緊張感たっぷりの裁判が終わり、バサーニオは妻のポーシャが扮し
ているとも知らず裁判官に何なりとお礼を、と申し出る。ポーシャは夫
の愛をためそうと、自分が渡した大事な指輪を所望する。そして先回り
して夫を自宅に出迎え、指輪を裁判官に渡した夫を非難する。バサーニ
オとポーシャの口論はまさに「あの指輪、指輪、指輪は…」と指輪が 9
回くり返されて展開している。

> 　*Bassanio.*　　　　　　Sweet Portia,
> If you did know **to whom** I gave *the ring,*
> If you did know **for whom** I gave *the ring,*
> And would conceive **for what** I gave *the ring,*　　　195
> And **how unwillingly** I left *the ring,*
> When nought would be accepted but *the ring,*
> You would abate the strength of your displeasure.
> 　*Portia.* If you had known **the virtue** of *the ring,*
> Or **half her worthiness** that gave *the ring,*　　　200
> Or **your own honor** to contain *the ring,*
> You would not then have parted with *the ring.*

> 　バサーニオ　　　　　　　優しいポーシャ、
> もし君が分かってくれたら、私が誰にやったか、**あの指輪**を、
> もし君がわかってくれたら、誰のために差し出したか、**あの指輪**を、
> そして想像してくれたら、何のためにやったか、**あの指輪**を、
> そしてどれほどいやいやながら私が手放したことか、**あの指輪**を、
> 何も受け取らないと言われたら、**あの指輪**以外には、
> 君は和らげてくれるだろうか、君の不機嫌を。
> 　ポーシャ　もしあなたがご存じでしたら、**あの指輪**の価値を、
> あるいは**あの指輪**を差し上げた女の愛の半分でも、
> あるいは**あの指輪**を身につける名誉の半分でも、
> ご存じなら手放したりしなかったでしょう、**あの指輪**を。

> 　　　　　　　　　　　　　　　　　　　　　（MV 5. 1. 193-202）

　193 行から 202 行まで 199 行だけを除いて合計 9 回（すなわち 3 回

の 3 倍）の"the ring"が行末で脚韻としてくり返し使われることで、けたたましい夫婦喧嘩を想像させると同時に、音の響きとしてはまさに「鐘」が二人の結婚を祝福するようなセリフとなっている。また 9 行の脚韻だけでなくバサーニオの 194 行から 196 行の 3 行にわたる 3 つの"whom"と"what"で形成される目的語の語句[10]、それに呼応するようにポーシャの 200 行から 202 行における"the virtue...", "half her worthiness...", "your own honor..."という 3 つの目的語がくり返されて、修辞的に二人の掛け合いにリズムと勢い、活気を与えていることがわかる。

　この芝居にはポーシャとその侍女ネリッサ、ロレンゾーと駆け落ちし、ポーシャの邸で働くジェシカと 3 人の女性たちが登場した。概してみるならば「彼女たち」が男たちの運命を操り、幸運に導く役を演じている。彼女たちは、ロレンゾーの言葉を再び引用するならまさに"*fair, wise,* and *true*"[11]であろう。

注

1) 原文では "I know not why I am so sad" (MV 1. 1. 1)とあるが、sad は melancholy の意味。(Schmidt 注参照)

2) ブランクヴァース 2 行で 1 場面の最後が終わり、次の新たな場面の始まりを観客に告げる目的のため、しばしば脚韻が用いられている。

3) wise, fair, true は Sonnet 105 でもテーマとして用いられている.

4) 「天使の金貨」原文の angel は大天使ミカエルが竜を押さえつける絵柄の入った金貨を指す。1465 年、エドワード 4 世により最初に鋳造され時代ごとに様々な"angel coin"がある。

5) 現代英語では"gold"(2.9.65)から"cold"(73)まで 9 行の行末の語は /əʊld/ の発音で脚韻を踏んでいる。GVS の途中であったシェイクスピア時代、/əʊld/ まで完全に二重母音化していなくとも、十分にライムの許容範囲であったであろう。

6) *Juliet.* "Parting is **such sweet sorrow**."(ROM 2. 2. 184)

7) 「誇張法(hyperbole)」 Brook, 403 参照。ポーシャはこの後 "Pay him six thousand, and deface the bond,/Double six thousand, and then treble that" (MV 3. 2. 299-300)でも誇張法を用いている。

8) "the King of kings"や"the Lord of lords"は旧約聖書では詩編 136:3, 申命記 10:17、新約聖書ではヨハネ黙示録 17:14 , 19:16 などに見られる。本著 5 章参照。

9) 「主の祈り」the Lord's prayer. Riverside 版でも同様に指摘している。

10) 正確には 197 行の"how..."まで入れて 4 つの目的語句である。

11) MV 2. 6. 56 参照。

『夏の夜の夢』 *A Midsummer Night's Dream*

1. 愛を創るも壊すも三つの調子

　この劇の冒頭、アテネの公爵シーシュースはアマゾンの女王ヒポリタとの結婚を 4 日後に控え、その宴の進め方を、興奮して次のように語る。

> *Theseus.*　Hippolyta, I woo'd thee with my sword,
> And won thy love doing thee injuries;
> But I will wed thee in another key,
> With pomp, with triumph, and with reveling.

> 　シーシュース　ヒポリタ、私はそなたに**求愛した**、剣をもって、
> そしてそなたの**愛を勝ち得た**のも力づくであった。
> だがそなたとの**結婚は**調子を変えて**行う**つもりだ、
> **華やかに、にぎやかに、そして愉快に**な。(MND 1. 1. 16-19)

　網掛け部の最初の 3 行の動詞句に注目すると、"woo'd *thee* with my sword"(16)、"won thy love doing *thee*…;"(17)、"wed *thee* in another key,"(18) と、3 つの動詞が目的語 thee を取り、その後に修飾語句が続く。さらに次の 1 行には "With…,"(〜をもって)で始まるという前置詞句が三度用いられ、という具合に同じ構造が三度くり返されていることがわかる。「三度のくり返し」がこの作品では最初から全開である。

　そこへイージアスが、娘ハーミアをたぶらかしたという青年ライサンダーを引き連れて公爵の前に現れるとライサンダーを罵り始める。

> *Egeus.*　　　　　　　My noble lord,
> This man hath bewitch'd the bosom of my child.
> Thou, thou, Lysander, thou hast given her rhymes,…

> 　イージアス　　　　公爵様、
> この男は密かに迷わせていたのです、わが娘の心を。
> おまえは、おまえは、ライサンダー、娘に恋歌なんぞを贈りおって…

> (MND 1. 1. 24-26)

　父親の決めた許嫁（いいなずけ）・デミートリアスと結婚するのでなければ、修道尼の生活をするか、死刑かいずれかの罰を受けることになると宣告されて、ハーミアとライサンダーはその場に残り、"The course of true love never did run smooth;"（真の恋が順調に運んだためしは一度もなかった）とライサンダーが語ると、そこから恋人たちの "O…", "Or…"を用いた三度の掛け合いが始まる。

> *Hermia.*　O cross! Too high to be enthrall'd to low.
> *Lysander.*　Or else misgraffed in respect of years—
> *Hermia.*　O spite! Too old to be engag'd to young.
> *Lysander.*　Or else it stood upon the choice of friends—
> *Hermia.*　O hell, to choose love by another's eyes!
> *Lysander.*　Or if there were a sympathy in choice,
> War, death, or sickness did lay siege to it,

> ハーミア　ああひどい、身分が高いと低い人と恋もできないなんて。
> ライサンダー　さもなきゃ、年の点で釣り合わないとか—
> ハーミア　ああ情けない、年の差で結ばれてはいけないなんて。
> ライサンダー　さもなきゃ、親せきが選んだ相手を押し付けられるとか—
> ハーミア　ああ最低、他人の目で恋人を選ばなきゃいけないなんて。
> ライサンダー　さもなきゃ、せっかく選んでも
> 戦争や、死、病気とかが襲いかかり,…（MND 1. 1. 134-140）

　以上のように、ハーミアの「ああ、ひどい…」とそれをさらに煽るかのようにライサンダーの「さもなきゃ…」がセットになって三度くり返され、三度目の「さもなきゃ…」の後には「戦争や、死、病気」という相思相愛の仲を引き裂く要因がさらに 3 つ並べられ、「ここまで障害が多ければ、まともな方法では二人の恋は貫けない」と二人の愛の可能性を否定したうえで、「二人でアテネを離れ、彼の叔母さん宅で密かに結婚しよう」とライサンダーは駆け落ちをそそのかし、愛の可能性を示唆するのだ。もちろんハーミアが反対するはずはなく、次のような誓いの言葉をライサンダーに捧げる。

Hermia.　I swear to thee, by Cupid's strongest bow,
By his best arrow with golden head,
By the simplicity of Venus' *doves*,
By that which knitteth souls and prospers *loves*,
And by that fire which burn'd the Carthage *queen*
When the false Troyan under sail was *seen*
By all the vows that ever men have *broke*
In number more than ever women *spoke*,…

　　ハーミア　　私、誓うわ、キューピッドの一番強い弓にかけて、
彼の金の矢じりのついた一番すぐれた矢にかけて
ヴィーナスの車を牽く鳩の従順さにかけて、
魂どおしを結びつけ、恋をはぐくむものにかけて、
カルタゴの女王を焼いたという炎にかけて、
あの不実なトロイ人が船出するのを見たときに。
すべての誓いにかけて、それらは男たちがこれまで破ってきた、
そして女たちがこれまでずっと誓ってきた…

(MND 1. 1. 169-176)

　上の原文の網掛け部分に注目すると、169 行目は文の途中から"by…"
（〜にかけて）だが、次の 170〜172 行の 3 行は行頭で"By…"が 3 回くり
返され、次の 173 行は And に続いてまた"by…"、また 1 行空けて 175 行
でも行頭に"By…"と「〜にかけて」が合計 6 回（3 の倍数）くり返され
ていることがわかる。[1)] さらに 171〜176 行の 6 行は行末で、doves/loves;
queen/seen; broke/spoke…のようにカプレット形式で脚韻まで踏ん
で、誓いの言葉の意味をさらに「音」の響きで強調しているようだ。[2)]

2. 職人たちの三度の情熱

　場面は 1 幕 2 場へ変わり、ここからはアテネの町の職人たちの散文に
よる会話が始まる。公爵の披露宴で催される余興のコンペに参加しよう
と、芝居の計画を練る話し合いで、取りまとめ役のクインスが「ピラマ
スとシスビーの悲しき喜劇(?!)」を提案すると、すかさず出しゃばりな

ボトムが「自分ならどんな役だって見事に演じてみせる」と初めの３行で"rocks", "shocks", "locks", 次の３行で "car", "far", "mar"の脚韻を駆使したセリフを披露してみせる。

> "The raging rocks ³¹　怒りに満ちた岩々が
> And shivering shocks　震えるごとき驚きが
> Shall break the locks　打ち砕かんとするカギは
> 　Of prison gates;　監獄門の門なのさ
> And Phibbus' car ³⁵　太陽神の御車が
> Shall shine from far,　遠きにありて輝くが
> And make and mar　やがて廃れさせたるは
> 　The foolish Fates." ³⁸　愚かなる運の女神なのさ

(MND 1. 2. 31-38)

"This is Ercles' vein."(1. 1. 40. ヘラクレスになった気分だ)と一人で意気込むボトムであるが、職人たちは誰も相手にしていない。クインスがふいご直しのフルートにシスビー役を命じると、今度はシスビー役も自分が演じてみせると、ボトムはピラマスと女形を以下のごとく一人熱演してみせる。

> "let me play Thisby too. I'll speak in a monstrous little voice, "Thisby! Thisby! Ah, Pyramus, my lover dear! Thy Thisby dear, and lady dear!" シスビー役もおれにやらせろ。恐ろしくか細い声でしゃべってみせるぜ「シスビー！シスビー！嗚呼、ピラマス、**愛しい恋人**、あなたのシスビー、**愛しい人よ、愛しい！**」みたいに　(MND 1. 1. 51-54)

このあと場面は第３幕にとび、アテネの森でいよいよ職人たちが芝居の稽古に入るが、シスビーを脅かすライオン役が見物のご婦人方を脅かすのはいかがなものか、と懸念する職人たちにボトムは次のように提案する。

> "Nay, you must name his name,... Ladies,...I would wish you, or I would request you, or I would entreat you, not to fear..." ライオン役に名乗らせるんだ、ご婦人方よ、**お願いしますが**、あるいは**望みますが**、あるいは**お頼みしますが**、怖がらないでくださいまし…とか。

(MND 3. 1. 36-41)

3. 妖精たちの三度のつぶやき

　話は前後するが、この作品が他のシェイクスピア作品群と唯一異なるのは、人間以外の登場人物たちが登場するという点であろう。第2幕で登場する妖精の女王タイテーニアは、夫で妖精の王オーベロンが "I do but beg a little changeling* boy, To be my henchman."(2. 1. 120-121 おれはただ頼んでいるだけだ、おまえが盗んできたあの少年をおれの小姓にするために)とタイテーニアの「取り換え子*」をせがむのに対して断固拒否している。要するに子供をめぐって夫婦喧嘩している、実に人間らしい場面である。そこでタイテーニアは死んだその子の母親を回想して次のように語る。

> *Titania.*　When we have laugh'd to see the sails conceive
> And grow big-bellied with the wanton wind;
> Which she, with pretty and with swimming gait,...

> 　タイテーニア　あの時私たちは（船の）帆が膨らむのを見て笑っていた
> **浮気な風に**大きくおなかが膨らむのを、
> それを彼女は、**かわいくそして泳ぐような恰好で**…（まねして…）
> 　　　　　　　　　　　　　　　　　　（MND 2. 1. 128-130）

> But she, being mortal, of that boy did die,
> And for her sake do I rear up her boy;
> And for her sake I will not part with him.

> でも彼女も、人間ゆえに、あの子のお産で亡くなった、
> だから彼女のために私はあの子を育てるの、
> 彼女のためにあの子を手放したりはしない。(MND 2. 1. 135-137)

　このようにシェイクスピアは129-130行で "with the wanton wind;" "with pretty", "with swimming gait" と、「浮気な風（男）」のせいで「（女は）かわいく」「泳ぐように」とどこまでもイマジネーションを掻き立てる三度の反復をもって "with" で始まる副詞句で妊娠した女性の腹を満帆の船に例えている。また135行は現代のように医療制度の整っていなかったエリザベス朝時代、女性が出産で命を落とすことが多かった事情を

反影しているのだろう。136-137 行は "And for her sake…" と 2 回だが
反復をくり返し「子を手放さない」という意思を強調している。

　タイテーニアは 2 幕 2 場で、眠りにつく前に 3 つのグループの妖精た
ちに仕事を言いつける際に、同様のフレーズを 3 回くり返している。

> *Titania.* Some to kill cankers in the musk-rose buds,
> Some war with rere-mice for their leathren wings
> To make my small elves coats, and some keep back
> The clamorous owl,…

> 　タイテーニア　（妖精たちの）**何人かは**じゃ香バラの蕾の中の毛虫を退治に、
> **何人かは**コウモリと戦ってその革の翼をはぎとって
> 私の小さな妖精たちの外套を作りに、そして**何人かは**追い払っておいで、
> あのうるさいフクロウを…　　　　　　　　　　　　　　　(MND 2. 2. 3-6)

　こうして妖精たちの子守歌 "lullaby…" が 3 回繰り返し歌われタイテー
ニアは安らかな眠りにつく。するとそこへ夫オーベロンが現れ、パッ
クに摘み取らせてきた「恋の三色すみれ」のしぼり汁を妻タイテーニア
の目に塗り魔法の呪文を唱える。

> *Oberon.* What thou seest when thou dost *wake*,　　27
> Do it for thy true-love *take;*
> Love and languish for his *sake.*
> Be it ounce, or cat, or *bear*　　　　　30
> Pard, or boar with bristled *hair;*
> In thy eye that shall *appear*
> When thou wak'st, it is thy *dear:*
> Wake when some vile thing is *near.*　　　34

> 　オーベロン　お前が目覚めて見るのが何であれ
> それがお前の真の恋人となれ。
> 恋し恋こがれるのだ、その魅力ゆえに
> それがたとえ山猫であれ、猫であれ、熊であれ、
> 豹であれ、毛を逆立てた猪であれ、
> お前の目に映るのは

目を覚ましたとたん、お前にとって愛しいものと
おぞましきもの近づくとき目を覚ませ。　（MND 2. 2. 27-34）

　日本語に訳すとわかりにくいかもしれないが、原文では 27-29 の 3 行
と 32-34 の 3 行の間に 30-31 の/eə/×2 回をはさみ、各々/-eik/×3 行、
/ɪər/×3 行の脚韻で表されている。

4．恋人たちの三度三度の罵り合い

　前章の最後に見たようなシンメトリカルなライム 3 行のくり返しの構
造は次の 3 幕 2 場のヘレナとライサンダーがデミートリアスを挟んでの
掛け合いにも見られる。

> *Helena.* …　　　　　None of noble *sort*　　　　159
> Would so offend a virgin, and *extort*
> A poor soul's patience, all to make you *sport*
> 　*Lysander.*　You are unkind, Demetrius; be not *so*;　163
> For you love Hermia; this you know I *know*.
> And here, with all good will, with all my *heart*,
> In Hermia's love I yield you up my *part*;
> And yours of Helena to my *bequeath*,　　　166
> Whom I do love, and will do till my *death*.
> 　*Helena.*　Never did mockers waste more idle *breath*.

　ヘレナ　…　　　　　　　　　どんな心の気高い人だって
こんなに乙女を傷つけることはないし、引きずり出すなんて、
憐れな人間の忍耐力を、すべてあなたたちの道楽のためだなんて。
　ライサンダー　ひどい奴だな、デミートリアス、やめろ、そんなこと、
お前はハーミアを愛している、これはお前も俺も知っていること、
だからここに宣言する、心からの善意をもって
お前に譲ろう、ハーミアへの愛を受ける役を、
彼女を心から愛してる、かけてもいい、俺の命を。
　ヘレナ　聞いたことないわ、こんなに人を馬鹿にする言葉を。
　　　　　　　　　　　　　　　　（MND 3. 2. 159-161; 166-168）

　こうして二組の恋人たちの口喧嘩は、次第にハーミアとヘレナの女ど

うしの罵り合いへと発展していく。二人のやり取りを観てみよう。

> *Hermia.*　O me, you juggler, you canker-blossom,　282
> You thief of love! What, have you come by night
> And stol'n my love's heart from him?
> 　*Helena.*　　　　　　　　　　　　　Fie, i' faith!
> Have you no modesty, no maiden shame,　285
> No touch of bashfulness? ...
> ...
> Fie, fie, you counterfeit, you puppet, you!　288
> 　*Hermia.* "Puppet"? Why so? Ay, that way goes the game.
> Now I perceive that she hath made compare
> Between our statures: she hath urg'd her height,
> And with her personage, her tall personage
> Her height, forsooth, she hath prevail'd with him!　293

> ハーミア　あーら、**お上手**、蕾を食い荒らす芋虫ちゃん、
> この恋泥棒！何、あなた、夜中に忍んでやって来て、
> 盗んだのね、私の愛する心を、彼から？
> 　ヘレナ　　　　　　　　　　　　お見事ね、まったく！
> あなたには**慎み**ってものがないの、乙女の恥じらいもなく、
> **遠慮深さ**というものもないの？　何、引き出したいわけね、
> ・・・
> ひどいわ、ひどい、この**うわべ女**、この**操られるだけの女**、この！
> 　ハーミア「操られるだけ」？ああそう？そうやって獲物を追い立てる。
> やっとわかったわ、**彼女ったら比べていた**のね、
> 私たちの背の高さを。**強調した**わけね、自分の背の高さを、
> そしてその**容姿**で、そのすらっとしたのっぽの容姿で
> その**背の高さ**で、まったく、奪ったのね、彼の心を！

(MND 3. 2. 282-293)

　愛するライサンダーにまで悪口を言われ、それがヘレナのせいだと逆恨みするハーミア、"*you* juggler, *you* canker-blossom, /*You* thief of love!"(282-283)とヘレナに悪口を浴びせると、口数の少ないヘレナも負けずに、"*you* counterfeit, *you* puppet, *you*!"(288)のよ

59

うに"**you...**"×3 回のフレーズを使った口論の応酬となる。そしてハーミアがヘレナの外見をあげつらって"**her** personage, **her** tall personage, **Her** height"(292-293)と罵ると、今度はヘレナが "she is lower than myself"(304)とハーミアの「ちび」を罵り…という具合に悪口合戦がエスカレートしていく。この同じフレーズの "三度"のくり返しが幼馴染の二人の掛け合いにリズムを持たせ、役者どうしがその掛け合いを楽しみ 3)、さらにそのセリフの掛け合いのくり返しや間、面白さが私たち観客を引き込むのである。

5. ピラマスとシスビーの悲劇的喜劇

最後の幕場 5 幕 1 場では、シーシュース公爵とヒポリタ、そして二組の恋人たちの結婚を祝う披露宴の余興で、町の職人たちによる『若きピラマスとその恋人シスビーのあまりにも長く簡潔な一場面、あまりに悲しき喜劇』（原語は "A tedious brief scene of young Pyramus And his love Thisby; very tragical mirth"）が上演される。劇中劇の観客の一人シーシュース公爵はこの題名を聞いて、"Merry and tragical? Tedious and brief? That is hot ice and wonderous strange snow."(陽気で悲劇的？冗漫にして簡潔？これは氷は熱く、燃えるような雪もあると？ 5. 1. 58-60)とオクシモロオン4)を 3 回くり返していぶかしがる。

観客らの期待と不安を前に舞台の幕が開く。話の筋はこうである。壁に隔てられた相思相愛のカップル、ピラマスとシスビーが壁の穴から愛をささやくと、そこへライオンが現れ、シスビーは着ていたマントを落として逃げる。彼女を追いかけてピラマスが駆けつけ、血のついたマントを見つけると、彼は恋人がライオンに食い殺されたと勘違いし、生きていても意味なしと剣で自害する。このときピラマスは「死ぬ」を 3 回繰り返す。"Thus die I, thus, thus, thus. /Now am I dead,/Now am I fled;"（MND 5. 1. 300-302　こうして私は死ぬ、こうして、こうして、こうして、今や死ぬ、今や黙る）さらに"die"と "dead"のあいだに"thus"をくり返して剣を自らの胸に突き立てる。ふつうは 1 回のはずの動作を 3 回もやるもの

だから、悲しいはずの場面が逆に滑稽に。一方ライオンから逃げたシスビーが戻ってみると、そこに息絶えたピラマスを見つけ、彼女も後を追ってピラマスの剣で命を絶つ。彼女の死に際のセリフも "Adiew, adiew, adiew."（MND 5. 1. 347 さらば、さらば、さらば）と 3 回繰り返す。

　職人たちのドタバタ劇はときに笑いの涙を誘いつつ、彼らなりの懸命の演技はまた同時に純粋な恋人たちの悲恋に対する同情の涙を観客の目から奪うかもしれない。5) 職人たちの奮闘努力にエールを送りつつ、私たちも次の章へとパックのように飛んでいこう。

注

1) Anaphora「首句反復」と呼ばれ、連続した複数の行頭で同じ単語や語句が繰り返される手法。

2) カプレット形式：2 行連句と呼ばれ、行末の単語の語末が 2 行ごとに同じ母音で終わるように配置し、余韻を与える。英詩ではよく見られる脚韻形式。ハーミアのこの箇所のセリフでは 177〜178 行にかけて "In that same place thou hast appointed *me* / Tomorrow truly will I meet with *thee*."（あなたが言ったその同じ場所で/ 明日落ち会いましょう、あなたと。）のように脚韻があと 2 行続く。さらにこの後登場するヘレナとハーミアの掛け合い（180〜223 行）からヘレナの独白 "How happy some o'er other some can be!"（誰かが他人よりこんなに幸せであっていいの？… 226〜251）で終わる 1 幕 1 場の終わりまで脚韻形式によるセリフが続く。駆け落ちしてまで幸せをつかもうとするハーミアとライサンダー、それを横目で見ながら自分が愛するデミートリアスは自分に見向きもしない、と恋の不公平を嘆くヘレナの心境が 2 行ごとのライムで表現されている。小田島訳では原語の脚韻表現がみごとに日本語訳に置き換えられている。

3) 2019 年 5 月、東京・学習院女子大学で上演されたこの演目で英国劇団 ITCL のハーミア役 Jessica Atkins はインタヴューで「（自分の一番楽しいセリフは）"little"(3.2.326) だ」と答えている。ここでもハーミアの "Little?... low... little" が三度反復されている。

4) オクシモロン(oxymoron: 撞着技法)とは矛盾する言葉どうしを 2 つ並べて強調する修辞法の一種で "open secret"（公然の秘密）；"deliberate mistake"（故意の誤り）など日常生活に溶け込んでいるものもある。（ジーニアス英和大辞典）シェイクスピアも観客に笑いを誘わせる言葉遊びの道具として時々用いている。

5) 実際、英国劇団 ITCL の MND 日本公演(2019 年)では、シスビーの悲しむ演技にヒポリタが同情の涙を見せる、という演出で、シーシュースのセリフにもあるとおり、どれほど拙い芝居でも役者の懸命な演技は見る者の心を打つという実践例を示している。"I read as much as from the rattling tongue/Of saucy and audacious eloquence."(MND 5. 1. 102-103)

『十二夜』 *Twelfth Night or What You will*

1．ヴァイオラの三度の問いかけ

　この芝居の幕開きでは、オーシーノ公爵の独白 "If music be the food of love..."（もし音楽が恋の糧となるならば… TN 1. 1. 1）とそれに続く家来の報告から、公爵がオリヴィアに恋し、熱烈なラブ・コールを送っているにも関わらず、兄を亡くしたばかりのオリヴィアが男性の求愛を受ける気にはなれない、という内容が読み取れるのみである。が、次の1幕2場は一転、この芝居の舞台となるイリリアの海岸、乗っていた船が難破し、命からがら波打ち際に打ち寄せられたこの芝居の主人公ヴァイオラと船長らの会話でセリフが構成される。このヴァイオラと船長の会話を分析すると面白い言葉の配列が観察される。

> *Viola.*　[Q1] What country, friends, is this?
> *Captain.*　This is Illyria, lady.
> *Viola.*　[Q2] And what should I do in Illyria?
> My brother he is in Elysium.
> Perchance he is not drown'd… [Q3] what think you,
> sailors?　　　　　　　　　　　　　　　　　　　　　　5
> *Captain.*　It is perchance that you yourself were saved.
> *Viola.*　O my poor brother! And so perchance may he be.
> *Captain.*　True, madam, and to comfort you with chance,
> Assure yourself, after our ship did split,
> When you, and those poor number saved with you,　　10
> Hung on our driving boat, I saw your brother,
> Most provident in peril, bind himself
> (Courage and hope both teaching him the practice)
> To a strong mast that liv'd upon the sea;
> Where like Arion on the dolphin's back,　　　　　　　15
> I saw him hold acquaintance with the waves
> So long as I could see.
> *Viola.* For saying so, there's gold.
> Mine own escape unfoldeth to my hope,

Whereto thy speech serves for authority,　　　　　　20
The like of him. [Q4] Know'st thou this country?
　　Captain.　Ay, madam, well, for I was bred and born
Not three hour's travel from this very place.
　　Viola.　[Q5] Who governs here?
　　Captain.　A noble duke, in nature as in name.　　25
　　Viola.　[Q6] What is his name?
　　Captain.　Orsino.
　　Viola.　Orsino! I have heard my father name him.
He was a bachelor then.
　　Captain.　And so is now, or was so very late;　　30
…
That he did seek the love of fair Olivia.
　　…　A virtuous maid, the daughter of a count　　35
That died some twelvemonth since, then leaving her
In the protection of his son, her brother,
Who shortly also died; …
　　Viola.　　　　　　O that I serv'd that lady,　　41
…
I prithee (and I'll pay the bounteously)
Conceal me what I am, and be my aid
For such disguise as haply shall become
The form of my intent. I'll serve this duke;　　　55

　まず冒頭に[Q1] "What country, friend, is this?"（何という国なの。こ
こは？TN 1. 2. 1.）というヴァイオラの最初の質問。これに対して船長
が "This is Illyria, lady."（ここはイリリアと申します。TN 1. 2. 2.）と簡
潔に答える。そこでヴァイオラは、[Q2] "And what should I do in
Illyria?"（私、どうしたらいいの、このイリリアで？TN 1. 2. 3.）と2番目
の質問。この後、"My brother he is... Perchance he is not drowned...
（お兄様はあの世に行って…でももしかしたら助かっておいでかも、溺れ死ん
ではいないかも TN 1. 2. 4-5）と一緒に乗船していた双子の兄セバスチ
ャンの様子を推測する情報を観客に話す。そして[Q3] "what think you,
sailors?"（どう思われます？TN 1. 2. 5.）と、3番目の質問で彼の安否

を問う。船長が"Assure yourself,... I saw your brother, ...bind himself...To a strong mast...upon the sea... I saw him... So long as I could see."（大丈夫、私はお兄様がしっかりとマストに自分を縛り付け、波間を漂っていらっしゃるのを、ずっと見ておりましたから。TN 1.2.9-17）と9行に及ぶセリフで兄セバスチャンの無事を伝える。これを聞いて安心したのか、ヴァイオラは4つ目の質問 [Q4] "Know'st thou this country?"（この国のこと、ご存じ？TN 1.2.21）、さらに船長との短いやり取りの中で矢継ぎ早に [Q5] "Who governs here?"（どなたがここをお治めに？TN 1.2.24）、[Q6] "What is his name?"（お名前は？TN 1.2.26）と堰を切ったように質問する。イリリアを治めるのが独身の公爵オーシーノであること、彼が兄を亡くしたばかりのオリヴィアに想いを寄せていること、等々。そこで女性の身なりではこの先おぼつかないと判断したヴァイオラは「男装」して公爵の小姓として仕えながら、生きているはずの兄を探しだそうと決意する。私たち観客はこのセリフを通して、彼女の兄探しという未知の国での冒険の始まりを、ヴァイオラと共有するのである。ここでヴァイオラの質問を整理すると、[Q1]〜[Q3]までが自分と兄に関する一連の質問、その答えとして船長の長セリフ、そして[Q4]〜[Q6]の質問の後、また船長の「公爵とオリヴィアについての説明」という長い答えの後、ヴァイオラのセリフは上述の「生きる希望」へと向かう、という具合にヴァイオラの合計6つの質問とそれに対する船長の長セリフでこの場面が構成されていることがわかる。

２．オリヴィアとヴァイオラの恋の駆け引き

　1幕4場で、船長の手助けもあり、うまく公爵の屋敷で「就職」出来たヴァイオラはその才能と「少年のような」魅力的な容貌からすっかり公爵のお気に入りとなり、さっそくオリヴィアへの恋の使者としてこの場面でオリヴィアのもとへ遣わされる。1幕5場は合計で311行に及ぶセリフで構成されるが、このうち前半の166行目までは、オリヴィアの召使マライアと道化、道化とオリヴィア、オリヴィアとサー・トビー、

オリヴィアと執事マルヴォーリオらの掛け合いで構成される。そして後半の 167 行から 288 行まで 100 行に及ぶセリフが、兄を難破で亡くしたと思っているヴァイオラと、同じく兄を失ったオリヴィアの掛け合いによる、女どうし（ヴァイオラはシザーリオという小姓に扮し、オリヴィアはヴァイオラを男性と思っているのだが）の言葉による一騎打ちが展開されている。ここでも 1 幕 2 場同様、二人の女性の会話に、ある法則性またはパターンのようなものが観察される。これをセリフの順に追っていくと次のとおりである。

　まずオリヴィアの屋敷内（たぶん彼女の接客室か謁見の間）に通されたヴァイオラが、ヴェールを被ってわざと正体を隠している女性二人（オリヴィアと侍女マライア）の両方に次のように話しかける。"The honorable lady of the house, which is she?"（当伯爵家のお嬢様はどちら様でしょうか？TN 1. 5. 167）この問いに対しオリヴィアが "Speak to me,..."（私に話しなさい…TN 1. 5. 168-9）という応えと同時に "Your will?"（ご用件は？TN 1. 5. 169）と質問で切り返す。これに対しヴァイオラはとっておきのセリフを披露する。"Most *radient*, *exquisite*, and *unmatchable beauty*..."（いとも *麗しく*、*艶*やかで、*類いまれな美しい* 姫君 TN 1. 5. 170-1）とオリヴィアの「美しさ」を称賛する形容詞を 3 つ並べる。その後に 6 行のうやうやしい挨拶の言葉。だがオリヴィアはそっけなく "Whence came you, sir?"（どちらからいらしたの、あなた？TN 1. 5. 177）と尋ねる。しかしヴァイオラはそんな体よく追い返そうというオリヴィアの策略には乗らず、オリヴィア自らが語りだすよう、練りに練ったメッセージをオリヴィアだけに聞かせたいと、じらす。そうしてついにオリヴィアがしびれを切らし、この若者が何者か聞き出そうと身を乗り出してくる。

　　Olivia.　Yet you began rudely. [Q1]*What are you? What would you?*
　　Viola.　The rudeness that hath appear'd in me have I learn'd from my entertainment. [A1]*What I am, and what*

I would, are as *secret as maidenhood*; to your ears, *divinity*; to any other's, *profanation*.

> オリヴィア　無作法な始め方ね。あなた、どんな人？どうなさろうというの？
> ヴァイオラ　私が無作法を働いたのは、ここでそのようなおもてなしを受け
> たので見倣ったまでのことです。私がどういう人間で、どうしようとして
> いるかは、処女の操のように大切な秘密です。あなたのお耳に入れば神聖
> な言葉となりますが、他人の耳に入れば汚れたものとなりましょう。

(TN 1. 5. 213-217)

　オリヴィアの2つの質問[Q1]に対し、ヴァイオラは直接の、[A1]のよ
うに具体的な内容をもった答えを発していない。このような答え方にオ
リヴィアはますます気短に [Q2]"what is your text?"と問うが、次のヴ
ァイオラの "Most sweet lady－"(1.5.221)で始まる答えを待ちきれず、さ
らに "Where lies your text?"と同じ質問を問い直す。ヴァイオラの答え
は "In Orsino's bosom."（ オーシーノの胸の中に。TN 1. 5. 224）と
"Where…?"に対する謎めいた答えのため、オリヴィアはさらに
[Q3]"In his bosom? In what chapter of his bosom?"（ あの方の胸の中？
胸の第何章？ TN 1. 5. 225）と質問を重ねる。すでにこの時点でオリヴィア
はヴァイオラの話術にはまっている。[1] そして次にオリヴィアがヴェー
ルで隠している顔を見せるようにとヴァイオラが頼むと、交換条件とば
かりに、兄を亡くして「今後7年間、太陽にも素顔を見せない」("The
element itself, till seven years' heat, Shall not behold her face at
ample view…" TN 1. 1. 25-26)[2] という誓いをこの公爵の使者ヴァイオラ
に対してあっさりと破ってしまう。ヴァイオラはオリヴィアの美しい顔
を見てありったけの褒め言葉を繰り出すが、同時に「その美しさを誰に
も見せず墓に持ち去るなら、何と残酷な人か」とオリヴィアの動揺をさ
らに引き出す。そしてあえて自分の美しさを「財産目録に残すと、一つ…
一つ…　一つ…」("It shall be inventoried, and every particle and
utensil labell'd to my will: as *item*, two lips… *item*, two grey eyes,…
item, one neck, one chin" TN 1. 5. 245-249)と（平静を装って？）3つ
の項目を挙げた後に、ついに[Q4] "How does he love me?"（公爵がどの

ように自分を愛しているのか？TN 1. 5. 254）と話の核心に自ら立ち入ってし
まう。この問掛けにヴァイオラは待ってましたとばかりに次のように答
える。"**With adorations**, fertile tears, **With groans** that thunder love, **with
sighs of fire**."（神に対するのと同じ愛で溢れんばかりの涙を流し、雷も愛するほ
どのうめき声をもって、火を吹かんばかりのため息をもって。TN 1.5.255-256）こ
の "with..."で始まる三度の副詞句にオリヴィアはどうやら完全に惹かれ
てしまう。もちろん公爵のこのような愛し方に、ではなく、ヴァイオラ
の言葉の魅力（*adorations* – *tears*;　**groans** – *thunder*; **sighs-fire** とい
うこの三組の豪華なコノテーション）に、である。そしてこんなエレガ
ントな話し方をする小姓はどんな生まれか、とヴァイオラ自身のことに
ついて尋ねる。　　[Q5]*Olivia*. "What is your parentage?" [A5] *Viola*.
"Above my fortunes, yet my state is well: I am a gentleman."（ オリヴィ
ア あなた、お生まれは？　ヴァイオラ 今の運命よりは上ですが、今の身分
でも悪くはありません、紳士ですから。TN 1.5.289-291）このようなヴ
ァイオラの止めどなく溢れ出る、けなげな、そして知的な言葉を聞いて、
オリヴィアはつい口を滑らせてしまう。

> *Olivia*.　let him send no more – Unless (perchance) **you come to
> me again** To tell me how he take it.
> オリヴィア　二度と公爵に使いをよこさせないで。でも**あなたが来てくれるな
> ら別よ**、ご主人の反応がどうかを知らせに。(TN 1. 5. 280-282)

　ここまでオリヴィアに拒絶され、ヴァイオラはもはや自分の説得もこ
れまでと、捨て台詞を残してオリヴィアに別れを告げる。　*Viola*. "And
let your fervor like my master's be Plac'd in contempt! **Farewell**, **fair**
cruelty."（TN 1.5.287-288 あなたの燃える想いが、いまの主人のように、
冷酷にあしらわれますように、さようなら、美しい残酷な方。TN 1. 5.
287-288）ヴァイオラとしては思い切り皮肉をこめて吐き出した/feə/を2
度くり返す頭韻のセリフが、しかしオリヴィアの胸に突き刺さる。ヴァ
イオラが去った後、オリヴィアは彼女（彼と思い違いをしているが）と
の会話を反復して余韻に浸るのである。"What is your parentage?"
"Above my fortunes, yet my state is well: I am a gentleman." (TN 1. 5.

289-291)兄の死を悲しみ、公爵の求愛など受け入れられないと頑なに公爵を拒んできた彼女が、その召使であるヴァイオラ（シザーリオという美男子）に一目ぼれしてしまうのである。そしてヴァイオラの一挙一動を次のように称える。

> "*Thy tongue*, *thy face*, *thy limbs*, actions, and spirit Do give thee five hold blazon."（あなたの言葉遣い、顔立ち、体つき、物腰、心構え、すべて身分の高い印だわ。TN 1. 5. 292-293）

"thy limbs"の後に"actions"、"spirit"のように名詞は合計で5つ並んでいるが、"Thy…"でくくられているのは太字の斜体で示された3つの項目と考えてよいだろう。あるいは "thy *limbs, actions, spirit*"のように最後の3つが並立しているとも解釈できる。

このように、167行から288行まで100行にわたるヴァイオラとオリヴィアの掛け合いを構造的に整理してみると、ここでもヴァイオラとオリヴィアのセリフに三度のくり返し（反復）が使われているのがわかる。

3．女の愛はどれだけ?!

この作品の前半のクライマックスともいうべき2幕4場でも、前述の1幕2場、1幕4場同様に、ヴァイオラと他の登場人物（ここでは公爵）との談話において、構造的な文や語句、単語レベルでの反復が見られる。その多くは「三度の（ヴァリエーションの）反復」である。

> *Duke.*　　　　　　　　　　Once more, Cesario,　　79
> Get thee to yond same sovereign cruelty.
> Tell her, my love, more noble than the world,
> Prizes not quantity of dirty lands;
> The parts that fortune bestow'd upon her,
> Tell her, I hold as giddily as fortune;
> But 'tis that miracle and queen of gems　　　　85
> That nature pranks her in attracts my soul.
> 　*Viola.* But if she cannot love you, sir?
> 　*Duke.* I cannot be so answer'd.
> 　*Viola.*　　　　　　　　Sooth, but you must.

Say that some lady, as perhaps there is,
Hath for your love as great a pang of heart   90
As you have for Olivia. You cannot love her;
You tell so. Must she not then be answer'd?
   Duke.   There is no woman's *heart*
Can bide the beating of so strong a *passion*
As love doth give my heart; no woman's *heart*   95
So big, to hold so much; they lack *retention*.
Alas, their love may be call'd *appetite*,
No motion of the liver, but the *palate*,
That suffer surfeit, cloyment, and revolt,
But mine is all as hungry as the *sea*,   100
And can digest as much. Make no compare
Between that love a woman can bear *me*
And that I owe Olivia.
   Viola.   Ay, but I *know* —
   Duke. [Q1] What dost thou *know?*   104
   Viola.   Too well what love women to men may owe;
In faith, they are as true of heart as we.
My father had a daughter lov'd a *man*
As it might be perhaps, were I a *woman*,
I should your lordship.

  公爵　　　　　　　もう一度、シザーリオ、　　　79
この上なく残酷なあの人のところへ行ってくれ。
伝えてくれ、おれの愛はこの世の何よりも気高く、
領地の大小など卑しい問題にすぎぬと、
運命があの人に与えた地位財産は、
運命と同じくらい少しもあてにはしておらぬと、
自然があの人を珠玉の女王に変えた奇跡のためだ、　85
おれが魂を引き抜かれたのは、いいな。
  ヴァイオラ　ですが、もしあなた様を愛することはできないと言われたら？
  公爵　おれはそのような返事は聞かぬ。
  ヴァイオラ　　　　　　　ですが、聞かないわけにはいきません。
たとえば、きっとどこかにいると思いますが、

一人の女があなた様への愛ゆえに、今のあなた様と　　　　　　90
同じ悩みを味わっていて、あなた様に愛を拒絶されたら、
そのような返事を聞かないわけにはいかないでしょう？
　公爵　女の体にはな、
激しい恋の悩みに耐える力などあるはずもないのだ、
今おれが味わっているような恋の。どんな女の胸の内も　　　95
これほど大きな愛をもつには小さすぎる、もち続ける力がないのだ。
女の愛は、悲しいかな、食欲のようなもの、
どんな心の底からでも沸き出るものはなく、舌先だけのこと、
だからたちまち満腹し、胸焼けし、吐き気をもよおすのだ。
だがおれの愛は、海のように貪欲で　　　　　　　　　　　100
何でも消化してしまう。比べてはならぬ、
おれに対するどんな女の愛も比べ物にならぬのだ、
オリヴィアに対するおれの愛とは。
　ヴァイオラ　　　　　　　　　　はい、でも私は知っております―
　公爵　何を知っているというのだ？　　　　　　　　　104
　ヴァイオラ　男を想う女の愛がどれだけのものであるか。
女も私たちに劣らず、真の愛を捧げます。
私の父に娘が一人おりまして、ある男を愛しておりました、
それはたぶん、私が女でしたら
きっとあなた様に抱いたであろうような深い愛でした。(TN 2. 4. 79-109)

　この後、公爵とヴァイオラのやり取りはさらに 13 行続くが、とりあえ
ず上に引用した 79〜109 行までを観察してみよう。79 行目から始まる公
爵のセリフの内容は日本語訳からもわかるように、次のようである。

　公爵は、1 幕 5 場で恋のメッセンジャーとしてヴァイオラをオリヴィ
ア姫のもとへ使いに出したが、彼の姫を慕う気持ちがヴァイオラの巧み
な話術をもってしても伝わらず、ヴァイオラに "Farewell, fair cruelty."
（さようなら、美しい残酷な方。TN 1. 5. 288）とまで言わせたにも関わらず、
姫への恋心をあきらめきれない公爵が再度、自分の気持ちを伝えるよう
ヴァイオラに依頼するセリフで始まる。"Get thee to yond *same
sovereign cruelty.*"（残酷なあの人のもとへ行ってくれ。TN 2. 4. 80）ヴァイ
オラが姫との別れ際に吐いた捨てセリフを彼女からの報告で聞いたであ
ろう公爵がその"cruelty"を繰り返している。

　しかしその"cruelty"には "*same sovereign*"と頭韻を用いた形容詞がつ

く。ここではまだ公爵の心中に余裕があるのだ。それゆえ次の 81 行以下で "Tell her, my love, more noble than the world, Prizes not quantity of dirty lands..." (自分の愛がこの世の何よりも大きく、姫の財産などはこれっぽっちもあてにしていない、自分が姫に惹かれたのは奇跡のように美しい彼女自身によるものなのだ)と伝えるようヴァイオラに (そして観客に) 話す。ここには公爵のオリヴィアに対する思いやりの気持ち、優しさなど微塵もない。あるのは公爵のただ一方的な恋心だけであり、その恋は何物にも勝る、という公爵のうぬぼれだけである。

ところがヴァイオラはその公爵に "But if she cannot love you...?" (ですがもし、あなた様を愛することはできないと姫が言われたら? TN 2.4. 87) と諭しにかかる。イリリアを治めプライドも高い公爵は、自分の一小姓であるヴァイオラから "But", "if she cannot love you...?"と自分の気持ちを否定されるような言葉を聞き、すぐに切れてしまう。"I cannot be so answer'd." (そんな答えは聞かぬ、そんな答えをおれにすることは許されぬ)と反論。従順な部下ならすぐに「失礼しました」と引き下がるかもしれないが、ヴァイオラはさらに "Sooth, but you must (be so answered)." (聞かねばなりません)と強い態度に出る。愛という崇高な行為において、男のエゴイズムに対し、女のプライドで挑むのである。そして"Must she not then be answer'd (that you cannot love her)?" (仮に誰か一人の女性があなた様への愛ゆえに、今のあなた様が姫に抱くのと同じ悩みをもちながら、あなた様が彼女を愛することはできぬと拒絶されたら、あきらめざるを得ないでしょう。TN 2.4.89-92)と、(公爵に恋心を抱いてしまった) 今の自分の心情を、恋する自分の気持ちを相手が受け入れてくれぬ (片想いの) 苦しみにたとえながら公爵に忠言する。

だがそんなヴァイオラの気持ちなど公爵の耳には届かず、彼の感情がここから爆発していく。"There is no woman's heart Can bide the beating of so strong a passion As love doth give my heart…" (女には今おれが味わっているような激しい恋の悩みに耐える力などあるはずもない。TN 2.4.93-94)と女性 (の恋) に対する過小評価が始まる。

原文に注目してほしい。93 行目の"no woman's heart"に続いて約 1

71

行半から 2 行開けて "no woman's heart..."(TN 2.4. 95)が、さらに 2 行開けて "No motion of the liver (of a woman)..." と "no woman" のヴァリエーションが 3 回くり返されている。その「女の恋」など一時の食欲のように、"...suffer surfeit, cloyment, and revolt"(満腹すれば、胸焼けし、吐き気をもよおす TN 2.4. 99)と蔑む。*suffer surfeit* と頭韻を踏んだ後、suffer の目的語を *surfeit, cloyment, revolt* と 3 つ並べる。そしてとどめとばかりに次の 3 行でこう語る。"But mine is all as hungry as the sea, And can digest as much (as possible?).(だがおれの愛は海のように貪欲で、何でも消化できるのだ。）だから "Make no compare Between that love a woman can bear me And that I owe Olivia."(比べてはならぬ、おれに対するどんな女の愛もオリヴィアに対するおれの愛とは比べ物にならぬのだ TN 2. 4. 101〜104)と。あくまで一方的な愛の押し付けにお気づきにならない公爵様なのである。

　修辞的には網かけで示したように、比較表現が 3 回繰り返されている。また 93〜104 行までの 12 行で、例外(99/101 行)はあるものの、93. [A] heart/ 95. [A'] heart; 94. [B] passion/96. [B'] retention; 97. [C] appetite/ 98. [C'] palate; 99. [A] revolt/ 101. [A'] compare; 100. [B] sea/ 102. [B'] me; 103. [C]know/ 104.[C'] know.のように、ほぼ全体が [A/ B - A'/B'-C/C'] という 4 行連句プラス 2 行のカプレットの脚韻形式をとり、音を意識したセリフとなっている。97. [C] appetite/ 98. [C'] palate については、これもこれまでの考察の中でしばしば指摘してきたが、現代英語の発音では[C] /ǽpetaɪt/ vs. [C'] /pǽlət/だが、GVS の変化の真っただ中であった[3]と考えられるシェイクスピアの英語では[C] appetite が/ǽpetaɪt/ではなく/ǽpetəɪt/あるいは palate /pǽlət/にもっと近い/ǽpetə(ː)t/と発音されて、十分に脚韻の許容範囲であったことが想像される。さらに"...*owe Olivia*."と頭韻を意識したかのように、まさに「音を恋の糧に」なさっている [4]「自己陶酔」の公爵様なのである。が、ヴァイオラも負けていない。"Ay, but I know—"(はい、でも私は知っております。TN 2.4.103)と反論。すると自分の愛がどれだけ大きいか、これだけ言って聞かせたのにまだ反論するのか、とばかりに公爵の次のセ

リフ[Q1] "What dost thou know?"（何を知っているというのだ？ TN 2. 4. 104）が発せられる。それでもヴァイオラは負けずに言い返す。"Too well what love women to men may owe;"（男を愛する女の気持ちがどのくらいのものか、知りすぎております TN 2. 4. 105）と答え、次の 106〜109 行で、さきほど 89〜92 行で話したたとえ話をさらに発展させていく。"In faith, they are as true of heart as we. My father had a daughter lov'd a *man* As it might be perhaps, were I a *woman*, I should your lordship."（女も私たち男に劣らずまことの愛を捧げます。私の父に娘が一人おりまして、ある男を愛しておりました。それはたぶん、私が女でしたらきっとあなた様に抱いたような深い愛でした。）この不思議なたとえ話に、興奮していた公爵の感情はやがて穏やかな満ち潮に洗われる砂浜のように、落ち着きを取り戻していったのではないか。そしてヴァイオラのこの話をもっと聞きたいと、次の質問[Q2]を繰り出す。"And what's her history?"（それで彼女の恋物語はどうなった？ TN 2. 4. 109） これに対するヴァイオラの答えを以下、続けて観察してみよう。

Duke.　　　　　　　　[Q2] And what's her history?
Viola.　A blank, my lord; she never told her love,　　110
But let concealment like a worm i' th' bud
Feed on her damask cheek; she pin'd in thought,
And with a green and yellow melancholy
She sate like Patience on a monument,
Smiling at grief. Was not this love *indeed?*　　　115
We men may say more, swear more, but *indeed*
Our shows are more than will; for still we *prove*
Much in our vows, but little in our *love.*

　ヴァイオラ　白紙のままです。彼女は自分の恋を誰にも決して語らず、110
胸に秘めて、つぼみに潜む虫のような片思いに
バラの頬をむしばませたのです。彼女は次第にやつれていき、
そして病み蒼ざめた憂いに沈み込み、
彼女はそれでも石に刻んだ「忍耐」の像のように、
悲しみに微笑みかけていました。これが本当の愛ではありませんか？ 115

私たち男は言葉だけはより多く、誓いだけはより多く並べます。でも実際は
見せかけだけは愛情より多く、というところでしょう。なぜなら
いっぱい誓って、愛情少なめ、というのが私たち男なのですから。

（TN 2. 4. 109-118)

　公爵の[Q2] "And what's her history?" に対してヴァイオラは "A
blank, my lord;" と答え、その意味を説明するかのように、"she never
told her love,…; she pin'd in thought,…; She sate like Patience on
a monument, Smiling at grief…" と "she" で始まる三度の反復文で「女
の愛がどれほど忍耐強く、男のそれに劣らない大きなものか」を、そし
て "We men may say more, swear more, but … Our shows … more
than will;" と「恰好ばかりの男の愛」を皮肉り、"Much in our vows, but
little in our *love*" と揶揄する。

　ここまでヴァイオラに説得されたら、いかに公爵とて、3つ目の質問
[Q3]をもって、その娘の身の上話を最後まで訊くしかない。

> *Duke.*　[Q3] But died thy sister of her love, my boy?
> 　*Viola.*　I am all the daughters of my father's house,
> And all the brothers too---and yet I know not.　　　　　121
> Sir, shall I to this lady?
> 　*Duke.*　　　　　　　　Ay, that's the theme,
> To her in haste; give her this jewel; *say*
> My love can give no place, bide no *denay.*　*Exeunt.*　124

　　公爵　それでおまえの妹は死んだのか、恋ゆえに？
　　ヴァイオラ　今は私一人となりました、父の娘も
　　息子としても---はっきりとはわかりませんが。
　　公爵、姫のもとへお使いに参りましょうか？
　　　公爵　　　　　　　　　　　ああ、それが肝心なことだ。
　　彼女のもとへ急いで行け、この宝石を渡して伝えるのだ、
　　おれの恋はどんな拒絶にあっても耐えるものだと。（退場）

　最後のヴァイオラと公爵の "Shall I…?" "Ay…" まで入れるならば正
確には4つの質問と答えとなるが、質問者と回答者が変わることで、こ
の場面の結びとなっていると考え、これは「3つの質問と答え」の形式

からは除く。

　ここでわれわれ観客が忘れてはならないのは、2幕2場で、ヴァイオラが渡したはずのない（オリヴィアが自らのものをマルヴォーリオに託してヴィオラに渡した）指輪のことである。ヴァイオラはこれを見て、オリヴィアが自分を男と見間違えて恋に落ちてしまった（"Fortune forbid my outside have not charm'd her!... She loves me... I am the man!" TN 2. 2. 18-25)と気づき、オリヴィアが男女の恋と思っているものは、自分が女ゆえに全うできないという悩みをヴァイオラが上述の公爵に対する打ち明け話に込めている。それ故われわれは、ヴァイオラの「恋してはいけない相手を恋してしまった」という想いを、また「目の前に想いを寄せる相手がいるにも関わらず打ち明けることができない」というもどかしさ、むなしさ、切なさを一層強く感じるのだ。

4．その他の登場人物も喋る三度のくり返し

　ヴァイオラ以外のほとんどの登場人物たちも自分のセリフに、しっかり「三度の反復」を使っている。その代表的な例を、フェステ（道化）、マルヴォーリオ、セバスチャンらのセリフから紹介する。

4. 1. フェステ

(1) *Clown.* 　… Any thing that's mended is but
　patch'd; virtue that transgresses is but **patch'd** with
　sin, and sin that amends is but **patch'd** with virtue.
　… The lady bade **take away** the fool, therefore I say again,
　take her away.
　　Olivia. 　Sir, I bade them **take away** you.

　　道化　… 治されるものといやあ、すなわち
　つぎはぎ細工だ、過ちを犯した美徳は罪で**つぎはぎされる**、
　よって過ちを治した罪は美徳で**つぎはぎされる**ってもんさ。
　… お嬢様が阿呆を**連れていけ**とおっしゃっている、だからお嬢様を
　連れていけ。
　　オリヴィア　私が**連れていけ**といったのはおまえのことよ。(TN 1. 5. 43-53)

　(1)の例は久しぶりにオリヴィア邸に戻ったフェステが、オリヴィアを三段論法(syllogism; 1. 5. 49)で言い負かすシーンで、文字通り"…but patch'd…"を3回繰り返し"sin"と"virtue"の価値観を逆転させる。そしてフェステとオリヴィアの"take away"を3回用いた掛け合いも二人の会話にリズムを与えている。

4. 2. マルヴォーリオ

　この作品における重要な脇役であるマルヴォーリオも、オリヴィアとの掛け合いや独白で3回の繰り返しを聞かせる。

(2) *Malvolio.*　Madam, … I told him you were sick; …I told him you were asleep; … H'as been told so…
　　Olivia.　　[Q1] What kind o' man is he?
　　Malvolio. [A1] Why, of mankind.
　　Olivia.　　[Q2] What manner of man?
　　Malvolio.　[A2] Of very ill manner…
　　Olivia.　　[Q3] Of what personage and years is he?
　　Malvolio.　[A3] Not yet old enough for a man, nor young enough for a boy; as a squash is before 'tis a peascod, or a codling when 'tis almost an apple. 'Tis with him in standing water, between boy and man.

　　マルヴォーリオ　私がお嬢様はご病気だと申しますと… 私がお嬢様はお休みだと申しますと… そう申しました…
　　オリヴィア　どんな感じなの、その人？
　　マルヴォーリオ　どうも、人間の感じです。
　　オリヴィア　どんな態度なの、その人？
　　マルヴォーリオ　非常に悪い態度で...
　　オリヴィア　どんな人柄、何歳くらい、その人？
　　マルヴォーリオ　一人前というには十分年をとっておりませんし、少年というほど若くもございません。例えて申しますなら、豆になる前のサヤエンドウ、色づく前のりんご、子供と大人を隔てる溝、といったところで...

(TN 1. 5. 139-159)

(3) *Malvolio.* Some are born great, some achieve greatness, and some have greatness thrust upon 'em.

マルヴォーリオ　高貴な身分に生まれる者もあれば、高貴な身分を自ら獲得する者もあり、また高貴な身分を与えられる者さえあるのです。

(TN 2. 5. 145-146)

(3)の "some" と "great", "greatness" の組み合わせの句は、オリヴィアの侍女マライアによってオリヴィアの筆跡を真似て書かれた偽の手紙を、拾ったマルヴォーリオ（彼が拾うようにマライアが仕組んだ）が、オリヴィアが自分に宛てた恋文と勘違いするシーンでのセリフである。マルヴォーリオは、自分が3番目の「高貴な身分を与えられる者」と早合点し、次の3幕4場では、同じ手紙の中に示唆された黄色の靴下と十字の靴下止めの恰好でオリヴィアの前に現れ、このセリフを披露する。(TN 3. 4. 41-45) もちろんこの手紙に身に覚えのないオリヴィアは、マルヴォーリオが発狂したと思い、彼を暗い牢屋に幽閉してしまう。そしてドラマの終盤で、彼への仕打ちがトビーらの計画であることが発覚した後、このセリフは道化によって再び読み上げられ、全体で三度くり返えされる。(TN 5. 1. 370-372) こうしてマルヴォーリオは「高貴な身分を投げ与えられたかにみえたが、高貴な身分に生まれた者でなく、高貴な身分を自ら獲得することもできなかった」のである。[5]

4. 3. セバスチャン

Sebastian. This is the air, that is the glorious sun,　　1
This pearl she gave me, I do feel't and see't,…
…
She could not sway her house, command her followers, 17
Take and give back affairs, and their dispatch,
With such a smooth, discreet, and stable bearing
As I perceive she does.　　20

　　　セバスチャン　　これが空気だ、あれが輝く太陽だ、　　　　　　　　1
　　この真珠、あの人がくれた、確かに感じるし、見える。
　　・・・　　　　　だがもし（彼女の気が狂っている）とするなら、
　　彼女が家を治め、召使たちを服従させ、　　　　　　　　　　　　　17
　　仕事を切り盛りすることができようか、それも
　　あのようにてきぱきと、思慮深く、落ち着いた態度でだ、
　　見ればわかる。　　　　　　　　　　　　　　　　（TN 4. 3. 1-20）

　4 幕 1 場で、トビーやアンドルーたちに、妹ヴァイオラと見間違わ
れ、喧嘩を仕掛けられ危く決闘になりかけたセバスチャンだが、そこへ
出合わせたオリヴィアが、今度は彼をヴァイオラと間違えて、仲裁し、
ついでに結婚の申し込みをする。狐につままれたように何が起こって
いるのかわからないセバスチャンが、オリヴィア邸の庭で心境を吐露
するセリフ。（TN 4. 3. 1-20）　20 行のセリフ中に三度の繰り返しが 3
回見られる。そしてこの場面の最後に、オリヴィアが神父の立ち合いの
もとで二人の結婚式を執り行おうと提案すると、あっさりと彼女のプ
ロポーズを受け入れて、以下の動詞句を 3 つ並べて次のように語る。

　　　Sebastian.　　I'll follow this good man, and go with you,
　　And having sworn truth, ever will be true.

　　　セバスチャン　　この神父様について参ります、一緒に行きましょう、
　　そして誠の愛を誓いましょう。永遠に誠となるよう。（TN 4. 3. 32-33）

5. ヴァイオラが女に戻るとき

　舞台はいよいよ大詰めを迎え、双子の兄妹が同時に現れると、まず公
爵の驚嘆のため息がもれる。

　　　Duke. One face, one voice, one habit, and two persons,...
　　公爵　　一つの顔、一つの声、一つの服、それが二人も…（TN 5. 1. 216）

　そこでシザーリオという名で男に変装していたヴァイオラは、いよ
いよ次のセリフで自分の正体を皆に明かす。

Viola.　　If nothing lets to make us happy both
But this my masculine usurp'd attire,　　　　　　　　250
Do not embrace me till each circumstance
Of place, time, fortune, do cohere and jump
That I am Viola...

　　ヴァイオラ　もし私たちの幸福を妨げているものが
　　女の身にまとったこの男の服装だけだとすれば、
　　私を抱きしめるのは少し待って、
　　時も、ところも、運命も声を一つにして叫ぶまで
　　私がヴァイオラだと…　　　　　　　(TN 5. 1. 249-253)

　こうしてヴァイオラはめでたくオーシーノの妻(Orsino's mistress, and his fancy queen, 5. 1. 388)に迎えられ、舞台は大団円のうちに幕となる。

注

1) オセロが3幕3場でイアーゴの話術にはまっていくのと同様。*Othello.* ... "Why dost thou ask? / *Iago.* But for a satisfaction of my thought,... / *Othello.* Why of thy thought, Iago? .../*Iago.* Indeed!/*Othello.* Indeed? Ay, indeed. ... Is he not honest? / *Iago.* Honest, my lord?...(OTH Act 3 Scene 3, 96-106) このように自らはオセロの言葉を繰り返すイアーゴに、さらなる秘密をオセロの方から訊きたくなるように仕向ける会話の戦略の例。

2) 1幕1場でオーシーノの使いヴァレンタインが侍女から聞いたオリヴィアの言葉を伝えたセリフ。"The Element itself, till seven year's heat, / Shall not behold her face at ample view; / ...all this to season / A brother's dead love, which she would keep fresh / And lasting in her sad remembrance. (今後7年の間、太陽にさえもオリヴィア様には、そのお顔をお見せにならず、…これも全て亡くなられたお兄様への愛情を、絶やしたくないと、悲しい思い出のうちに浸りたいとのことです。TN 1. 1. 25-31)

3) GVS: Great Vowel Shift (大母音推移) は1500〜1750年頃の間に英語の、主として長母音が二重母音へと変化していった音変化の過程。Bolton & Barber, *A Short History of the English Language,* (pp. 77-80); Crystal, David. *History of English* (p. 48)他、GVS関連書を参照。

4) BBC版(1980 英)ではヴァイオラ役のフェリシティ・ケンドールと公爵役のクライヴ・アリンデルはこの掛け合いを冷静に、落ち着いたトーンで演技。一方トレヴァー・ナン監督版(1996 英)ではヴァイオラ役のイモジェン・スタブスと公爵役トビー・スティブンスが103-105行を激しい口論の調子で始めて、と対称的な演出法をとっている。

5) 得てして『十二夜』ではヴァイオラの男装による滑稽なそしてほろ苦い恋の駆け引きから最後に迎えるハッピーエンドが、このドラマの主題と受け取られがちだが、「人生とは思うとおりにならないというマルヴォーリオのこの災難こそ見逃してはならないテーマなのだ」と英国劇団ITCL の *Twelfth Night* を演出したポール・ステビングスは「演出ノート」で述べている。

III　シェイクスピアの悲劇
における三度のくり返し

III　シェイクスピアの悲劇における三度のくり返し

『ハムレット』　*Hamlet, Prince of Denmark*

1. Speak to me!

　この作品における「三度のくり返し」は、冒頭の1幕1場、ホレイショのセリフに最初に見られる。見張りの兵士たちから聞いた、夜な夜な現れる亡霊の正体を確かめようと、自ら見張り台に上がり、ついに亡霊を目撃した彼は亡霊に向かって次のように "Speak" と三度叫ぶのである。

> *Horatio.*　Stay!　***Speak, speak***, I charge thee ***speak!***
> ホレイショ　待て！**話せ**、**話せ**、命令だ、**話しをしろ**！（HAM 1. 1. 51）

　ホレイショは、この直前にも4行のセリフの最後に 'What art thou that usurp'st this time of night, Together with that fair and warlike form In which the majesty of buried Denmark Did sometimes march? By heaven I charge thee **speak**!'（何者だ、この夜中にわが物顔で、生前のデンマーク王がまとっておられた美しい甲冑をまとい、ええい、話をしろ！）と 亡霊に語りかけているが、彼の次にマーセラスとバーナードがホレイショに話しかけているため、二度目の 'I charge thee...' 自体は反復に感じられない。二兵士らに即されて、一度目はおそるおそる、二度目はもう少し覚悟して、そして三度目は 'I charge thee...' をはさんで強く呼び掛けているのであろうか。3回の speak は「^{speak}**タン**、^{speak}**タン**、^Iタ・^{charge}**タン**・^{thee}タ・^{speak}**タン**」といずれも強のリズムで発音されている。そしてこの三度の呼びかけの直後、亡霊は消える、というドラマチックな展開を見せる。

　亡霊が再び現れたとき、ホレイショの亡霊に対する呼びかけは上述の短い文からやや長い文レベルの表現へと変わる。

> *Horatio.*　If thou hast any sound or use of voice,
> ***Speak to me.***

If there be any good thing to be done
That may to thee do ease, and grace to me,
Speak to me.
If thou art privy to thy country's fate,
Which happily foreknowing may void,
O speak!

> ホレイショ「声があるのなら、
> **私に話しかけろ。**
> 何かなされるべきことがあり、
> それがお前の魂を鎮め、私のためにもなるのなら、
> **私に話しかけろ。**
> この国の運命を知っていて
> 今わかれば防ぐことができるかもしれないなら
> ああ、**話しかけろ。**」　　　　　　（HAM 1.1.128-135）

　この後、１幕４〜５場で父の亡霊はハムレットに弟の悲惨な兄殺し
を次のように３つの形容詞を並べて語り掛ける。

> *Ghost.*
> Murder most foul, as in the best it is;
> But this most **foul**, **strange** and **unnatural**.

> 亡霊　卑劣きわまりない殺人だ、どう見たところで。
> 最も**卑劣**で、**異常**で、**人道**にもとる。　（HAM 1. 5. 27-28）

2. ハムレット、オフィーリアのセリフに見る反復

　上の例は実は、一人の登場人物によって１行の中で発話されている
「くり返し」の例であるが、これはまえがきでもすでに一例示したよう
に主役のハムレットやオフィーリアのセリフにも見られる。

> *Ophelia.*　How does your honor for this many a day?
> *Hamlet.*　I humbly thank you, **well, well, well**.

> オフィーリア　殿下、この頃はいかがお過ごしで？
> ハムレット　有難う。**元気だ、元気、元気。**（HAM 3.1. 90-91）

Ophelia　Lord Hamlet, with *his doublet* all unbrac'd　　75
　No hat upon his head, his stockins fouled,
　Ungart'red, and *down-gyved* to *his ankle,*
　Pale as *his shirt, his knees* knocking each other,...　　78

オフィーリア　ハムレット様が、（彼の）**上着の胸をはだけて、**
（彼の）**頭には帽子もかぶらず、**（彼の）**靴下はよれて**
留められてもおらず、（彼の）**くるぶしまで下がり、**
（彼の）**シャツ同様**、お顔は**真っ青、**（彼の）**両膝は**ふるえて…
　　　　　　　　　　　　　　　　　　　　（HAM 2.1.75-78）

　最初の例は最も有名なハムレットの 'To be, or not to be...' （3幕1場）のあと、国王クローディアスと父親ポローニアスが隠れて見守る中、オフィーリアがハムレットにかけた挨拶に対するハムレットの返事である。'words' の3回のくり返しをハムレット役の俳優がどのように語るかが、この場面の見どころのひとつであろう。そして2番目の例は2幕でオフィーリアのもとへハムレットが異様な態度で訪ねてきた様子を父親に語るオフィーリアのセリフ。日本語訳にも（　）で示したように、'*his...*' が75行目で一度出ると、次の76行目では二度目、三度目が連続して出てくる。次の77行目、78行目も同様の使い方で、読み方によってオフィーリアの動揺がいかようにも表現される。

3. このままでいいの、いけないの?!　[1]

　そしていよいよ名セリフ'To be, or not to be...'。まずはこのフレーズで始まる3幕1場55行目から、オフィーリアの登場にハムレットが気づくまでの87行目まで合計33行の独白にひととおり目をとおしていただきたい。

　Hamlet.　To be, or not to be, that is the question:　　55
Whether 'tis nobler in the mind to suffer
The slings and arrows of outrageous fortune,
Or to take arms against a sea of troubles,
And by opposing, end them.　To die, to sleep—

No more, and by a sleep to say we end   60
The heart-ache and the thousand natural shocks
That flesh is heir to; 'tis a consummation
Devoutly to be wish'd.   To die, to sleep—
To sleep, perchance to dream—ay, there's the rub
For in that sleep of death what dreams may come,   65
When we have shuffled off this mortal coil,
Must give us pause; there's the respect
That makes calamity of so long life:
For who would bear the whips and scorns of time,
Th' oppressor's wrong, the proud man's contumely,   70
The pangs of despise'd love, the law's delay,
The insolence of office, and the spurns
That patient merit of th' unworthy takes,
When he himself might his quietus make
With a bare bodkin; who would fardels bear,   75
To grunt and sweat under a weary life,
But that the dread of something after death,
The undiscover'd country, from whose bourn
No traveler returns, puzzles the will,
And makes us rather bear those ills we have,   80
Than fly to others that we know not of?
Thus conscience does make cowards of us all,
And thus the native hue of resolution
Is sicklied o'er with the pale cast of thought
And enterprises of great pitch and moment   85
With this regard their currents turn awry,
And lose the name of action.

ハムレット「生きるべきか、死ぬべきか、それが問題だ。
どちらが気高い心にふさわしいのか。非道な運命の矢弾を
じっと耐え忍ぶか、それとも
怒涛の苦難に斬りかかり、
戦って相果てるか。死ぬことは―眠ること、

それだけだ。眠りによって心の痛みも、　　　　　　　　　　60
肉体が抱える数限りない苦しみも
終わりを告げる。それこそ願ってもない
最上の結末だ。死ぬ、眠る。
眠る、おそらくは夢を見る―そう、そこでひっかかる。
一体、死という眠りの中でどんな夢を見るのか？　　　　　65
ようやく人生のしがらみを振り切ったというのに？
だから、ためらう―そして、苦しい人生を
おめおめと生き延びてしまうのだ。さもなければ、
誰が我慢するものか、世間の非難中傷、
権力者の不正、高慢な輩の無礼、　　　　　　　　　　　70
失恋の痛手、長引く裁判、
役人の横柄、優れた人物が耐え忍ぶ
くだらぬ奴らの言いたい放題、
そんなものに耐えずとも、短剣の一突きで
人生にけりをつけられるというのに？　　　　　　　　　75
誰が不満を抱え、汗水垂らして、
つらい人生という重荷に耐えるものか、
死後の世界の恐怖さえなければ。
行けば帰らぬ人となる黄泉の国―それを恐れて、
意思はゆらぎ、想像もつかぬ苦しみに身を任せるよりは、　80
今の苦しみに耐えるほうがましだと思ってしまう。
こうして、物思う心は、我々をみんな臆病にしてしまう。
こうして、決意本来の色合いは、
青ざめた思考の色に染まり、
崇高で偉大なる企ても、　　　　　　　　　　　　　　85
色褪せて、流れがそれて、
行動という名前を失うのだ。(HAM 3. 1. 55-87) 河合祥一郎訳

　この 33 行に及ぶ長い独白のどこに「反復」が隠されているのだろうか。まず①55 行目に最初の主題 'To be, or not to be'が示された後、'...to suffer'(56 行目)と 'to take arms...'(58 行目)と不定詞句が 3 回くり返されている。そして 59 行目には②2 番目の主題 'To die, to sleep'が。60, 63 行目には 'to say...'と 'to be wish'd'とやはり 3 回の不定詞句のくり返しがある。そして③3 回目の不定詞句 'To die, to sleep'(63 行目)の後に、間をおかずに次の 64 行目に 'To sleep', 'to dream'と 3 回のくり返しがあることが

わかる。次の 65 行目では②、③で用いられた不定詞が今度は 'sleep', 'death', 'dreams'のように３つの名詞として登場する。「死」と「眠り」と「夢」がくり返しによってみごとに結びついているのだ。そしてこれらのフレーズの前後に、'there's the rub' (64 行目)と'there's the respect' (67 行目)の２回のくり返しが次の中盤の数行をつなぐ働きをしているように思われる。そして中盤、69 行目から 73 行目にかけては、'the whips and scorns…'に始まる 'the＋名詞' の羅列である。しかしこれらの語句をよく見ると'the＋名詞'が 6 個並んでいるのがわかる。しかも 'the＋名詞＋of＋抽象名詞'または of の代わりにアポストロフィ-s で２つの名詞が連結されたものの並列である。'…of …'または '…'s …'と声に出して読んでみると大変調子のよいリズムで言葉が配列されていることがわかるだろう。さらにこれらの 6 個の並列は、長さ的には前半３つ、後半３つをそれぞれ一息で読めるようになっている。即ち３回×２という計算である。名詞句の羅列はさらに 72 行目から 73 行目にかけて 7 番目の 'the spurns… of the unworthy…'と続いているのだが 'the spurns'の前に'and'があり、前の 6 つの羅列のあと、役者が一息ついてから読めるようにシェイクスピアは調整したのだろう。

　中盤から後半にかけては 74 行、75 行の 2 行に渡って、'*he himself* might *his* quietus make With a *bare bodkin*; who would fardels *bear*'というように /h/ と/b/の頭韻(alliteration)をそれぞれ 1 行中に 3 回くり返し、聴かせることでおよそ単音節の短い単語の羅列で調子を変えている。そして後半、'**the** dread'(77 行目)、'**the** undiscover'd country' と 2 つの'the＋名詞'を並べ、これらの名詞句はそれぞれ 'after'と'from'で始まる前置詞句を従えている。さらに 1 行あけて、80 行目と 81 行目には 'those ills *we* have'と'others that *we* know…'という関係詞節つきの代名詞が 2 回くり返され、82 行目と 83 行目の行頭では'thus'が 2 回くり返される。2 回のくり返しが 3 つ並んでいる（三度のくり返し）といえよう。

　そして最後は 83 行目から 85 行目にかけて 'hue *of* resolution', 'Is

sicklied o'er with the pale cast *of* thought', 'enterprises *of* great pitch and moment'という'A of B'式のフレーズが 3 回くり返されている。この'A *of* B'フレーズにより、長い独白があたかもこれで終わりであることを示すかのように、87 行目に再度'the name *of* action'が提示されている。このように、33 行の長い独白は変奏曲のように少しずつ、言葉のリズムを変化させながら、観客の耳を退屈させることなく「聴かせる」セリフとなっていることがわかる。(下の網掛けと太字による例示を参照。)

> *Hamlet.* **To be, or not to be,** that is the question: 　55
> Whether 'tis nobler in the mind to suffer
> The slings and arrows of outrageous fortune,
> Or to take arms against a sea of troubles,
> And by opposing, end them. **To die, to sleep**—
> No more, and by a sleep to say we end 　60
> The heart-ache and the thousand natural shocks
> That flesh is heir to; 'tis a consummation
> Devoutly to be wish'd. **To die, to sleep**—
> To sleep, perchance to dream—ay, there's the rub
> For in that sleep of death what dreams may come, 　65
> When we have shuffled off this mortal coil,
> Must give us pause; there's the respect
> That makes calamity of so long life:
> For who would bear the whips and scorns of time,
> Th' oppressor's wrong, the proud man's contumely, 　70
> The pangs of despise'd love, the law's delay,
> The insolence of office, and the spurns
> That patient merit of th' unworthy takes,
> When *he himself* might *his* quietus make
> With a *bare bodkin*; who would fardels *bear*, 　75
> To grunt and sweat under a weary life,
> But that the dread of something after death,
> The undiscover'd country, from whose bourn
> No traveler returns, puzzles the will,

And makes us rather bear those ills we have,   80
Than fly to others that we know not of?
Thus conscience does make cowards of us all,
And thus the native hue of resolution
Is sicklied o'er with the pale cast of thought
And enterprises of great pitch and moment   85
With this regard their currents turn awry,
And lose the name of action.

4. 雀落ちるも神のわざ

ハムレットのセリフにおける「三度の反復」は前述の第四独白に代表されるような韻文においてだけでなく、散文のセリフ中にも見出すことができる。次の例は、5幕2場でレアティーズとの剣の試合を申し込まれたハムレットが、試合を避けた方がよいのではと助言するホレイショに対して、「何より覚悟が大事」と語る'Sparrow speech'で反復表現を用いたものである。

> *Hamlet.* There is a special providence in the fall of a sparrow. ***If it be*** now, 'tis not to come; ***if it be*** not to come, *it* will be now; ***if it be*** not now, yet *it* will come…the readiness is all.
>
> ハムレット　雀が一羽落ちるにも神の摂理がある。もし
> それが今ならば、後には来ないはずだ。もしそれが後で来ないのなら、
> 今来るだろう。もしそれが今来なくても、いつか必ず来るだろう。覚悟が
> すべてだ。　　　　　　　　　　　　　　　　　　　(HAM 5. 2. 219-222)

上の例では解説するまでもなく、'*If it be…, it…*'という構文が三度繰り返されて、それまで決断を先延ばしにしてきたハムレットが覚悟を決めて、運命を受け入れようとする心情が観客の耳にも説得力をもって響いてくる。

5. Miscellaneous

ストーリーの展開からすると順番が逆になったが、2幕2場における

ハムレットとポローニアスの掛け合いの例を紹介したい。この場面は、廷臣ポローニアスが国王クローディアスと王妃ガートルードに頼まれ、ハムレットが本当に気が狂ったのか否か、様子を探るシーンである。

> *Polonius.* … I'll speak to him again. —What do you read, my lord?
> *Hamlet.* **Words, words, words.**

ポローニアス　「ハムレット様、何をお読みで？」
ハムレット　　「言葉だ、言葉、言葉。」

ポローニアスの愚にもつかない質問を見透かしたようにハムレットは三度 'words'を繰り返す。私事で恐縮だが、実際の舞台・映画などでこの一見どうでもよさそうなセリフが最も印象に残るのは、ケネス・ブラナー監督・主演の映画(1996 年)である。彼が演じるハムレットは一度目と二度目の 'words'は通常の発音で/wərdz/と繰り返すが、三度目は/wərd ź/のように複数-s の音をわざと切り離して発音し、あえて日本語に訳すなら「言葉だ、言葉だ、こ・と・ば」のように、皮肉たっぷりに聴かせ、観客の笑いさえ誘っているようである。

　『ハムレット』におけるこうした（三度の）反復表現は台本を注意して読むと他にも多数例が見られるので、ぜひご覧いただきたい。例えば、3 幕 3 場でクローディアスが劇中劇を見せられて、自分の兄殺しの罪を懺悔しようとする場面(HAM 3.3.55, 67-68)やそれに続くハムレットの「やるなら今だ」のセリフの冒頭の 'Now…'のくり返し表現などが挙げられる。

> *King.*　O, what form of prayer　　　　　　　　　　　51
> Can serve my turn? 'Forgive me my foul murder'?
> That cannot be; since I am still possess'd
> Of **those effects** for which I did the murder,
> **My crown, mine own ambition** and **my queen.**　　55

王　ああ、どんな祈りの言葉を

捧げればいいのか。私の卑劣な殺人をお許しください、とでも。
そんなことはありえない。おれはまだ持っているのだ、
殺人を犯した**その結果で得たもの**を、
わが王冠も、**わが野心**も、そして**わが王妃**も。(HAM 3. 3. 51-55)

　原文と日本語訳の太字の部分に注目すると、「一致分切」(diaeresis)と
呼ばれる修辞法が用いられていることがわかる。すなわち 54 行目で「そ
の結果で得たもの」(those effects)を「類概念」として述べ、次の 55 行
目でそれを具体的に「わが王冠（My crown）、わが野心(mine own
ambition)、わが王妃(my queen)」という 3 つの「種概念」で論理的に分
割して示す手法である。[2]

　こうして十字架の前にひざまずき、神の許しを求め必死に祈る国王の
背後に、ハムレットが忍び寄る。母ガートルードの寝室へ向かう途中、
クローディアスの部屋の前を通りかかり、ふと叔父の姿が目に留まり…
という場面で彼はつぎのようにつぶやく。

　　Hamlet.　***Now*** might I do it pat, ***now***'a is a-praying;
　　And ***now*** I'll do't---and so 'a goes to heaven,
　　And so am I reveng'd. That would be scann'd:　　　　75
　　A villain kills *my father*, and for that
　　I, his soul son, do this same villain send
　　To heaven.
　　Why this is *hire* and *salary*, not *revenge*.　　　　79
　　　　.
　　　　.
　　Up, sword, and know thou *a more horrid hent:*　　　88
　　When he is drunk asleep, or in his rage,
　　Or in th' incestuous pleasure of his bed,
　　At game a-swearing, or about some act
　　That has no relish of salvation in't---　　　　　　92

　　ハムレット　**今**こそ絶好の機会だ。**今**奴は祈りの最中だ。
　　今なら殺（や）れるだろう―そうすれば奴は天国行きだ。

そうすれば復讐は果たされたことになる。こいつは慎重に考えるならば：75
悪党がおれの父を殺す、そのため
一人息子のおれが、その悪党を報復のために、天国へ送る。
これでは人殺しの褒美に天国へ送るようなもんだ、復讐ではない。　　79
・・・
剣を収めろ、そしてもっと罪深い機会を見つけるのだ、　　　　　88
奴が酔っ払って眠りこんだ時とか、怒り狂った時とか、
近親相姦の寝床で快楽にふけっている時とか 、
賭けに興じていたり、何か、
救いのかけらもないような時を。　　　(HAM 3. 3. 73-92)

　まず 73〜74 行でハムレットは "now" を 3 回繰り返し「今なら…今なら…今なら」と緊迫感を煽る。だが 76 行で "*A villain* kills *my father*, …*I, his soul son*," と眼前の「悪党の叔父、彼に殺された父、その息子である自分」と三者の関係を挙げて冷静に状況を判断しようとする (That would be scann'd)。そして「神に祈って（懺悔して）いる悪党を殺せば、悪党さえも天国へ行き、その悪党を殺した自分が悪党になり、正義の復讐にはならない」と考えをめぐらす。ここでは 79 行 *hire* and *salary*, not *revenge* と 3 つ名詞が並べられる。[3]

　オリヴィエ演じるハムレットがこのセリフで短剣を抜いて後ろから叔父を刺そうとした瞬間、叔父が十字架に祈る姿が目に入り、復讐を思いとどまるという所作は、この数行のセリフを視覚化させる演出として有名だ。[4] さらに 88〜90 行にかけて、「（復讐が正当化される）罪深い機会」(a more horrid hent) を見つけ」、具体的に「奴が酔っ払って眠りこんだ時 (When he is drunk asleep) とか、怒り狂った時 (in his rage) とか、近親相姦の寝床で快楽にふけっている時 (in th' incestuous pleasure of his bed)」と 3 つの場合[5] を、A or B or C...と、先にクローディアスのセリフで紹介した「一致分切」を今度はハムレットが聴かせる。

　この後、母ガートルードの部屋で誤ってポローニアスを刺し殺したり、母を責めていると再び亡霊が現れたり、いよいよクローディアスによってイギリスへ流刑に…と波乱万丈の後半だが、運よく再びイングランドへ戻ったハムレットは運命のなすがままを受け入れ、前述の Sparrow

Speech[6]を繰り出す。ここでも三度のくり返しでいよいよ迫るその時を受け入れようとする覚悟を示している。(p.89, 4. Sparrow Speech 参照。)

ハムレットが息を引き取った後、ノルウェーのフォーティンブラスが宮殿内へ乗り込んでくるが、王子の最後を看取ったホレイショーがフォーティンブラスに事の次第を説明する場面で「首句反復」(anaphora)[7]の技法を3行くり返し、事件の悲惨さを物語り、この悲劇は幕となる。

> *Horatio.*   … so shall you hear
> **Of** carnal, bloody, and unnatural acts,
> **Of** accidental judgments, casual slaughters,
> **Of** deaths put on by cunning and forced cause,
>
> ホレイショ　　　　そうすれば、あなたがたは知るだろう
> **肉欲にまみれた、血なまぐさい、異常な**行動を、
> **不慮の天罰を、思わぬ殺人**を、
> **窮余の一策で巧妙に仕組まれた死**を…　　　　(HAM 5. 2. 380-383)

注
1) 小田島雄志は "To be, or not to be..."を「このままでいいのか、いけないのか」と訳している。全文の翻訳はより原文に忠実かつ新しい日本語訳という理由で、河合祥一郎訳を使わせていただいた。
2) Brook, 400.
3) Schmidt によれば **hire** も **salary** も同義語で "recompence"（報酬）の意味で意訳すると「（奴を天国へ送る）ご褒美であって復讐にはならない」となる。
4) 映画『ハムレット』ローレンス・オリヴィエ監督・主演, 1948 年イギリス。
5)実際には 91〜92 行でさらに「賭けに興じていたり、何か、救いのかけらもないようなとき」(At game a-swearing, or about some act)と全部で5つの場合であるが。これらは聖書に示される姦淫、争い、怒り、泥酔、酒宴など「肉の業」を指すと考えられる。（新約聖書ガラテアの信徒への手紙 5:19-21）
6)「父の許しなしには、一羽の雀も地に落ちることはない」新約聖書マタイ 10:29 Boitani(2013, pp.22-23)は Hamlet のこのセリフを詩編 102, 3-4, 7, 12-13 節に重ねて Hamlet の心境を分析している。「Hamlet は雀の運命に人の、そして彼自身の運命を重ねてみている。」詩編 102: 8-14「8 屋根の上にひとりいる鳥(sparrow)のようにわたしは目覚めている。…14 恵みのとき、定められたときが来ました。」
7) Brook, 398 いくつかの連続した行の各行頭を同じ語句で始める修辞法。

『オセロー』 *The Tragedy of Othello, the Moor of Venice*

　この作品では、言葉の反復例が 200 以上見られる。そのうち 118 例が 3 回の反復、2 回は 69 例、4 回、6 回が若干数といった具合で、いかに「3 回の反復」が好んで用いられているかをよく証明している。また配役別にこれらの反復を最も多用しているは、オセロー(Othello)とイアーゴ(Iago)で、3 回の反復表現を、ほぼ同じ回数で約 37〜8 回、彼らに続き、オセローに浮気の濡れ衣を着せられ、絞め殺されてしまう妻のデズデモーナ(Desdemona)や乳母のエミリア(Emilia)が約 11〜2 回ずつ、2 回の反復をオセローが 17 回、イアーゴが 20 回、デズデモーナとエミリアが 8 回ずつ。さらに 4 回の反復でもオセロとイアーゴが各々5 回ずつ用いている。[1] 以下、名場面において、登場人物たちがどのようにこれらの反復表現を用いているかを見てみよう。

1.　イアーゴの三度 ── サイフに金を入れとけよ！

　将軍オセローに仕える旗持ち役イアーゴは、ドラマの冒頭 1 幕 1 場で、自分より先に昇進したキャシオと、そのキャシオを副官にとりたてたオセローに対し、早くも嫉妬の念を抱く。そしてその仕返しとばかりに、オセローが妻として迎えようとするデズデモーナの父ブラバンショーに向かって、次のように怒鳴りこんでいる。

> *Iago.* ...you'll have your daughter cover'd with a Barbary horse,
> You'll have your nephews neigh to you; you'll have coursers for cousins, and gennets for germans.

> イアーゴ　（ブラバンショーに向かって）閣下は、お嬢様をバーバリー馬に乗っからせようとなさってる、へたすりゃ、赤ん坊をひんひん泣きださせて、あっちもこっちもお孫さんだらけになさりますぜ。(OTH 1. 1. 11-113)

　このセリフを、シェイクスピアは軽妙な散文体でイアーゴに喋らせて

いるが、まず網掛けの部分'you'll…'が３回くり返されているのに読者は
気づかれるだろうか？そして太字（ボールド体）で示した**'nephews
neigh,' 'coursers for cousins,' 'gennets for germans'**の３つのフレー
ズが各々頭韻を踏んでいるのも、イアーゴがブラバンショーを焚きつけ
ようと、娘が危機にさらされている様子を次々にまくしたてる感じを頭
韻でうまく引き出している。

　次の１幕３場では、デズデモーナに横恋慕のロデリーゴ（イアーゴに
とっては金づる）に対してイアーゴが、「いずれ、うまくデズデモーナと
の間を取りもってやるから、そのときのために「金を用意しておけ」と
いうフレーズを38行の会話で９回（３回×３）くり返している。うち最
初の６回は'put money in thy purse.'（５回目のみ'fill thy purse with
money'）で、残り３回は'make money'と'provide thy money'のよ
うにヴァリエーションの形で表現している。最初の６回を例に挙げてお
く。

> *Iago.* I could never better stead thee than now. Put money
> in thy purse; follow thou the wars; … I say put money in
> thy purse… put money in thy purse… It was a violent
> commencement in her, and thou shalt see an answerable
> sequestration—put but money in thy purse. These Moors
> are changeable in their wills—fill thy purse with money. …
> She must have change, she must; therefore put money in
> thy purse.

> イアーゴ　今ほど俺がお前の役に立つときはないだろうて。**財布に金を入
> れておけ**。戦についていけ…**財布に金を入れておけ**… **財布に金を入れてお
> け**…　（オセローとデズデモーナの）二人の愛は急に始まったんだから、急
> に冷めるだろうさ…**財布に金を入れておけ**。ムーア人なんて心変わりがし
> やすいのさ。**財布を金で満たしておけ**。…彼女はきっと気が変わる、だか
> ら、**財布に金を入れておけ**。　　(OTH 1. 3. 338-357)

　「オセロー」のプロット展開上、重要な場面で見せ場のひとつが３幕
３場の'Temptation Scene'であろう。即ち、イアーゴが巧みな話術をも
って、最初は半信半疑だったオセローに、妻に対する決定的な不義

の疑いを抱かせる場面である。そのイアーゴの話術の一部を、しばらく、いっしょに観察していただきたい。以下のオセローとの会話の直前、イアーゴの計略が始まっている。即ち、キャシオを陥れようと、オセロー本人にではなく、デズデモーナに名誉回復を嘆願させ、その二人が会っている場面をイアーゴはオセローに目撃させるのである。そしてイアーゴの心理作戦が開始される。

Iago. Did Michael Cassio, when you woo'd my lady,
Know of your love?   95
Othello. He did, … Why dost thou ask?
Iago. But for a satisfaction **of my thought**,
No further harm.
Othello.   Why **of thy thought**, Iago?
Iago. I did not think he had been acquainted with her.
Othello. O yes, and went between us very oft.   100
Iago. Indeed! *
Othello. Indeed? ay, indeed. Discern'st thou aught in that?
Is he not honest?
Iago.   Honest, **my lord?
Othello. Honest? ay, honest.
Iago.   My lord, for aught I know.
Othello. What dost thou think?
Iago.   Think, my lord? ***   105
Othello. Think, my lord? By heaven, thou echo'st me,
As if there were some monster in thy thought
Too hideous to be shown. Thou dost mean something.

イアーゴ　キャシオはあなた様が奥様に求愛なさったとき、
あなた様の（奥様に対する）愛を知っていたのですか？   95
　オセロー　知っていた、…なぜ聞くのだ？
　イアーゴ　ただ私の考えを納得させたいだけで、
それ以上は特に何も。
　オセロー　なぜ「お前の考えを」なのだ、イアーゴ？
　イアーゴ　彼が親しかったとは思いませんでしたので、奥様と。

オセロー　おお、そうなのだ、二人の間をよく行き来してくれたのだ。100
イアーゴ　本当に？
オセロー　本当に？ああ、本当だ。そのことで何か見たとでもいうのか
あの男が**忠実**ではないとでも？
イアーゴ　　　　　　　　　**忠実**、ですか？
オセロー　**忠実**ですかだと？ああ、**忠実**だとも。
イアーゴ　　　　　　　　　　　　そのとおり、私の知る限りでは。
オセロー　　何をお前は**考えている**のだ？
イアーゴ　　　　　　　　　　**考えている**、ですか？　　　　105
オセロー　「**考えている**、ですか」だと？俺の復唱ばかりしおって、
まるで、奇怪な考えがあって、それを口にするのを
恐れているようではないか、言いたいことがあるのだな、何か。

(OTH 3. 3. 94-108)

　97 行目の"**of my thought**"*のフレーズは、イアーゴを演じる役者は、おそらくは何か歯に引っかかったような喋り方をしなければならないだろう。それにオセローが"**of thy thought**"と疑問を抱く。"**thy thought**"とまだ客観的に受け入れる余裕をみせつつも、オセローはその疑問を振り払うかのように、キャシオの忠信を語るや否や、次の「餌」となる"**indeed**?"をキャシオが投げかける。オセローはたまらず"**Indeed? ay, indeed.**"と強引に自らを肯定するが、その後、連続して"**honest**'**think**'と、イアーゴの放つ二の矢、三の矢に、ついにオセロが冷静さを喪失していく、という会話の流れが見事に表現されている。

　このように、相手に言いたくないことがあるとき、相手の口調をくり返し、いらだたせ、やがて相手に自分のいいたいことを言わせる、という会話の戦略は今でもよく見られる手法である。イアーゴはこの話術で、ついにはオセローの中に宿る「キャシオは忠義者(honest)」の考えを逆転させ、「多くの白人の求婚者がいたにもかかわらず、拒否したデズデモーナにも、キャシオとの間にただならぬ愛情が芽生えていたのでは」と次のセリフでオセローに「妻の不義」の疑いを強めさせている。

　Iago.　Ay there's the point, as (to be bold with you)
Not to affect many proposed marched

> Of her own clime, complexion, and degree,　　230
> Whereto we see in all things nature tends⋯
> Foh, one may smell in such, a will most rank,
> Foul disproportions, thoughts unnatural.　　233

　イアーゴ　そう、そこですよ、つまり（遠慮なく申しますが）
同じ国の、同じ肌の色の、同じ身分の男から
数多く結婚の申込みがあったのに（奥方様は）断られた、
それを受けるのが自然の情ではありませんか—
ふう！そういう人には**汚らわしい欲情**の臭いがする、
心の均整がとれていない、考え方も不自然だ。(OTH 3. 3. 228-233)

　キャシオというデズデモーナにとって同じ白人が、と黒人のオセロ
ーと敢えて対比させ、そのキャシオと契るなど何とデズデモーナは汚
らわしいか、と各々３つずつヴァリエーションを並べ、オセローにキ
ャシオだけでなく、妻の不貞をも疑わせる巧みな弁舌を見せているの
だ。

2. オセローの三度 ― あのハンカチは?!

　1.で紹介したように、３幕３場で、まんまとイアーゴの計略に騙され
たオセローは、それでも心のどこかで妻の貞淑を信じて、つぶやく。

> *Othello.*　　What sense had I in her stol'n hours of lust?
> *I* saw't not, thought it not; it harm'd not me.
> *I* slept the next night well, fed well, was free and merry;
> *I* found not Cassio's kisses on her lips.

　オセロー　あれの密やかな不義密通をおれは感じ取っていたか？
おれは見なかった、考えなかった、おれの心を痛めもしなかった。
次の晩もよく眠った、よく食った、自由で楽しかった。
あれの唇にキャシオのキスの跡など見出しもしなかった。

(OTH 3. 3. 338-341)

　だが、この最後のあがきもむなしくイアーゴの口車に乗せられたオ
セローは事実を確かめようと、遂に次の３幕４場において、妻デズデ
モーナと部下キャシオの不義の証拠となる「ハンカチ」を、彼女に出し

て見せるよう求める。'Lend me thy handkerchief.'「ハンカチを貸
してくれ」(3.4.52)　そして前場で、落としたハンカチを侍女のエミリ
アが拾い、そのままエミリアの夫イアーゴの手に渡ったことを知らず
に、「失くした」と言えずにいるデズデモーナに対してオセロはたたみ
かける。'Is't lost? Is't gone? Speak, is't out o' th' way?'「それを失く
したのか？無くなったのか？言え、どこへやってしまったのか？」
(OTH 3.4.80) そして妻の懇願を無視して狂ったように「ハンカチを！」
と三度繰り返す。

Desdemona. Pray you let Cassio be receiv'd again.　　89
Othello. Fetch me the handkerchief, my mind misgives.
Desdemona. Come, come;
You'll never meet a more sufficient man.
Othello. The handkerchief!
Desdemona.　　　　　　　　I pray talk me of Cassio.　　93
Othello. The handkerchief!
Desdemona.　　　　　　　A man that all his time
…
Shar'd dangers with you—
Othello. The handkerchief!　　　　　　　　　　　　　96

デズデモーナ　お願い、キャシオを元の地位に戻して。
オセロー　あのハンカチーフを持ってこい、心配でならん。
デズデモーナ　また、そんな、
あれほど有能な人には二度とお目にかかれないでしょう。
オセロー　**あのハンカチーフを！**
デズデモーナ　　　　　　　どうか、キャシオのことをお願い。
オセロー　**あのハンカチーフを！**
デズデモーナ　　　　　　　これまでずっと
…
危機をあなたとともに乗り越えてこられた方ですよ—
オセロー　**あのハンカチーフを！**　　　　　　　　(OTH 3.4.89-96)

この'The handkerchief!'もハムレットの'Words, words, words.'同様、
3回の反復をどう表現するかが聴きどころだ。古今東西、様々なオセロー

役者が挑戦しているが、中でも、BBC 版でアンソニー・ホプキンス演じるオセローは、1 回目をやや強め（メゾフォルテ）に、2 回目はうんと強く（フォルテ）、そして 3 回目は弱く（メゾピアノ）、という具合に変化をつけてオセローの微妙な心の葛藤や憤りを演じてみせている。注意してご覧あれ。[2]

　イアーゴの仕組んだ罠とも知らず、自分が愛する妻に贈ったハンカチが信頼するキャシオによって他の女の手に渡ったと知ったオセローは、妻がどれほど良い女だったか、と大いに失望する。

> *Othello.* I would have him nine years a-killing. **A fine woman! A fair woman! A sweet woman!**
>
> 　オセロー　あの男、何年もかけてなぶり殺しにしてやりたい。**素晴らしい女**だった！**美しい女**だった！**可愛い女**だった！　　（OTH 4. 1. 178-179）

　こうして妻への信頼を失ったオセローは、宴会の席でデズデモーナを殴り、「従順だ」と皮肉たっぷりに罵り、居合わせた人々を驚かせる。

> *Othello.*　Sir, she can **turn**, and **turn**; and yet go on
> And **turn** again; and she can weep, sir, weep;
> And she's **obedient**, as you say, **obedient**;
> Very **obedient**.
>
> 　オセロー　閣下、この女は**戻りますよ**、**戻りますとも**、そして
> **ひっくり返る**、それに泣くのもうまい、泣くのも。
> **従順でもある**、おっしゃるとおり、**従順だ**、
> 実に**従順だ**。　　　　　　　　（OTH 4. 1. 253-256）

　直前のロドヴィーコの"Truly, an **obedient** lady"（まったく**従順な**ご婦人ではないか。OTH 4. 1. 248）に対し、"turn"を三度くり返し、「席に戻る」の意味と「転ぶ」＞「浮気する」の意味をかけているようにも聞こえる。さらに"obedient"「犬のように従順だ（かわいがる男には誰にでも寝返る）」と卑下する。可愛さ余って憎さ百倍なのである。

　そしてイアーゴに妻を絞め殺すよう唆されたオセローは、ついに妻

の寝室へ足を踏み入れ、"cause"を三度繰り返して、懸命に殺意の正当性を自らに言い聞かせる。

> *Othello.*　**It is the cause**, **it is the cause**, my soul;
> Let me not name it to you, you chaste stars,
> **It is the cause**.

　オセロー　**それが理由**、**それが理由**なのだ、ああわが魂よ。
おれにしゃべらせるな、それを、清らかな星々よ、
それが理由なのだ。　　　　　　　　　　　　　　　　（OTH 5. 2. 1-3）

　だが、眠るデズデモーナに別れの口づけをした途端、彼女のかぐわしい息(balmy breath 5. 2. 16)にオセローの殺意は鈍る。そして二度、三度とキスを重ねながら再び殺害の意思を強め、妻を殺すことは「天罰」なのだと聖書を思い出しつつ、妻との口づけの陶酔から自らを引き離そうとする。

> *Othello.*　O balmy breath, that dost almost persuade
> Justice to break her sword!　**One more**, **one more**.
> Be thus when thou art dead, and I will kiss thee
> And love thee after. **One more**, and that's the last.
> Sweet was ne'er so fatal.　I must weep,
> But they are cruel tears.　This sorrow's heavenly,
> It strikes where it doth love.

　オセロー　　ああ、かぐわしいこの息は、正義の神に
その剣を折らせたくなるほどだ、**もう一度**、**もう一度**。
このままであってくれ、真でも、そしてお前を殺しても
俺が愛し続けるように。**もう一度**、これが最後のキスだ。
これほど美しく、これほど罪深い女はいない。泣かずにはおれぬ、
だがこれは無慈悲な涙、天の悲しみだ、
愛すればこそ罰を加える神の鞭[3)]なのだ。　　（OTH 5. 2. 16-22）

　オセローはムーア人という設定であるが、シェイクスピアは異邦人であるはずのこの人物にもキリスト教精神を植え付けているようだ。

3. キャシオの三度 ― おれの名誉が！

　自分の主君オセローを妬み、あらゆる嘘八百をまくしたて、オセローやその妻デズデモーナまでも死に陥れていく悪人イアーゴと対照的に描かれるのが、やはりイアーゴの罠にはまり、窮地に落とされていく登場人物のキャシオである。

　口八丁手八丁のイアーゴと違い、実直謹厳なキャシオがオセローの目に止まり、副官の地位に任ぜられたことに、イアーゴの復讐劇は端を発している。そのイアーゴの策略にはまり、弱い酒に酔って喧嘩騒ぎを起こしたため、オセローに降格を言い渡されたキャシオは絶望に陥り、イアーゴに次のように吐露する。

> *Cassio.* Reputation, reputation, reputation! O I have lost my reputation! I have lost the immortal part of myself, and what remains is bestial. My reputation, Iago, my reputation!
>
> キャシオ　名誉、名誉、名誉！ああ、俺の名誉を失ってしまった！命より大事なものを失くしてしまった、ここにいるのは畜生同然の残骸だ。俺の名誉を失くしたのだ、イアーゴ、俺の名誉を！　(OTH 2. 3. 262-266)

　最初に3回、次に「（自分の）名誉」とさらに3回繰り返し、この男にとって、いかに名誉が大切かを印象付けるセリフである。そして名誉を取り戻すため、降格をデズデモーナをとおして取り下げてもらうよう、キャシオは自分の過去・現在・未来をかけて懇願する。

> *Cassio.* If my offense be of such mortal kind
> That nor my service past, nor present sorrows,
> Nor purpose'd merit in futurity
> Can ransom me into his love again,
> But to know so must be my benefit;
>
> キャシオ　もし私の罪がさほどに致命的で、
> そのため私の過去のご奉公も、現在の悲しみも
> 将来成し遂げるつもりの功績も
> オセロー様のご愛顧を取り戻すには足らぬというのであれば
> そうお知らせいただく方が私には有難いのです。(OTH 3.4.116-7)

4. デズデモーナの三度 ― 私はやるわ！

　イアーゴやオセローに比べると、デズデモーナの登場する頻度は格段に少ない。[4]しかしオセローと駆け落ちするなど、芯の強い女性として描かれているデズデモーナのセリフにも三度の「ヴァリエーション」や「くり返し」の修辞法が見られる。最初は1幕でヴェニスの公爵に、夫とキプロスの戦場へ同行することを懇願する場面で次のように夫を称える。

> *Desdemona*.　I saw Othello's visage in **his mind**,
> And to **his honors** and **his valiant parts**
> Did I my soul and fortunes consecrate.

> 　デズデモーナ　私は**彼の心**にオセローの真の姿を見たからこそ、
> そして**彼の名誉**と**彼の雄々しい武勲の数々**に
> 私の魂と運命を捧げ、妻となったのです。(OTH 1. 3. 252-254)

　次は、3幕3場でキャシオの復帰を夫に取りなすことを彼に誓う場面である。「私が〜しましょう」と "I'll..."を三度繰り返す。

> *Desdemona*.　If I do vow a friendship, **I'll perform it**
> To the last article. My lord shall never rest,
> **I'll** watch him tame, and talk him out of patience;
> His bed shall seem a school, his board a shrift,
> **I'll** intermingle every thing he does
> With Casio's suit.

> 　デズデモーナ　私は一旦友情を誓えば、**実行しますわ、**
> **最後の最後まで**。主人には決して休ませたりしません、
> **徹夜してでも言うことを聞かせます、根負けするまで。**
> 寝床は教室、食卓は懺悔質室とみえるよう、
> **あの人が何をするにも折り込んでやりますわ、**
> **キャシオのお願いを。**　　　　　　　　　(OTH 3. 3. 21-26)

　公衆の面前で罵倒され、ほとんど自暴自棄となったデズデモーナは、この先の自分の運命を占うかのように、着替えを手伝うエミリアを前に「柳の歌」を口ずさむ。

　　　　Desdemona.　[Singing.]
　　　　"I call'd my love false love, but what said he then?
　　　　Sing willow, willow, willow; …"

　　　デズデモーナ　［歌う］
　　　私がつれない恋と咎めたら、男は何といったでしょ？
　　　ああ、**柳、柳、柳よ**　　　　　　　　　　　　　　　　（OTH 4. 3. 55-56）

　この歌の続きは"If I court moe women, you'll couch with moe men."（こっちが女と浮気したら、そっちも男と寝ればいい）とあり、まさに、柳に向かってため息つけど、何の手応えも得られないというデズデモーナのむなしい気持ちが「柳よ…」のくり返しににじむようだ。

5. デズデモーナ、神のみ名を三度呼ぶ

　そしていよいよオセローによって、彼女の命の扉が閉ざされる瞬間が来る。オセローに息を詰まらされながら、彼女は三度「神よ」と叫びながら気を失う。

　　　Desdemona.　O Lord, Lord, Lord!（OTH 5. 2. 84）[5]

　この"Lord, Lord, Lord!"は「神よ」とか「助けて」などと一般に訳されるが、[6]デズデモーナの叫びは、狂気の夫によって息の根を止められようとする彼女の恐怖を表したセリフ、と解釈するのが一般的かもしれない。しかし同時に、筆者の勝手な想像ではあるが、彼女の叫びは、イエスが十字架につけられ、処刑される直前、天に向かってあげる断末魔の叫びと祈りにもたとえられるのではないだろうか。新約聖書によるとイエスは処刑に臨んで「わが神、わが神、なぜ私をお見捨てになったのですか」[7]、「父よ、彼らをお赦しください。自分が何をしているのか知らないのです」と神に向かって語りかけ、ローマ兵の槍によっていよいよこの世での命を奪われる間際に「父よ、私の霊を御手にゆだねます」[8]とつぶやき、息を引き取る、とある。デズデモーナの三度の「神よ、神よ、神よ」のセリフも、すなわち「神よ、赦したまえ、夫の罪を、夫は何も知らないのです」という意味に解釈することはできないだろうか。なぜ

なら、このセリフのあと、騒ぎを聞きつけて寝室に入ってきた侍女のエミリアの問いかけ"who hath done this deed?"（誰がこんなことをしたんです?)に対して、デズデモーナはこうつぶやいて息絶えるからだ。

> *Desdemona.* No-body; I myself...
> Commend me to my kind lord. Farewell!
>
> デズデモーナ　誰の仕業でもない、私なの…
> 私の優しい主人によろしくね、さようなら!（OTH 5. 2. 123-124)

　デズデモーナがオセロを心から憎み恨んでいたなら、シェイクスピアはこんなセリフを彼女に言わせることはなかったであろう。デズデモーナは夫を赦しながら天に召された。しかしそれによって彼女自らが「神の赦し」を得たのである。妻がそれほどの深い愛を夫に抱いていたにも関わらず、オセローは嫉妬という罠にはまり、最も大切なはずの妻を無残にも殺してしまった、という浅はかな男の悲劇でもある。

注
1) *Othello* における反復表現の頻度については拙論「シェイクスピアの修辞法に関する一考察—*Othello* に見る反復表現について」(学習院女子大学紀要第 13 号) を参照されたい。

2) Anthony Hopkins 主演、*Othello*, BBC 制作、1981 年。

3)「我が子よ、主の鍛錬を軽んじてはいけない。主から懲らしめられても、力を落としてはいけない、なぜなら、主は愛する者を鍛え、子として受け入れる者を皆、鞭うたれるからである。」(新約聖書ヘブル人への手紙 12:6)

4) Iago: 1098 行、Othello: 887 行、Desdemona: 388 行。（ダントン・ダウナー, p. 338)

5) Riverside 版の Textual Notes によると、このセリフは Q1 に見られる。

6)　坪内訳、木下順二訳、小田島雄志訳などでは F1 を基にした翻訳のためか、いずれもこのセリフが存在しない。松岡訳では「神様、・・・」と訳され、その注に「原文だと、同じ言葉で違う意味の呼びかけになり、悲劇的な皮肉が利くが、残念ながら翻訳では…」とある。

7) "Eli, Eli, lama sabachtani?" (My God, my God. Why hast thou forsaken me?)「わが神、わが神、なぜ私をお見捨てになったのですか」(新約聖書マタイ 27:46, マルコ 15:34)（Geneva Bible/新共同訳聖書）

8) "Father, forgive them, for they know not what they do."「父よ、彼らをお赦しください。自分が何をしているのか知らないのです」(新約聖書ルカ 23:34)；　"Father, into thy hands I commend my spirit."「父よ、私の霊を御手にゆだねます」(新約聖書ルカ 23:46)（Geneva Bible/新共同訳聖書）http://www.genevabible.org/files/Geneva_Bible/New_Testament/Luke.pdf

『マクベス』　*The Tragedy of Macbeth*

　Macbeth(以下 MAC と略)においては他の作品と共通の修辞法が見られる一方で他と異なる要素も見られる。たとえば登場人物の中に人間以外の「魔女」が登場し、主人公マクベスの運命を支配する重要な役割を演じているが、その魔女たちのセリフをシェイクスピアは、通常のiambic pentameter(アイアンビック・ペンタミター：弱強五歩格)とは異なる trochaic tetrameter(トロケイック・テトラミター：強弱四歩格)で表現しており、その詩行のリズム(韻律)[1]の違和感が魔女たちの異界の独特の世界観を伝えるのに貢献している。また他の作品群同様、MAC においても、tomorrow speech[2]をはじめとした名セリフには、想像力をかき立てる豊かな直喩(simile)や暗喩(metaphor)がいくつも見られる。

　本著のテーマである「くり返し(repetition)」と「変種(variation)」からは少し外れることになるが、シェイクスピアの言葉の面白さを知る上では欠かせない要素であるので、まずは、この「詩行のリズム」や「直喩」「暗喩」についてもしばらくの間、お付き合いいただきたい。

1. 魔女のセリフにおける詩のリズム

　MAC 1幕1場は魔女たちの「マクベスとの出会いの予言」によって始まる。この場面の魔女たちのセリフはシェイクスピアが通常用いる iambic pentameter (弱教五歩格) とは異なり、以下の例に示すように trochaic tetrameter (強弱四歩格) の脚韻詩によって構成されていることがわかる。[3] (例文中の／と×は各々「強」と「弱」のアクセントを示す。)

(1)　*Witch 1.*　When shall we three meet *again*?

　　In thunder, lightning, or in *rain*?

　　　Witch 2.　When the hurley-burly's *done*,

When the battle's lost and *won.*

Witch 3.　　That will be era the set of *sun.*[4]　　5

Witch 1.　　Where the place?

Witch 2.　　　　　　　　　Upon the *heath.*

Witch 3.　　There to meet with *Macbeth.*

Witch 1.　　I come, Graymalkin.

Witch 2.　　Paddock calls.

Witch 3.　　Anon.　　　　　　　　　　　10

All.　　Fair is foul, and foul is *fair,*

Hover through the fog and filthy *air.*

魔女1　今度はいつ、あたしら三人、会おうかね？
雷、稲妻、それとも雨の中かね？
魔女2　あの大騒ぎが収まってからさ、
あの戦の勝ち負けついてからさ。
魔女3　それなら日の沈む前になるだろうさ。　　　　　5
魔女1　場所はどこ？
魔女2　　　　　　　ヒースの荒れ野はどうだろう。
魔女3　そこで出会うはマクベスだろう。
魔女1　今行くよ、猫のグレイマルキンかい。
魔女2　ヒキガエルのパドックかい、呼んでいるのは。
魔女3　すぐ行くさ。　　　　　　　　　　　10
全員　晴れたら曇るし、曇れば晴れるか、[5]
飛んでいくのは、霧と濁った気の中か。　　(MAC 1. 1. 1-11)

　×／という弱強が各行で各5回繰り返され pentameter とは明らかに異なる強弱各4回の繰返し（正確には強4回、弱3回を主とする）はこの場面の他に(i)1幕3場1行〜37行、(ii)3幕5場1行〜35行、(iii)4幕1場1行〜38行および(iv)103行〜132行（の間で部分的）において魔女たちのセリフとして、合計5回用いられている。

　２つめの指摘として、これは述べるまでもないが、1幕1場1行〜11行の例(1)では2行ごとに脚韻を踏む、いわゆるカプレット形式(couplet)のライム(rhyme)となっており、これもまた魔女たちのセリフに独特の響きを与える要因と考えられ、上で挙げた(i)〜(iv)の各例でも同様である。これらの各例はここでは省略する。

　さらに(1)の例で注目すべき点として、11行目だけが他の行より強のアクセントがひとつ多い五歩格となっている。この理由として、次のようなことが推測される。この11行目の五歩格でこの場面が終り、次の1幕2場がダンカン王のセリフで始まる。王のセリフの冒頭は次のようである。

> *Duncan.*　What bloody man is that? He can report,
> As seemeth by his plight, of the revolt...

> ダンカン　何だ、あの血だらけの男は？伝えようとしているのは
> 　　その深傷から察するに、謀反の情報だろうか。　　　(MAC 1. 2. 1-2)

　このようにダンカン王が血まみれの使者を見て吐く驚愕のセリフは弱強五歩格で始まっている。すなわち1幕1場11行の五歩格は、次の場面でダンカン王（すなわち人間）のセリフが弱強五歩格で始まることの前触れであり、異界の魔女とは全く別の人間たちのセリフが始まる合図とも考えられる。言い換えれば、1幕1場11行は強弱四歩格から五歩格に変わり、さらにダンカン王の弱強五歩格へとリズムが変わるというシグナルを観客に送る働きをしているのではないか。これは通常、脚韻のないブランクヴァースにおいて、一人の登場人物のセリフにおける「脚韻のカプレットが2行〜数行続いて発生することで、その場面が終り、次の場面へと移ることを知らせる用法」[6]と同じであろう。

2．シミリとメタファ

　次にシミリ(simile)とメタファ(metaphor)について観察してみよう。「(A is *as* …*as* B [like B]の形式で比喩を表現する」simile（直喩または明喩）は本作品では32例見られる。As に導かれる例が15、like の例が

16、of の例が 1 である。as と like の代表例を挙げる。[7]ダンカン王に戦況を報告しに来た将校がマクベスとバンクォーの勇猛な様子を「雀と鷹」「兎とライオン」の直喩で物語る。

> *Sergeant.* **As** sparrows eagles; or the hare the lion.
>
> 将校　鷲に狙われた雀、虎に襲われた兎ほどには（敵に囲まれ、お二人は
> ひるまれましたが）。(MAC 1. 2. 35)

またバンクォーは、後にマクベスの放った刺客が命を狙ってくるとも知らず、星のない暗闇の空、疲れた体を以下のように隠喩(metaphor)と直喩(simile)を織り交ぜ、表現してみせる。

> *Banquo.*　　　　　　　There's husbandry in heaven;
> Their candles are all out. …
> A heavy summons lies **like** lead upon me,
>
> バンクォー　天にも倹約というものがあるらしい。
> 夜空のろうそくが皆消えてしまった。
> 鉛のように眠りが重くおそってくる、　(MAC 2. 1. 4-6)

そしてマクベスは like と bear を転倒させて副詞的な直喩を聴かせながら、自らを追討軍という犬に追い詰められた熊[8]にたとえる。

> *Macbeth.* They have tied me to a stake; I cannot fly,
> But **bear-like** I must fight the course.
>
> マクベス　おれは杭につながれてしまった。もう逃げられない。
> 熊のように、犬どもと戦わねばならぬ。　(MAC 5. 7. 2)

「A is B の形式で比喩を表現する」[9]metaphor（隠喩）については 34例が見られる。これらのうち 4 例は上のバンクォーの例にみられるように、simile と並行して用いられている。すなわち simile によって導入される比喩表現を metaphor の表現につなぐことで、表現をより豊かにし、また教養のある客層だけでなく、そうでない客層にも分かりやすく、より印象づけるための表現手段になっているとも考えられる。

これに対し、次のロスのセリフのように、暗喩だけで「昼間の明るさ」

が「漆黒の暗闇」に閉ざされている様子が表現されている例も見られる。エリザベス朝の観客は陽光の下 [10]、このセリフを聴きながら、登場人物とともに自分が暗い日中のスコットランドにいることを想像しつつ舞台に引き込まれたことだろう。

> *Rosse.*　Thou seest **the heavens, as troubled with man's act,**　　　　5
> **Threatens his bloody stage**. By th' clock 'tis day,
> And yet **dark night strangles the travelling lamp.**
> Is't **night's predominance**, or **the day's shame,**
> That **darkness does the face of earth entomb,**
> When **living light should kiss it**?　　　　10

> ロス　見てのとおり、天は人の所業に乱されて　　　　5
> 血まみれの舞台を暗くしている。時刻からして今は昼だが、
> まだ、暗い夜が天道を旅する日の灯を封じてしまっている。
> 夜の勝利なのか、はたまた昼が恥じているのか、
> 暗闇が地表を埋め尽くしたままではないか、
> 大地を照らす光が地に接吻する時となっても?　　　　10
> 　　　　　　　　　　　　　(MAC 2. 4. 5 -10)

　次のマクベス夫人のセリフには、[A is *as* B] と [...*like* B] の二つが同時に現れる。さらに "eye", "hand", "tongue" というヴァリエーションも駆使されている。

> *Lady Macbeth.*
> Your face, my thane, is **as a book where men**
> **May read strange matters**. To beguile the time,
> Look **like the time**; bear welcome in **your eye,**
> **Your hand, your tongue**: look **like the innocent flower**, 65
> But **be the serpent under't.**

> マクベス夫人　あなたの顔は、わが殿、**本のように、人が**
> そこに**尋常ではないことを読みとれる**わ。世間を騙すためには
> **世間のように振舞う**のです。歓迎の意を表すのです、**あなたの目に、**
> **手に、言葉に**。**無邪気な花のように**見せるのです、
> でもその下に**潜む蛇**におなりなさい。　　(MAC 1. 5. 62-66)

　マクベス夫人がダンカン王を暗殺し王位を奪うことをほのめかすと、マクベスは動揺を隠せない。その夫に対して夫人は「平静を装いつつも、無実な顔の下にしたたかさをもつ」ことを諭す。65~66行目の'innocent flower'や'the serpent under't'は旧約聖書・創世記においてアダムとイヴを唆すエデンの園の蛇を容易に喚起させる。[11]

　そして3幕2場では、ダンカン王を殺害し、さらにバンクォーを口封じのために殺したマクベスの心の中に新たな罪悪感が生じる。'snake'や'scorpions'のような、いわゆる人間にとって邪悪な生き物がマクベスにとっては出世を邪魔しかねない友バンクォーであると同時に、その邪悪で不安を招く蛇やサソリが、バンクォーを殺害したマクベス自身の比喩に用いられることで＜snake=Macbeth=evil＞のようなイメージが聴き手である観客の脳裏にも容易に浮かぶであろう。[12]

> *Macbeth.*　We have scorch'd **the snake**, not kill'd it:
> **She**'ll close and be herself, whilst **our poor malice**
> Remains in danger of **her former tooth**.　　　　　　15
>
> …
> O, full of **scorpions** is my mind,…　　　　　　　　35
>
> 　マクベス　我らは蛇を切りはしたが、殺してはいないのだ。
> 奴の体は再び合わさり、元に戻るのだ、そして蛇は、
> 我らの哀れな悪意に対し、依然として牙を向いている。
> 　…
> ああ、おれの心はサソリでいっぱいだ。　　　　(MAC 3. 2. 13-35)

　こうして自らは望まなかった悪の限りを背負い込んだマクベスは、夫人が狂気になった末、自殺するという絶望の淵にたどり着く。そして本作品中の最も有名と言える'tomorrow speech'を語るのである。

> *Macbeth.*　**To-morrow**, and **to-morrow**, and **to-morrow**,
> **Creeps** in this petty pace from day to day,　　　　20
> To the last syllable of recorded time,
> And all our yesterdays have lighted fools
> The way to dusty death. Out, out, brief candle!
> **Life's** but **a walking shadow**, **a poor player**,

That **struts** and **frets his hour upon the stage**,　　　25
And then is heard no more: it is a tale
Told by an idiot, full of sound and fury,
Signifying nothing.

　マクベス　**明日**、そして**明日**、そして**明日**と、
一日一日が確かな足取りで**忍び寄っていく**、　　　　　　20
人の歴史の最後の一息まで。
昨日という全ての日々は、愚か者たちに照らしてきたのだ、
塵へと消える死への道を。消えろ、消えろ、束の間のろうそく！
人生は歩く影法師に過ぎぬ、**下手な役者**だ、
出番の時は舞台の上で大仰に威張って歩いてみせるが、　　25
終わって袖へ下がれば何も聞えぬ。それは
白痴の語る物語に等しい、騒々しい響きと憤りだけで、
何の意味もありはしない。　　　　　（MAC 5. 5. 19-28）

　"Tomorrow..."の三度のくり返しは、半世紀前なら、どこの家庭にもあ
ったであろう柱時計の「コチ、コチ、コチ」と時を刻む音を想像させる。[13]
好むと好まざるとに関わらず、過ぎていく限られた時の中で、人が様々
な人生を歩む。時はときに無情であるが、生きる希望（灯：candle）とも
なる。そして終りまで時を刻むと、「後は沈黙」（"the rest is silence"）[14]
とマクベスの時代まで、そして現代まで続いてきた「人間の愚かな歩み」
と「世の無常さ」を「時」「ロウソク」「死」「役者」「舞台」などの比喩
を用いて、これほど端的に人生を表現したセリフはない。[15]

3.　Repetition と Variation（反復と変種）

　ここで本来のテーマに戻りたい。とは言っても実は 1.の韻律や 2 .の
metaphor と simile の例文中で、すでにいくつかは反復と変種の並列に
ついて触れている。ここでは純粋にこの修辞法についてのみ指摘してい
きたい。MAC においても合計で 188 例が見られた。反復の回数で見れ
ば　2 回の反復が 108 例、3 回が 60 例、4 回が 12 例、以下 5 回、6 回が
2 例ずつ、8 回が 3 例、9 回が 1 例という状況である。2 回は「反復」の
最低条件であるので当然用例数も多いことが予想されるが、3 回の反復
が全体の 3 分の 1 という高い頻度で発生していることを強調したい。ま

た反復例の要素を品詞別に頻度の高い順に見るならば、動詞句の例が最も多く52例、名詞句が40例、動詞と名詞が各24例、形容詞が18例、感嘆詞が14例、文単位の例が11例、その他と続く。[16] ここでは動詞句、名詞句その他3回の反復例を代表として挙げる。

　まずは2幕2場でマクベスが主君ダンカン王を殺害した後、部屋に戻り、夫人にそのことを語るシーンである。最初に "sleep" が3回繰り返され (2. 2. 33-34)、次に少し間をあけて "sleep no more" を3回用いて、マクベスは「(安らかな) 眠り」を失った恐怖を表現する。

> *Macbeth.* Methought I heard a voice cry "Sleep no
>> more! 　　　　　　　　　　　　　　　　　　　　32
> Macbeth does murder **sleep**", the innocent **sleep**,
> **Sleep** that knits up the ravell'd sleave of care,
>> …
> Still it cried "**Sleep no more!**" to all the house; 　38
> "Glamis hath murther'd sleep, and therefore Cawdor
> Shall **sleep no more**—Macbeth shall **sleep no more**."

> マクベス　声が叫んだようだった「もう眠るな、
>> これ以上！ 　　　　　　　　　　　　　　　　32
> マクベスが**眠り**を殺したのだ、無垢の**眠り**を、
> 気苦労のもつれた糸をほぐして編む、その**眠り**を、
>> …
> まだ叫んでいた、「**もう眠るな！**」と、家中に響くように、　38
> 「グラーミスは眠りを殺した、だからコーダは
> **もう眠れない、マクベスはもう眠れないぞ**」　(MAC 2. 2. 32-40)

　次のセリフ (3. 5. 16-19/30-31) で三人の魔女たちの親分的存在のヘカティがマクベスの到来を予言する。

> *Hecat.*　Meet me i' the morning: thither he
> Will come to know his destiny:
> **Your vessels** and **your spells** provide,
> **Your charms and every thing** beside.

> ヘカティ　あたしに会いに来な、明日の朝、ここにあいつが
> やってくるよ、自分の運命を知ろうとして。

113

　　お前たちの魔法の器や魔法のまじない、
　　魔法の道具やら、一切合切持ってくるんだよ。(MAC 3. 5. 16-19)

　ヘカティも魔女同様、人間とは一線を画す存在のはずだが、彼(彼女？)
のセリフは脚韻詩でしかも弱強のリズムで語られる。但し五歩格ではな
く、四歩格のリズムでかろうじて「ヒト」の語る弱強のリズムとは一線
を画している。

　　Hecat. **Your vessels** and **your spells** *provide*,
　Your charms and **every thing** *beside*.

　次のセリフも上のヘカティの続きであるが、最初の 1 行〜2 行目にか
けて“spurn fate”〜”bear His hopes”という 3 つの動詞句、2 行目後半で
は 前置詞“above”の目的語として“wisdom”, “grace”, “fear”の 3 つの名
詞が並ぶ。

　　Hecat. He shall **spurn fate, scorn death**, and **bear**
　　His hopes 'bove **wisdom, grace**, and **fear;**

　　ヘカティ　あいつは**運命**を嘲り、**死**を嘲笑し、**抱いているのさ、**
　　希望を、**知恵**と**恵み**と**畏れ**をも超えようとして。(MAC 3. 5. 30-31)

　4 幕 3 場では父ダンカン王の暗殺に巻き込まれまいとイングランドに
逃れたマルコムがマクダフの忠誠心を試そうと、わざとダメ王子を装っ
てみせる。

　　Malcolm.　　　　　　**What I believe, I'll wail,**
　　What know, believe; and **what I can redress,**
　　As I shall find the time to friend, **I will.**

　　マルコム　**わたしが信じる**ものなら、わたしは泣こう。
　　わたしが**知っている**ものなら、信じよう。わたしが**過ちを正せる**ものなら、
　　時至れば、友に**詫びよう。**　(MAC 4. 3. 8-10)

4.　やったことは、元に戻せない

　場面は変わって夢遊病のマクベス夫人は “To bed, ...”(MAC 5. 1. 68)

を３回繰り返して退場する。正気なら一度しか言わないであろう言葉が三度くり返されることで、彼女の狂気を効果的に表しているようだ。

> *Lady Macbeth*. ... give me your hand. What's done cannot be undone.‐‐ **To bed, to bed, to bed**!

> マクベス夫人　お手をどうぞ。やったことは、やったこと、元には戻せないわ。さあ、**ベッドへ、ベッドへ、ベッドへ**！(MAC 5. 1. 74-75)

この様子を見た医者は、お付きの女中に３つのヴァリエーションを用いて「奥方の面倒を見るように」と注意する。

> *Doctor.* **Look after her**,
> **Remove from her** the means of all annoyance,
> And still **keep eyes upon her**.

> 医者　　　　　　　　　　　世話を頼みますよ、王妃の。
> **遠ざけなさい**、王妃から、傷つける恐れのあるものはすべて
> そして**目を離さないように**、王妃から。　　　(MAC 5. 1. 75-77)

次の例は純粋に１つの単語が３回繰り返される例であるが、その直後にヴァリエーションも３つ続く。マクベスが自分の未来を再度確かめようと魔女の洞窟を訪れると、亡霊が彼に予言する。

> *1 Apparition.*　**Macbeth! Macbeth! Macbeth!** Beware Macduff.
> Beware the thane of Fife. Dismiss me. Enough.

> 亡霊１　マクベス、マクベス、マクベス、気をつけよ
> マクダフに。ファイフの領主に気をつけろ。わしに構うな。それだけだ。
> 　　　　　　　　　　　　　　　　　　　　　　　(MAC 4.1.71-72)

さらに韻文だけでなく散文においてもシェイクスピアは「反復」を用いてリズミカルなセリフを生み出している。例えば２幕３場で門番は30行を超える長セリフ中で、'Knock, knock, knock!' (MAC 2. 3. 3; 2. 3. 12)と擬音をくり返すなど、３回の反復が日常のリズムの中にあることを再認識させてくれる。

5. Alliteration（頭韻）

　ブルックは頭韻について「中世の時代には、…韻文の構造上重要な特徴であったが、シェイクスピアの時代までには、単なる飾りものになっていた」[17]と概説しているが、 MAC 全 2146 行の中で、blank verse の 1830 行と rhymed verse の 174 行、合計で 2004 行において 47 例が見られ、用例数は確かに少ないがリズムを作るという意味で重要な役割をはたしている。うち 37 例が 1 行に 2 回、10 例が 3 回という発生率である。さらに頭韻を起こす品詞の組み合わせを見ると、下の例に見られるように [形容詞＋名詞] が 15 例と最も多く、[名詞＋名詞] が 8 例、[動詞＋動詞] が 7 例、[名詞＋形容詞] が 3 例、残りは [動詞＋副詞、前置詞] その他となっている。以下、1 行に 3 つ頭韻が見られる 3 例を挙げる。

> *Lady Macbeth.*　… my dispatch;
> Which shall to all our nights and days to come
> Give *s*olely *s*overeign *s*way and masterdom.

> マクベス夫人　…　（任せるのです）私の采配に、
> それが、来るべき日々に、
> 王の支配と権力を全て我らに与えてくれるでしょう。（MAC 1. 5. 68-70)

> *Lennox.* And the right valiant Banquo…,
> Whom you may say… Fleance kill'd,
> *For Fleance fled.*　　　　　　　　　（MAC 3. 6. 5-7)

> レノクス　そして勇敢なバンクォーは…、
> 息子のフリーアンスがやったとも言える、
> というのもフリーアンスは逃げたからな。

> *Macbeth.* For the *blood-bolter'd Banquo* smiles upon
> me, … (MAC 4. 1. 123)

> マクベス　頭を血で真っ赤に染めたバンクォーがおれを見て笑っている…

　残酷に暗殺されたバンクォーの血だらけの頭を "blood-bolter'd"[18] と形容したシェイクスピアは "a man of fire-new words"[19] と言われるだけあって、このように新語や造語作りもお得意であった、と述べてこ

の章を締めくくる。

注

1) 中尾 p. 220 参照。中尾は韻律分析を「詩行リズムを調べ、韻脚に分け、脚韻を調査すること」と定義している。

2) MAC 5.5.19-27 で Macbeth 自身によって 三回の'tomorrow'の繰り返しによって始まる有名な独白。

3) これについては大場も著書において指摘している (大場 p. xvii)。韻律については中尾参照(p. 220)。また河合もこのシーンの他に MND の Epilogue の例を以下のように挙げている。*Puck.* **If** we **sha**dows **ha**ve offen**d**ed,/ **Think** but **thi**s, and **all** is **mend**ed, (MND 5.1.424)

4) ここでは 'That will be ere the set of sun'の 'will be'は 2 音節とも「弱」で読むのが妥当であろう。あるいは 'will be'を 'w(i)lbe'のように 1 音節で、ということかもしれないが、First Folio でもスペルはこのままであることを付記する。

5) マクベスの魔女たちの "fair is foul, and foul is fair"「きれいは汚い、汚いはきれい」などその最たる例である。"fair is foul,…"は日本語では「きれいは汚い」と訳されるが、fair には「(天気が気持ちよく) 晴れた」, また foul にも「(天気が) 悪い、荒れた」の意味が OED に見られ(OED, fair. 7 および foul. d.)、LLL でも "fair... is... foul"がフランス王女のセリフとして用いられ、ここでは「良い天気は、悪い天気でもある」と小田島は訳している。MAC における「(天気の) 晴れと荒れ」は恩師・藤原博(学習院大学教授)が主張している。

6) 登場人物のセリフが脚韻で 2 ～数行連続して発生することで、その場面が終り、次の場面へと転換することを知らせる用法はシェイクスピアではしばしば見られる。

7) 全 2529 行中 32 例は平均 79 行に 1 度使われている計算になる。

8) (「熊いじめ(bear-bating)」ポランスキー監督「マクベス」(1971) では別の場面で実際に鎖につながれた熊に猟犬をけしかけさせる暗示がある。

9) 研究社 New Collegiate English-Japanese Dictionary, 5th ed.

10) 電気の照明がなかったエリザベス朝の舞台は昼間日光のもとで上演された。

11) "serpent"については、Genesis 3:1～3:14, 49:17, Exodus 4:3, 7:15, Number 21:6～21:9, Deuteronomy 8:15, 2King 18:4, Job 26:13, Psalm 58:4, 140:3, 他旧約、新約合わせて 53 箇所、"scorpion"についても旧約・新約で合わせて 9 カ所の言及がある。Young, Concordance 参照。

12) Thompson, p. 10 参照。 "This device of alluding to other stories 'which poets write of' is a very common way for Shakespeare to 'heighten' or enrich his own work..."

13) Schmidt, 'creep'2)参照。"to move slowly or feebly"とある。

14) *Hamlet*, 5. 2. 338

15) これと対を成す「人の一生」を表すセリフがあるとすれば AYL のジェイクィズの「この世はすべてひとつの舞台」(AYL 2. 7. 139-166)であろう。

16) 拙論、学習院女子大学紀要第 15 号「*Macbeth* における言葉の魅力について―韻律と修辞法の観点から」参照。

17) Brook, 396 参照。

18) Schmidt では **blood-bolter'd** の例はこの 1 カ所のみ。

19) LLL, 1. 1. 178

IV シェイクスピアのロマンス劇
における三度のくり返し

IV シェイクスピアのロマンス劇における三度のくり返し

　四大悲劇の後に『アントニーとクレオパトラ』『コリオレイナス』『アテネの
タイモン』と続いた悲劇シリーズを経て、この三作とほぼ同じ 1607 年頃には
『ペリクリーズ』に始まるロマンス劇へとシェイクスピアの創作の関心が移っ
ている。悲劇が人生の短期的なシーンに重点をおいて、運命に翻弄され、逆ら
いながら自ら命を落としていく登場人物の「死」というテーマを観客に突きつ
けたのに対し、ロマンス劇では、十年、二十年という長い時間設定で、一見悲
劇と同様に主人公たちが運命の荒波にさらされつつも、最後に「家族や友人と
の奇跡的な再会」「若者らの結婚」など、「許し」と「癒し」が与えられ「幸福」
のうちに幕、という喜劇的性格をあわせ持つドラマ仕立てが提供される。本著
では『ペリクリーズ』『冬物語』『テンペスト』の三作をテキストとして取りあ
げる。III 章までは登場人物ごとに、あるいは修辞法の種類別での観察を中心
に見てきたが、ロマンス劇では、主にストーリーの展開に沿って現れる様々な
「三度のくり返し」や「3 つのヴァリエーション」を紹介していく。

『ペリクリーズ』 *Pericles Prince of Tyre*

1. ペリクリーズの冒険－その 1

　タイアの領主ペリクリーズは、アンタイオカス王の美しい王女の噂を聞
き、ぜひ自分の妃にと求婚に王の宮殿を訪れる。しかしそこで父と娘の恐
ろしい近親相姦の事実を、王の謎の詩の「(王は) 父・息子・夫」「(王女は)
母・妻・娘」という 3 つのキーワードから知ることになる。

> *Pericles*　He's **father**, **son**, and **husband** mild;
> I **mother**, **wife**, and yet **his child**.

> ペリクリーズ　彼は父なり、息子なり、さらには夫なり、
> われは母なり、妻なり、しかるにその父の娘なり。(PER 1. 1. 68-69)

　そしてアンタイオカス父娘のおぞましい姦淫の罪とそれがさらなる罪
を生み出していく様を次のフレーズで巧みに言い表す。

> *Pericles*　**One sin**, I know, **another** doth provoke;　　137
> **Murder**'s as near to **lust** as **flame** to **smoke**:
> **Poison** and **treason** are the **hands of sin**.　　139

> ペリクリーズ　一つの罪を犯すと、その罪がもう一つの罪を引き起こす、
> **人殺しにつきものは邪淫、炎に煙**が伴うように。
> **毒殺と裏切りは罪に使える両の手**だ。　(PER 1. 1. 137-139)

　137 行では"One sin"が"another (sin)"[A=B]、138 行では"Murder"
と"lust"が"flame"と"smoke"[A&B=C&D]と同じ、次が 139 行の"Poison
and treason"が"the hands of sin" [A & B= C]と、3 つの要素[A=B]、
[A&B=C&D]、[A & B= C]によって＜罪－姦淫－殺人＞という図式が構
成されている。

　そして身の危険を察したペリクリーズは自分の祖国タイアへ逃げ帰る
が、いつアンタイオカスが攻めかかって来るかという恐怖に苛まれる。

> *Pericles*　With hostile forces he'll o'erspread the land,
> And with the ostent of war will look so huge, 　　　　25
> Amazement shall drive courage from the state;
> Our men be vanquish'd ere they do resist,
> And subjects punish'd that ne'er thought offence:

> ペリクリーズ　大軍を率いて奴は覆いつくすだろう全土を、
> 押し寄せて来るだろう、そうすればその威圧に屈して、 　　　25
> わが民はたちまち勇気を失うだろう、一戦も交えぬまま、
> わが軍は屈服させられるだろう、何らなすすべもなく、
> 多くの者が何の罪もなく罰せられ、悲惨なめに会うだろう。(PER 1. 2. 24-28)

ここにも「敵の襲来」(ll. 24-25)＞「戦の拡大」(l.26)＞「臣民の不幸」
(ll.27-28)という三層構造のストーリー展開が見られる。

2. ペリクリーズの冒険－その 2

　そこでアンタイオカスからの脅威に対し、賢臣ヘリケーナスは、一時国
を離れるようペリクリーズを説得し、ここにペリクリーズの新たな冒険が
始まる。[1] 向かった先はタルソス。そこでは飢饉のため国は荒れ、民は飢
えに苦しみ、タルソスの太守クリーオンは「天の仕業」「民の飢餓」「貴族
から女子供まで苦しむ様」を 5 つのセグメントに分けて語りつくす。ここ
では最初と 5 番目のセグメントに見られる 3 つのヴァリエーションを紹
介する。

    Cleon　But see what heaven can do! By this our change,
These mouths, who but of late, **earth**, **sea**, and **air**,
Were all too little to content and please　　　　　　　35
Although they gave their creatures in abundance,
As houses are defiled for want of use,
They are now starved for want of exercise:　　　　　38
...
Here stands a lord, and there a lady weeping;　　　　47
Here many sink, yet those which see them fall
Have scarce strength left to give them burial.

  クリーオン　だが天の仕業を見るがいい！この変わり様だ、
人々の口はつい最近まで、**陸でも海でも、空でも**
満足して喜ぶ人はあまりに少なくなった、　　　　　　35
天は有り余るほどの食べ物を与えてくれたのに、
家々が汚れて使われることもなく、
入れるものとてなく廃れてしまっているのと同様に、　　38
・・・
ここに一人の貴族が立っているかと思えば、そこに泣いている婦人が、47
あちこちに多くの者が倒れ、それを見る者たちは
彼らを墓に埋めてやる力さえ残っていないのだ。(PER 1. 4. 33-49)

　そこへ小麦を満載した船(our ships... stored with corn[2] to make your needy bread: 1. 4. 95)を率いてペリクリーズがやって来る。停泊の許可を求める彼(We do not look for ... but to love/And harbourage for **ourself**, **our ships**, and **men**: 私と私の船、それに**部下**を停泊させていただきたい。1. 4. 99-100)。クリーオンはペリクリーズのこの求め」に応えようと「**妻たち、子供たち、私たち**」一同、国を挙げて彼らを歓迎することを誓う。

    Cleon　The which when any shall not gratify　　　101
Or pay you with unthankfulness in thought,
Be it **our wives**, **our children**, or **ourselves**,
The curse of heaven and men succeed their evils!

  クリーオン　そのお望みに、喜んで応ぜず、

ご恩を忘れ不埒な考えを抱く者がおりましたら、
我々の妻であれ、**子供ら**であれ、**我ら自身**であれ、
天と人の呪いがその忘恩の罪に降りかかりますよう！(PER 1. 4. 101-104)

3. 運命の出会い：タイーサとマリーナ

こうして束の間の平和に浸るペリクリーズだが、アンタイオカスの脅威を案じ、再び彼は船出する。だが途中、嵐に遭い、ペンタポリスの海岸へ打ち上げられ、さらに新たな人々と出会うことになる。ペンタポリスの王サイモニディーズと王女タイーサである。王女の誕生日を祝うため開かれた騎士たちの試合に出場したペリクリーズは、たちまちその武芸の腕前と気品で王女の心を惹きつける。娘の気持ちを知った王は、敢えて厳しい口調でペリクリーズに "Thou hast bewitch'd my daughter, and thou art /A villain. (そなた、魔法をかけたな、娘に、この悪党め。PER 2. 5. 49-50)と問いただす。これに対しペリクリーズは敢然と反論する。

Pericles　By the gods, *I have not*:　　　　　　　　51
Never did thought of **mine levy offence**;
Nor never did **my actions** yet *commence*
A deed might gain her love or your displeasure.

ペリクリーズ　神々に誓って、しておりません。　　　　51
決して**考えた**こともございません、**無礼を働こう**などと、
また**行動**を起こそうとしたこともございません
姫の愛を得たり、陛下のご不興を買う**行為**などを。(PER 2. 5. 51-54)

"I have not/Never did thought… /No never did … commence"と、否定の動詞句3つと、"mine levy offence"(thought of の目的語), "my actions"（主語）と "A deed"(commence の目的語)[3]という文の構成要素が3つずつ重なってペリクリーズの強い否定の気持ちを表現している。この後、サイモニディーズとペリクリーズの間で "traitor"(謀反人)という言葉の応酬が3回見られる。

Simonides　**Traitor**, thou liest.
Pericles　　　　　　　　　　**Traitor**?

> *Simonides*　　　　　　　　　　　　　Ay, **traitor**.
>
> サイモニディーズ　**謀反人**め、嘘をつきおって。
> ペリクリーズ　　　　　　　　　　　　**謀反人**？
> サイモニディーズ　ああ、**謀反人**だ。　　(PER 2. 5. 55)

そして"Even in his throat—unless it be the king—That calls me traitor, I return the lie."(今の言葉、もし王でなければ私を謀反人呼ばわりなどと、そっくり言い返すぞ。PER 2. 5. 56-57) というペリクリーズの憤りに彼の真の強さを感じたサイモニディーズは娘タイーサを彼に嫁がせる。

こうして美しい妻タイーサとペリクリーズは子宝にも恵まれ、祖国タイアを目指し凱旋の途に着くが、その航海の途中、再び嵐が彼らを襲う。ペリクリーズは嵐が収まるよう海の神、風の神、雷の神に祈る。

> *Pericles*　**Thou god of this great vast**, rebuke these surges,
> Which wash both heaven and hell; and **thou that hast**
> **Upon the winds command**, bind them in brass,
> Having call'd them from the deep! O, still
> **Thy deafening, dreadful thunders**; gently quench...
>
> ペリクリーズ　**この大海原を治める神よ**、この大波を叱れ、
> 天国も地獄も洗い流そうとしている、そして**風の神よ**、
> **その息を意のままにできるなら**、暴風を縛り付けてくれ、
> 深い洞窟からこの烈風を呼び出した後に！おおまだ
> **お前の耳を聾する、恐ろしい雷神**。穏やかに消してくれ… (PER 3. 1. 1-5)

だが身重のタイーサは荒れ狂う海の上で女の子を出産すると息絶え（実は生きていた）、ペリクリーズは泣く泣く彼女を棺桶に入れ海へ埋葬し、船を近場のタルソスへと向かわせる。一方タイーサの棺桶はエフィソスの浜へ流れ着き…[4)] と、ドラマはさらなる展開を迎える。タイーサの遺体を（まだ命があると見て）蘇生させることになるエフィソスの医師セリモンは自らの経験を次のように語る。彼のセリフからはルネサンスのキーワードの一つである「錬金術」が想像される。[5)]

> *Cerimon*　　　　　　　　　... I have
> Together with **my practice**, made familiar

124

To me and to **my aid** the best infusions　　　　35
That dwell in **vegetives**, in **metals**, **stones**;
And I can speak of the disturbances
That nature works, and of her cures; which doth give me
A more content in course of true delight
Than to be thirsty after tottering honor,　　　　40
Or tie my treasure up in silken bags,
To please the fool and death.

セリモン　　　　　　　　　　… わしはこれまで
実地の**わが経験に加え、熟知し、**
わが助けとしてきたのだ、貴重な水薬を、　　　　35
それは**食物**や、**金属や鉱物**に含まれるが、
その働きを語ることができるのだ、
自然がいかに病に作用するか、いかに癒すか、それが与えて
くれているのだ、私に、より大きな満足を真の喜びのうちに、
不確かな名誉を求めて欲を出したり、　　　　40
絹の財布に金銀をしまい込んだりして、
愚か者や死神を喜ばせるよりもだ。　　(PER 3. 2. 33-42)

　セリモンのこの 10 行において、次の 3 つの事柄がヴァリエーションを
用いて語られる。まず水薬 [6)] が**自分の経験**をもとに**自分**と**自分の助け**に
なってきた(made familiar to)、その水薬の成分は**食物、金属、鉱物**の 3 つ
からなること、それらが自分に与えてくれる喜びは**愚か者や死神が有難**
がる名誉欲や金銭欲には比べようもない、錬金術（医術）の素晴らしさと
いかに自分がそれに没頭してきたか、ということである。そのセリモンの
もとへタイーサの棺桶が運ばれ、蓋が開けられると彼はさらに 3 つの発
見をする。i) 「何とも香しい匂い」(smells most sweetly PER 3.2.64)に包
まれた彼女と ii)ペリクリーズの「彼女を見つけた者に埋葬を頼む」とい
う手紙、そして iii)タイーサに生気が残っていることに気づき、すぐに蘇
生術を施し始め彼女を見事に生き返らせる。イエスの奇跡により女が死
から蘇るように [7)]、死んだと思われていたタイーサが次第に息を吹き返す
様が 3 つのヴァリエーションで描写されている。

> *Cerimon*　Gentlemen, this queen will live: nature 　　92
> 　　awakes,
> A warmth breathes out of her: she hath not been
> Entranc'd above five hours: see how she gins
> To blow into life's flower again! 　　　　　　　　　95

> セリモン　諸君、このお妃は息を吹き返されるぞ、自然の力が、
> 　　目を覚まさせようとしている
> 温かい息が漏れ始めた、意識を失われた後
> 5 時間と経っておらぬ。見ろ、彼女は
> 命の花を咲かせ始められたぞ、再び！　　（PER 3. 2. 92-95）

　一方、生まれたばかりの赤子マリーナ（My gentle babe Marina, whom,/For she was born at sea 海で生まれたゆえそう名付けた, PER 3. 3. 12-13）とともにタルソスへ辿り着いたペリクリーズは、太守クリーオンと彼の妻ダイオナイザにマリーナの養育を頼む。かつて飢餓から国を救われたクリーオンは喜んでマリーナを育てることを約束し、ペリクリーズはその信頼の決意を“**Your honor** and **your goodness** teach me to't,/Without **your vows**. Till she be married, …, /By bright Diana, … all/Unscissor'd shall this hair …remain,”（あなたの名誉と美徳があなたの誓いがなくとも証拠です、娘が結婚するまで女神ダイアナに誓って、この髪にはさみを入れずにおきましょう。PER 3. 3. 26-29）と表す。

4. マリーナの奇跡

　4幕ではガワーの語りで時は瞬く間に過ぎ去り、ペリクリーズは故国タイアにて、妃タイーサはエフィソスにて巫女として、そして娘マリーナがそれぞれ離れ離れで暮らす様子が語られる。美しく成長したマリーナが織物や刺しゅう、歌、詩作など何につけても継母ダイオナイザの実の娘フィロテンよりうまくこなすため、ダイオナイザの嫉妬を買い、暗殺されそうになる。継母が暗殺を命じた召使にまもなく殺される運命にあるとも知らず、マリーナは乳母のリコリダから聞かされた、自分が嵐の海で誕生した様子を臨場感あふれる現在形[8]で語る。

Marina　When I was born.　　　　　　　58
Never was waves nor wind more violent;
And from the ladder-tackle **washes** off
A canvas-climber. "Ha!" **says** one, "wolt out?"
And with a dropping industry they **skip**
From stem to stem: the boatswain **whistles**, and
The master **calls**, and **trebles** their confusion.　　64

マリーナ　　私が生まれた時よ。　　　　　　58
あんなに波や風がひどかったことはないわ、
それに縄ばしごから**押し流される**の、
帆に登る水夫が。「おい！流されたいのか？」と一人が**言う**と、
ずぶぬれになって皆、**走り回る**の、
船の端から端まで。水夫長は**笛を吹き**、
船長は**声をどならせ**、皆ますます**混乱している**わ。　（PER 4. 1. 58-64）

　58~59 行までは "I was...", "Never was waves..."と過去形だが次の 60
〜64 行までは"washes"から"trebles"まで 6 つの動詞（3 の 2 倍）が現在
形に変わって、まるでマリーナの記憶が聴き手の眼前で再現されている
ようである。そして召使リーオナインが継母の命令で自分を殺そうとし
ていることを告げられたマリーナは、継母に対する思いや自分がいかに
気の小さな人間か、またリーオナインが本当はいかに善人か、を語る。

Marina　*I never* did her hurt in all my life:　74
I never spake bad word, nor did ill turn
To any living creature. Believe me, law,
I never kill'd **a mouse**, nor hurt **a fly**:
I trod upon **a worm** against my will,
But I wept for't.　　　　　　　　79

マリーナ　　私、一度だってお継母様を傷つけたりしたことない。
一度だって意地悪を言ったり、したことさえないわ
誰にだって。信じて、お願いよ。
ネズミ一匹だって**殺した**ことない、ハエだって。
知らずに**虫**を踏んでしまったことはあったけど、
それだって泣いてしまった。　　　　　（PER 4. 1. 74-79）

127

> *Marina*　*You* will not do't for all the world, I hope.　　84
> *You* are well favour'd, and your looks foreshow
> *You* have a gentle heart.

> マリーナ　*あなたは*殺したりしないわよね、絶対に。　　84
> *あなたは*、いい人だし、あなたのお顔が
> *あなたは*優しい心をもってるって言ってるわ。(PER 4. 1. 84-86)

　この2か所で各々、3行ずつ首句反復(anaphora)の技法が用いられていることはいまさら説明する必要もないだろう。

　そのマリーナには、すんでのところで海賊に誘拐され、ミティリーニ[9]の女郎屋に売り飛ばされる、という破天荒な展開が待っている。次は海賊からマリーナを買ったポン引きのボールトが女郎屋の女将に、マリーナの取り柄を3つ売り込むセリフである。

> *Boult*　Sha has a good face, speaks well, and has excellent good clothes:

> ボールト　この娘、器量がいいうえに喋りも上品だ、おまけに着てるもんだって上等で、…　　　　　　　(PER 4. 2. 47-48)

女将(Bawd)はマリーナに三段論法で娼婦の心得を教える。

> *Bawd*　To weep that you live as ye do makes pity in your lovers: seldom but that pity begets you a good opinion, and that opinion a mere profit.

> 女将　泣いてこんな人生いやっ、て嘆けばみんな同情するんだよ、お相手方は。たまにゃそういう同情からお前の人気が上がる、人気があがりゃ、儲けも上がるってもんさ。　　　　(PER 4. 2. 119-121)

　そしていよいよ客を取らされそうになると、マリーナは自分の操を固く守る決意を語る。

> *Marina*　If fires be hot, knives sharp, or waters deep,
> United I still my virgin knot will keep.
> Diana, aid my purpose!

> マリーナ　どんなに炎が熱くても、ナイフが鋭くても、海が深くても、

　　私は自分の操をしっかりと守りぬくわ。
　　処女神ダイアナ、私をお守りください！　　　　(PER 4. 2. 146-148)

　こうして彼女は自らの徳で、女郎屋に来た客だけでなく客引きのボールトまで改心させる。イエスが多くの人々を赦し、改悛させたように。

5. 歓喜の大波に洗われて

　一方、ペリクリーズは娘に会うためクリーオン夫婦を尋ねるが、ダイオナイザの計画とも知れず、マリーナは死んだことになっており、その墓を見た彼は失望のあまり再び海へ。茫然自失の彼を乗せた船はミティリーニの沖へ到着し、停泊する。一度はマリーナを買おうとして逆に改心させられた町の太守ライシマカスは、ペリクリーズの船を表敬のため訪れるが、激しいショックで誰にも**物言わず、食事もとらず、悲しみを引き延ばしている**（"who for this three months **hath not spoken**/To any one, **nor taken sustenance/But to prorogue his grief**." PER 5. 1. 24-26)彼の姿を見たライシマカスは、マリーナならこの老人の心を開かせることができるのでは、と彼女を船へ呼び寄せる。彼女が死んだはずの実の娘とも知らずペリクリーズはマリーナに実の妻の面影を見出す。

　　Pericles　My dearest wife was like this maid, and such a one
　My daughter might have been. **My queen's square brows**,
　Her stature to an inch; as wand-like　　　　　　110
　As silver-voic'd; her eyes as jewel-like
　And **cased as richly; in pace another Juno**;

　　ペリクリーズ　わが最愛の妻は、ちょうどこんな女で、ちょうど
　こんな娘がいたことだろう。**わが妃の広い額**、
　背丈も寸分たがわず、すらりと伸びて　　　　　110
　銀の鈴のような声で、**輝く目は宝石のようだ**、
　それを収める**美しい瞳、歩く姿はまるでジュノー**だ。(PER 5. 1. 107-111)

…と、6つ（3の2倍）の亡き妻の特徴をマリーナに重ね合わせる。そしてついにマリーナは自分がペリクリーズという王の娘であると身分を明かし、ペリクリーズは目の前のマリーナが我が子であることを確信する。

　次の 190～191 行では "strike me...", "Give me...", "put me..."という 3
つの命令文と "Lest"(192)以下の "rushing...", "O'erbear...", "drown..."「襲
われ、奪われ、溺れさせないよう」の 3 つの動詞句が続く。そして 196～
197 行の動詞句 3 つでマリーナのここまでの人生が語り尽くされる。

> *Pericles*　O Helicanus, **strike me**, ...　　　　　　　　190
> **Give me** a gash, **put me** to present pain;
> Lest this great sea of joys **rushing** upon me
> **O'erbear** the shores of my mortality,
> And **drown** me with their sweetness. ...　　　　　　　194
> ...
> Thou that wast born at sea, buried at Tarsus,　　　　196
> And found at sea again!

> 　ペリクリーズ　ああヘリケーナス、わしを殴れ、名誉のために、　　190
> わしを打ちのめせ、わしを苦痛に陥れてくれ、
> さもなくばこの歓喜の大波がわしに襲い掛かり、
> わしの命の浜という浜をすっかり奪い取ってしまうだろう、
> わしはこの幸せな渦に溺れ死んでしまいそうだ。…　　　　194
> …
> お前は海で生まれ、タルソスに埋められた、　　　　　　196
> そして海で見出されたのだ、再び！　　(PER 5. 1. 190-197)

　この時、マリーナはタイーサが自分のお産で死んだ母だと語り、親子の
絆は間違いないものとなる。そしてペリクリーズの夢に女神ダイアナが現
れ、エフィソスの神殿へ行くよう告げる。親子、ライシマカス、ヘリケー
ナスらが神殿へ到着すると、ペリクリーズはダイアナに「自分はタイアの
ペリクリーズ、ペンタポリスのタイーサを娶ったが嵐の海でお産のため死
なせた」ことを告げると、巫女として生きていたタイーサは喜びのあまり
気を失うも、息を吹き返すと夫との再会に涙する。そして娘との初対面、
さらには娘の結婚相手としてライシマカスが名乗り出る…。最後はガワー
が、ペリクリーズと妃タイーサ、娘マリーナ親子三人の幸せに包まれた様を
"preserv'd", "led", "crown'd"の 3 つの修飾語句[10]を用いて語り、幕となる。

Gower　In **Pericles, his queen and daughter**, seen,　87
Although assail'd with fortune fierce and keen,
Virtue preserv'd from fell destruction's blast,
Led on by heaven, and crown'd with joy at last:　90

　　ガワー　ペリクリーズとその妃、娘においては、ご覧のように
　襲われました、過酷な厳しい運命に。
　けれど美徳がその破滅の嵐に耐え抜いたのです、
　天に導かれ、ついには喜びの栄冠を勝ち得たのです。(PER 5. 3. 87-90)

注
1) 危難に陥り、逃亡を図るペリクリーズが忠臣ヘリケーナスによって難を逃れる、というストーリーは、次の『冬物語』におけるポリクサニーズとカミローの人間関係にも踏襲されている。

2) corn は Schmidt によると "the grains of which bread is made" とある。

3) **A deed** might gain her love…は deed と might の間に関係詞 that を補って読む。主格の関係代名詞がシェイクスピアの英語ではしばしば省略された。

4) 死んだはずの妃が実はこの後、蘇生で生き返り、ドラマの最後に夫と再会するという筋書きも『冬物語』におけるレオンティーズとハーマイオニのそれに重なる、似て非なる設定である。

5) 中世の錬金術師・医師(当時, 両者の区別はない)であった Paracelsus（パラケルス ス）を連想させる。1493 年 12 月 17 日スイス生まれ。大学で医学を修め、一時大学の医学部教授の地位に就くが、人生の大半を放浪に費やす。医師として生命について論じ、本来、物質変換の術であった錬金術を医薬精製に適用した。錬金術思想に端を発する"硫黄・水銀・塩"説を自然界全域の構成素にまで拡張して、従来の四元素説(火・空気・水・土)との融合を図った。「化学辞典（第 2 版）」より。

6) infusions（原文 35 行目、p. 118）Schmidt では"a medical liquor"としている。

7) イエスは会堂管理者ヤイロの死んだ娘をよみがえらせた、と新約聖書マタイ 9:18; マルコ 5:21; ルカ 8:40 にある。

8) 「劇的現在」(dramatic present)または「歴史的現在」(historical present)などと呼ばれ、過去の出来事を語る際、途中から時制が現在形に代わり、聞き手に目の前で出来事が起こっているかのように錯覚させる用法。Jespersen, MEG Part IV,1,1,参照。『テンペスト』ではミランダが荒れ狂う海と翻弄される船と乗組員らの様子を同じ現在形で語る。(TMP 1. 2. 1-9)こちらは現代英語なら現在進行形で語られるところ。シェイクスピアは二人の娘に嵐の海を同じような描写で語らせている。

9) Gower の"think you now are all in Mytilene."(PER 4. 4. 51)というセリフから女郎屋のある町がミティリーニであることがわかる。

10) 87 行目の seen の前に being（分詞構文）を補い、"Virtue (being=is) seen preserved,..."のように preserved 以下 3 つの過去分詞が virtue の補語（S-V-O-C）と解釈すべきか。

『冬 物 語』　*The Winter's Tale*

　幼い頃から竹馬の友として互いを慕うシチリア王レオンティーズとボヘミア王ポリクサニーズ。友を訪ね旧交を温めたポリクサニーズは、留守にしている母国のことを案じ、暇乞いを願いでるが、レオンティーズは今しばらくと引き留める。しかしポリクサニーズの帰国の決意は固い。『冬物語』（以下 WT と略）における「三度」は主役たちの登場する 1 幕 2 場で、レオンティーズの引き留めを断るポリクサニーズのセリフから始まる。

1.「それは本当に」から始まった?!

> *Polixenes*　　　　　　　Press me not, beseech you, so.
> There is **no tongue, none, none** i'th' world,
> So soon as yours could win me.

> 　ポリクサニーズ　　　　　　　私を苦しめないでくれ、頼む。
> どんな言葉も**ない**、あり得**ない**、この世の何一つとして**ない**のだ、
> 君の言葉ほど私の心を動かしうるものは。(WT 1. 2. 19-21)

　そこでレオンティーズが妻のハーマイオニにも説得させようとするが、彼女も次のようにポリクサニーズの気持ちを三度弁明する。

> *Hermione*　To tell he longs to see his son were strong;
> But **let him say so** then, and **let him go**;
> But **let him swear so,** and he shall not stay,
> We'll thwack him hence with distaffs.

> 　ハーマイオニ　ご子息に会いたいと言われては、手の打ちようが。
> でも**そう言われては**、あの方を**行かせるしかない**でしょう、
> **そう誓われるのなら**、お留まりにはならないでしょう。
> 糸巻き棒で叩き返して差し上げましょう。(WT 1. 2. 34-37)

　このようにあっさりポリクサニーズを帰国させるかのようにみせて、彼女はポリクサニーズの"verily"（本当に）という言葉を逆手に取り、しかも聡明な婦人らしく「捕虜として」とユーモアを交え、夫の親友の引き留めにかかるのである。以下、二人の 12 行に渡るやり取りを観てみよう。

Hermione	You'll stay?
Polixenes	No, madam.
Hermione	Nay, but you will?
Polixenes	I may not, **verily**. 45
Hermione	**Verily**?

You put me off with limber vows; but I,
Though you would seek't unsphere the stars with oaths,
Should yet say, "Sir, no going." **Verily**,
You shall not go; a lady's "**verily**" is   50
As potent as a lord's. Will you go yet?
…   How say you?
My prisoner? Or my guest? Be your dread "**Verily**," 55
One of them you shall be.

    Polixenes   Your guest then, madam.

ハーマイオニ	留まっていただけますわね？
ポリクサニーズ	だめなのです、奥方。
ハーマイオニ	ええ、でも留まってくださるでしょ？
ポリクサニーズ	できないのです、**本当に**。 45
ハーマイオニ	**本当に**？

私をはぐらかすおつもり、そんなひ弱な誓いで、でも私は
たとえあなたが誓って夜空の星々を天から追い払おうとしても
それでも申しますわ「行かせません」と。**本当に**、
お帰りにはなれませんわ、女の「**本当に**」は   50
殿方のそれと同じ力がありましてよ。それでもお帰りになると？
・・・   いかがなさいます？
私の捕虜？それとも客人？あなたのつれない「**本当に**」にかけて 55
どちらかを選んでいただかなくては。
    ポリクサニーズ   では、客ということで、奥方。

                                                 (WT 1. 2. 44-56)

　45〜55行で"verily"が二人の間で5回くり返される。ハーマイオニの二度目の 引き留め(you will)にポリクサニーズは最初の「本当に」を繰り出す。彼のその「本当に」を受け、ハーマイオニは49,50行で二度「本当に」引き留めていると訴え、三度目の「本当に」(55行)で女主人である自分の奴隷になるか、さもなくば客人として留まるようポリクサニー

ズに迫り、とうとう彼の決意を翻してしまう。そして一転、歓待ムード
の中で彼との楽し気な会話が始まる。ところが妻の活躍をほめつつも、
自分の友と彼女の親しい様子を見ているうちに、夫レオンティーズの心
にはふと嫉妬心がよぎる。それはたちまち妻と友人との浮気に対する疑
惑へと発展する。

> *Leontes*　How she **holds up the neb! the bill to him!**
> And **arms her with the boldness of a wife**
> **To her allowing husband!**
> 　　　　　　　　　　　　　　Gone already!　　　　185
> **Inch-thick, knee-deep, o'er head and ears a fork'd one!**
>
> 　レオンティーズ　あんなに唇を近づけ、あいつの口に触れんばかりだ！
> それにあいつときたら両腕を妻に回して、あの大胆さは妻に対する
> 夫のみが許される行為だぞ！
> 　　　　　　　　　　　　もう行ってしまった！
> これほどまでに、もうすっかり、額と耳に角が生えてしまった！
> 　　　　　　　　　　　　　　　　　　(WT 1. 2. 183-186)

　183〜185 行前半の、ポリクサニーズとハーマイオニの密に語らう様子
を「唇を近づけ、あれの口に触れんばかりだ！…両腕を妻に…」と 3 つ
のフレーズで描写し、186 行では、それを見た自分がいかに嫉妬に苛ま
れているか、を同様に 3 つのフレーズでレオンティーズは語る。3 つ目
の"fork'd"は「妻を寝取られた」の意味で「寝取られ亭主は額に角が生え
る」という諺をシェイクスピアは他の作品でもよく用いている。[1]
　一度沸き起こった嫉妬心を簡単に消し去ることは難しく、理性を失っ
たレオンティーズは友人ポリクサニーズの抹殺を部下カミローに言いつ
ける。だが有能なカミローはそのことをポリクサニーズに告げ、彼を無
事帰国させようと手配する。友レオンティーズの逆上を知ったポリクサ
ニーズは当惑するが、友の嫉妬の理由とその結果の予測を "as..." と
"must..."を三度くり返して冷静に分析し、カミローを連れて密かにシチ
リアから逃げ去るのである。

> *Polixenes*　　　　　This jealousy　　　　451

Is for a precious creature; **as** *she's rare*
Must *it be great;* and **as** *his person's mighty*
Must *it be violent;* and **as** *he does conceive*
He is dishonoured by a man which ever　　　　　455
Professed to him, why, *his revenges* **must**
In that be made more bitter.

ポリクサニーズ　　　　この嫉妬の　　　　　　451
もとは美しい婦人なのだ、彼女の*類まれな美しさゆえ、*
*妬みも大きいにちがいなく、*彼の生まれが*高貴であるゆえ、*
*やっかみも激しくなり、*彼が*名誉を汚されたと思うゆえ、*
生涯、親友を誓った男によってだ、　　　　　　455
だからこそ*彼の復讐心も*
*ますます過酷なものとなるにちがいない*のだ。　（WT 1. 2. 451-457）

2．友への嫉妬は妻への憎しみに

　こうして友に裏切られたと思い込むレオンティーズの怒りは次に妻へ
と向けられる。そして臣下たちの面前で妻を侮辱する夫と反論する妻の
やり取りのシーンにも三度のヴァリエーションが見られる。

Leontes　When you have said she's **goodly**, come　75
　between,
Ere you can say 'she's **honest**'. But be't known,
From him that has most cause to grieve it should be,
She's an **adulteress**.
　Hermione　　　　　Should a **villain** say so,
The most replenished **villain** in the world,
Here were as much more **villain**. You, my lord,　　80
Do but mistake.

　レオンティーズ　諸卿らは「王妃は美しい」と言ったぞ、割り込んで、
「王妃は貞淑だ」という前にな。だが覚えておけ、
それを言われて最も悲しむべき夫の口から言うならば、
王妃は不義を犯したのだ。
　ハーマイオニ　どんな悪人でもそう言おうものなら、
この世にいる限りの極悪人でさえも、　　　　　80

さらに悪人となるでしょう。あなたは
思い違いをされているだけです。　　　(WT 2. 1. 75-81)

　このように自らの貞潔を訴える王妃の言葉も王の耳に入らず、彼女は牢に閉じ込められ、そこで王女を出産する。2幕3場で侍女のポーリーナは赤子がどれほど王に似ているかを指摘し、王妃の無実を訴える。

> *Paulina*　　　　　　　Behold my lords,
> 　…　the whole matter
> And copy of the father…*eye, nose, lip,*　　　　　100
> The trick of *'s frown, his forehead,* nay, *the valley,*
> The pretty *dimples* of *his chin* and *cheek, his smiles,*
> The very mould and frame of *hand, nail, finger.*

> ポーリーナ　　　　　　ご覧ください、皆様方、
> 　…　何もかも
> お父君にそっくりではありませんか、*目*も、*鼻*も、*唇*も、　100
> 眉を寄せる*しぐさ、額*も、*顎*もお父君のもの、
> 可愛らしい*えくぼ*も、*頬*も、*微笑*もお父君のもの、
> *手*や、*爪*や、*指*の形まで生き写しではないですか。(WT 2. 3. 97-103)

　上の100〜103行で各行に、顔から指先までのディテールが3つずつ詳細に描写され、赤子の様子が目に浮かぶようである。だがこれほどまで周囲から改悛を求められてもポリクサニーズの妻に対する疑惑は払しょくされず、ついに妻を裁判にかける。そこへ母の身を案じた王子マミリアスの死の知らせが入り、それを聞いた王妃ハーマイオニは気絶、そのまま絶命（ということにして実際にはポーリーナの計らいで生き残るが）…とドラマは一気に悲劇の頂点へと突き進む。

3. 捨てる神あれば拾う神

　ポーリーナの "A thousand *knees,*/Ten thousand years together, *naked, fasting,* /Upon a barren mountain, …/ … could not move the gods/To look that way thou wert.(一千回も*膝を折り*、不毛の山で…一万年も*裸*で、*断食して*、祈り続けたとしても、神々の眼をあなた様の方へ振り向かせる

ことはできますまい。WT 3.2.207-211)という激しい非難によって、はじめて
レオンティーズは自分の犯した過ちの大きさに気づき、妻と息子に生涯懺
悔の日々を捧げる決意をする。ポーリーナの"*A thousand knees,*/*Ten
thousand years...*"という "*knees, naked, fasting*" の 3 つの懺悔の言葉
を含む誇張法[2]がレオンティーズの胸に永久に突き刺さったのだ。

そしてレオンティーズの家来アンティゴナスが妃ハーマイオニの産ん
だ赤子を王の命令により捨て去るため海に出たが、嵐により船はボヘミア
の海岸へたどり着く。そこでアンティゴナスは赤子に「永遠に見捨てられ
た」(lost for ever, WT 3.3.33)という意味の「パーディタ」と命名するよう
妃から伝えられた旨を語り、海岸に赤子を置き去りにしたが、直後に熊に
襲われて、命を落とす。

何と悲惨なドラマかと思うが、ここから舞台は、それまでの暗い嵐の海
に穏やかな陽の光が注ぐように、悲劇から喜劇へと展開する。捨てる神あ
れば拾う神ありで、羊飼い(shepherd)と道化(clown)の親子がこの赤子を拾
い 16 年の歳月が過ぎて、とロマンス劇の後半が展開していく。

インターミッション〜RSC の舞台から

　ドラマは途中だが、ここで脱線をお許し頂きたい。2009 年、著者はシェイク
スピアの生地ストラットフォードで『冬物語』の舞台を観る機会があった。羊飼い
とその息子が拾った赤子をあやしていると、いきなり二人が赤子を空中へ放
り上げる。が、赤子はそこに居らず、おくるみ布だけがふわりと落ちて来る、…
と同時に舞台上手奥から美しく成長したパーディタが走り出て来て、その布を
キャッチするやスカーフ代わりにかぶる。その瞬間、舞台は賑やかな村祭りの
場面に変り、そのままインターミッションへ、という演出。「16年はあっという
間」という RSC の転換の妙を楽しませてくれた一場面であった。

---

4. 若い二人を襲う苦難

4 幕では「時」(Time)が説明役として登場し、パーディタを含めた主人
公たちのこの年月を語る。羊飼いに育てられた美しい娘パーディタと、こ

ちらも立派に成人したボヘミア王子フロリゼルの恋物語が展開する。羊飼いの娘にはない気品を備えた若い女性と王子のお忍びの恋を聞きつけて、ボヘミア王ポリクサニーズは変装して二人の様子を探ろうと近づく。ここでも登場人物たちのセリフの端々に三度のくり返しやヴァリエーションがしばしば聞かれる。4幕4場の冒頭、フロリゼルはパーディタの美しさを次のように称える。

> *Florizel*　These your unusual weeds to each part of you
> Does give a life: **no shepherdess**, but **Flora**
> …
> And you **the queen** on't.

> フロリゼル　こうして君がいろんな草花を体中につけていると
> 本当に命が宿っている、**羊飼いの娘じゃない、フローラ**[3)]だ、
> …
> そして君は（毛刈り祭の）**女王**だ。(WT 4. 4. 1-5)

　これに対してパーディタは今にも国王が現れ、卑しい格好の自分と王子が一緒にいるのを見たら、二人の恋は潰されるのではと不安がる。

> *Perdita*　　　　　　　Even now I tremble
> To think your father …
> Should pass this way, … O Fates!　　　　　20
> How would he look to see his work, so noble,
> Vilely bound up? What would he say? Or how
> Should I, in these my borrowed flaunts, behold
> The sternness of his presence?　　　　　24

> パーディタ　　　　　今でも体が震えています、
> お父君のことを思うと、…
> ここにお出でになり…　　ああ運命の神様！　　　　20
> どんなお顔をなさるか、働くあなたを見て、こんなに立派な王子が、
> 卑しい身なりをなさって？何とおっしゃるでしょう？一体、私は
> どうすればいいのでしょう、こんな借り着の格好で、
> お父君の厳しいお顔を前に？　（WT 4. 4. 18-24)

　パーディタのこの不安はすぐに的中するのだが、フロリゼルはギリシ

ア神話の三人の神々の名前を挙げてパーディタへの愛を誓う。

Florizel　　　　　　Apprehend
Nothing but jollity. The gods themselves,　　　　25
Humbling their deities to love, have taken
The shapes of beasts upon them: **Jupiter**
Became a bull, and bellowed; the green **Neptune**
A ram, and bleated; and the fire-robed god,
Golden **Apollo**, a poor humble swain,　　　　30
As I seem now. Their transformations
Were never for a piece of beauty rarer.
Nor in a way so chaste, since my desires
Run not before mine honour, nor my lusts
Burn hotter than my faith.　　　　35

フロリゼル　　　　　　心を向けるのだ
だた楽しいことだけに。神々だって　　　　25
卑しくも恋をすると、その姿を
獣に変えるのだ。**ジュピター**は
雄牛になって、雄叫びを挙げる、海の神**ネプチューン**は
雄羊になって、メエメエ鳴く、そして炎の衣を纏う神、
金色の**アポロ**は、卑しい農夫に姿を変えたのだ、　　　　30
今のぼくのように。神々の変身は
ぼくの変装ほど美しい人のためではなかった。
またぼくの恋ほど清らかではなかった、ぼくの欲望は
ぼくの名誉を踏み越えるものではないし、ぼくの欲情は
ぼくの真心ほど熱くはないのだから。　（WT 4. 4. 24-35）　　　　35

　これに応えるかのようにパーディタもローマ神話の神々との逸話と組み合わせながら、花々をフロリゼルや周りの人々に配って歩く。当時の人々にとって花がいかに神話と結びついていたかがわかる。

Perdita　I would I had some **flow'rs** o'th' spring that might
Become your time of day---and yours, and yours,
That were upon your virgin branches yet　　　　115
Your maidenhead growing. O Proserpina[4],

For the **flow'rs** now, that, frighted, thou let'st fall
From Dis's wagon! **daffadils**,
That come before the swallow dares, and take
The winds of March with beauty; **violets**, dim,　　　　120
But sweeter than the lids of Juno's [5)] eyes,
Or Cytherea's[6)] breath; pale **primroses**,
That die unmarried, ere they can behold
Bright Phoebus[7)] in his strength a malady
Most incident to maids; bold **oxlips**, and　　　　125
The **crown imperial**; **lilies** of all kinds
The **flow'r-de-luce** being one.

> パーディタ　あなたには春の花があるとよかったのだけれど
> その青春にふさわしい --- それからあなた方にも（羊飼いたちに）
> まだこれから若木が芽をふき、　　　　115
> あなた方の純潔が守られますように。ああ、プロセルピーナよ、
> あの花々があれば、びっくりして取り落としたという、
> ディスの車から！黄水仙、
> 咲き出すのはツバメが来るより早く、そして奪うの、
> 三月の風を、その美しさでとりこにして。スミレは、地味だけど　120
> ジュノーの瞼より愛らしく、
> ヴィーナスの吐息より香しい。淡い色の桜草は、
> 処女のまま死んでいくのよ、拝むこともなく、
> 燦然と輝く日の神フィーバスの力強さを、病と同じ
> 乙女らにはよくあることだけど。気の強い九輪草、そして　125
> 王冠草もあげましょう。ユリもいろいろあるわ、
> イチハツもその一つよ。　　　　(WT 4. 4. 113-127)

　王子フロリゼルは、父ポリクサニーズが変装しているとも知らず証人に
してパーディタに対する愛を誓う。

Florizel　That were I crown'd the most imperial monarch,
Thereof most worthy, were I the fairest youth　　　　373
That ever made eye swerve, had force and knowledge
More than was ever man's, I would not prize them　375
Without her love; for her, **employ the all**,

Commend them and **condemn them** to her service,
Or to their own perdition.

> フロリゼル　たとえ私が世界に冠たる王座に座す
> 最も徳高い王であったとしても、最も美しい若者で　　　　　　　　373
> 乙女の眼を迷わせるとしても、力と知識をもっていても
> それが人の持ちうる以上のものでも、何の価値もないでしょう、
> 彼女の愛が得られなければ。彼女のために、**全てを捧げます、**
> **全てを引き渡し、全てを運命づけます、彼女のもとへ、**
> さもなければ勝手に朽ち果てるがいい。　　　　　　　　　　　378
>
> （WT 4. 4. 372-378）

372～375 行の "were I crown'd.../ were I... /had (I) force..."（たとえ私
が～でも）の３つの条件節は「たとえ、人々の異言、…を語ろうとも…
愛がなければ、無に等しい…」という新約聖書コリントの信徒への第 1
手紙の 13 章[8]の部分を連想させる。だが皮肉にもこの王子が「結婚を
父に知らせては」という提言を固辞したため、変装を解き、彼らの前に
現れた父王の怒りを買ってしまう。再び悲劇の始まりかと思いきや、忠
臣カミローの助言で、フロリゼルとパーディタは、かつて父の親友であ
ったシチリア王レオンティーズのもとへ向かう。またポリクサニーズも
子らの後を追って、舞台は再びシチリアへと移る。

5. 愛しい友・妻・娘との再会

　こうして三組の登場人物たちの、即ち生き別れた親友どうしの再会、
さらに死に別れたと思われていた親子と夫婦の再会を実現させるべく、
運命の歯車が終幕へ向かって大きく回り出す。最初の二組の再会の喜び
の知らせは、王宮の紳士たちによって語られ、私たち観客は彼らの話か
らその感動を想像する。親友ポリクサニーズとの再会のみならず、その
友の息子の花嫁が、かつて自分が不義を疑い捨てさせた赤子で今は美し
く成長した我が娘パーディタであることに、レオンティーズはどれほど
驚き、感極まったことか、など。そしてシェイクスピアはクライマック
スに、彼が死んだと思っていた愛妻との感動的な出会いを用意した。

　友人や娘や娘婿らと侍女ポーリーナの案内で彼女の邸を訪れたレオンティーズは、まるで生きているような妻ハーマイオニの石像を見せられて驚く。と同時に"Hermione was not so much wrinkled, nothing/So aged as this seems."（ハーマイオニはこれほど皺はなかった、これほど年も取っていなかったはずだ。WT 5. 3. 28-29）というセリフで、観客の笑いを誘う。そしてポーリーナの次のセリフでいよいよハーマイオニの再生が始まる。

> *Paulina*　　　　Music, awake her; strike. [*Music.*]　　98
> 'Tis time; **descend**; **be stone no more**; **approach**;
> **Strike** all that look upon with marvel. **Come**;　　100
> I'll fill your grave up. **Stir**; nay, **come away**;
> **Bequeath** to death your numbness, for from him
> Dear life redeems you.

> ポーリーナ　　　　音楽を、お起こして妃を、さあ。[音楽]　　98
> 時間です、**台から降りて、もう石であることはありません、こちらへ。**
> 皆様を**驚か**せるのです。さあお出でください。　　100
> お墓は私がふさぎましょう。**動くのです、さあ、こちらへ。**
> **譲る**のです、死にあなた様の無感覚を。死の手から
> 愛しい命があなた様を開放してくれます。（WT 5. 3. 98-103）

　ポーリーナは楽士らに音楽の演奏を命じると、石像のハーマイオニに動くよう呼びかける。99 行で"descend; be stone no more; approach"と 3 つの動詞、さらに次の 100 行から 102 行で "Strike"以下 "Bequeath"まで 5 つの動詞で語りかけ、「石のように」動かなかったハーマイオニが台を降りて夫レオンティーズのもとへ歩み寄る。著者が映画監督なら、さしずめハーマイオニの閉じた目をアップにし、ゆっくりと開けさせ、その瞳に夫や娘の驚きの姿を映すだろう。このシーンもまた死人を生き返らせたイエスの奇跡 9)を思い起こさせる。そして「死から蘇った」ハーマイオニは成長した娘パーディタに 3 つの問いをもって話しかける。"Where hast thou been preserv'd? Where liv'd? how found/Thy father's court?"（今までどこで永らえて？どこで生きて？どうやってお父様の宮殿へ？WT 5. 3. 124-125）こうしてレオンティーズは 1)自らの人間不信により失った、ポリクサニー

ーズとの友情を取り戻す。そして 2)疑心暗鬼の末に捨て去った娘パーディタとその夫となり息子となるフロリゼル、3)最愛の妻だったハーマイオニとの再会、というかけがえのない人々との 3 つの出会いの機会を与えられ、ドラマは奇跡と許しと喜びに包まれて幕となる。

　シェイクスピアは自らの人生、すなわち我が子ハムネットの死の悲しみをマミリアスのそれと、また娘スザンナと婿ジョン・ホールとの結婚による子孫繁栄を、さらに長年故郷に置き去りにしていた妻アン・ハサウェイとの夫婦仲の復活の願望などをこの作品の終わりと重ね合わせたのではないだろうか。「旅はいつでも愛しい人と出合って終わるもの」と信じつつ。"Journeys end in lovers meeting." (TN 2. 3. 43)

注

1) "horned, cuckled" (Schmidt). Harvard Concordance によると"horn"とその関連語は全作品中 100 回以上用いられる。また cuckled も 40 例近く出てくる。他に「嫉妬に狂う」主人公としては Othello であろう。

2) 誇張法(hyperbole)については *The Merchant of Venice* の章ですでに紹介した。p. 46, 注 7) 参照。

3) Flora はローマ神話の花の女神で、ギリシャ神話の妖精クロリスと同一視される。 西風の神ゼフュロスが**フローラ**に恋し、彼女をさらい二人は結婚…という神話をシェイクスピアはパーディタとフロリゼルの恋物語に重ねたのだろうか。

4) Proserpina: ローマ神話の春の女神、父・主神ジュピター（ゼウス）と、母・豊穣の女神セレスの娘。冥府の神プルート（ラテン語でディス Dis）にさらわれる。

5) Juno: 生殖の神サターンの娘、ジュピターの妻。ローマ神話のヘラ Hera。

6) Cytherea: シセリア、美の女神アフロディーテ（ヴィーナス）を指す。

7) Phoebus: 日の神フィーバス、ギリシャ神話のアポロを指す。

8) シェイクスピアが愛読したとされる『ジュネーヴ訳聖書』(Geneva Version)ではこの部分は以下のように書かれている。

> [1]**Though** speak with the tongues of men and Angels, and have not love, I am *as* sounding brass, or a tinkling cymbal. [2]And **though** I had the *gift* of prophecy, and knew all secrets and all knowledge, yea, if I had all faith, so that I could remove mountains, and had not love, I were nothing. [3]And **though** I feed the poor with all my goods, and **though** I give my body, that I be burned, and have not love, **it profiteth me nothing.**

9) 新約聖書の以下の箇所にイエスが死者を蘇らせた奇跡の記述がある。ナインの町で埋葬される青年（新約聖書ルカ 7:11）、会堂管理者ヤイロの娘（新約聖書マタイ 9:18; マルコ 5:21; ルカ 8:40）、そしてラザロ（新約聖書ヨハネ 11:1）の 3 名。

『テンペスト』 *The Tempest*

ミラノの大公だったプロスペローは政治を弟アントニオーに任せきりにし、魔術の研究に興じるあまり、実権を弟に奪われ、幼い娘ミランダと島流しに合う。その島には化け物キャリバンや妖精エアリエルらがいたが、プロスペローは魔法の力で彼らを従わせる。月日が経ったある日、沖合にミラノへ向かう弟らの乗った船を見つけたプロスペローは復讐すべく魔法で嵐を起こし、船を難破させたことにして島へと導く。

1. それは嵐の海から始まった

舞台は嵐の中、船の乗組員らの "We split, we split, we split!"(船が難破する… TMP 1. 1. 64)という三度のくり返しで幕が上がる。そして次の場面では、その沖合の時化の中の船を島のどこからかじっと見ているミランダが、今にも沈みそうな船と乗船している人々の悲惨な様に心を痛め、父に魔法を止めるよう懇願する。

> *Miranda*　If by your art, my dearest father, you have
> Put the wild waters in this roar, allay them.
> The sky it seems would poor down stinking pitch,
> But that the sea, mounting to th' welkin's cheek,
> Dashes the fire out.
> …　　　　　　　　　　　　　… A brave vessel
> Who had, no doubt, some noble creature in her
> Dash'd all to pieces! O, the cry did knock
> Against my very heart. Poor souls, they perish'd.

> ミランダ　もしお父様の魔法によって、お父様、
> 海がこのように荒れ狂うのでしたら、どうか鎮めてください。
> 空は真っ黒な焦げ臭い汁を降らせているように見えます、
> 波が天の頬を打って稲妻の火を消してくれるから
> いいようなものの。
> …　　　　　　　　　　　　…あの立派な船は
> きっと立派な人を乗せていたに違いないわ、それが
> こなごなに砕けてしまうとは！ああ、あの悲鳴が激しく
> 私の胸を打つ。かわいそうに、みんな溺れ死んで。(TMP 1. 2. 1-9)

"the wild waters"とそれに続く"The sky", "the sea"以下3つのフレーズが荒れ狂う海の様子を、それに続く"some noble creature", "the cry", "Poor souls"のフレーズが同様に3つずつ並んで、嵐に翻弄される乗船者らの恐怖を描き出す。20世紀の英国画家ウォーターハウスはこの場面のミランダを生涯において二度描いている。[1]

　このミランダの訴えに対し父親プロスペローは "thee"を 3 回用いて「すべてお前のためだ」と娘の気を静めようとする。

> *Prospero*　　　　　　　No harm:　　　　　　　15
> I have done nothing, but in care of **thee**
> Of **thee** my dear one, **thee** my daughter, …

> プロスペロー　　　　　　何事もなかったのだ。　　　15
> 私が何をしたというのだ、お前のためを思わずに？
> 全てはお前のためだ、愛しい娘、お前のな... (TMP 1. 2. 15-17)

　さらにミランダの母のこと、彼女が母と自分の娘であること、しかし秘術(secret studies, 1. 2. 76)の研究に没頭し、弟にミラノの統治を任せているうちにその弟は実権を握り、ナポリ王と密約を結ぶと、兄である自分の存在を疎ましく思うようになり、ついには自分と幼い娘を小舟で島流しにしてしまったこと、だが主君思いの部下ゴンザーローが船出に際し、生活に必要な食糧や水や衣料、そして何より自分にかけがえない書物 (**Some food…, and some fresh water**,.... **Rich garments,... and necessaries**, ... **mine own library with volumes** that I prize above my dukedom. 1. 2. 160-168)を持たせてくれたおかげで、こうして今があることを延々と語る。ミランダは父と自分の身の上話を聞きながら眠ってしまう。そこへ嵐を起こし船を難破させた妖精エアリエルが戻ってきて、船と乗船者らの様子を以下のように3つのフレーズを用いて報告する。

> *Ariel*　　　　　　　Sometime I'ld divide,
> And burn in many places, on the topmast,
> The yards and boresprit, would I flame distinctly, 200
> Then meet and join…

145

エアリエル　　　　　　　　時には私は分身の術で
あらゆる場所で燃えさかりました、マストのてっぺんやら
帆桁の上やら、舳先の突端やらで、同時に別々に燃えるかと思うと、　200
また一つの火の玉となるさまで...　　（TMP 1. 2. 198-201）

　エアリエルはドラマの最後までプロスペローの忠実な僕であるが、常に
主人からの解放、自由を望んでいることが次のセリフからわかる。
"Remember"以下、"done thee", "Told thee", "made thee"と動詞句を 3
つ並べて、と言いたいところであるが、正式にはもう一つ "serv'd"と 4 つ
使われている。エアリエルのセリフには、この 4 つのヴァリエーションが
3 つのそれより多く使われているようである。

> *Prospero*　　What is't thou canst demand?　　　　　　245
> *Ariel*　　　　　　　　　　　　　　　　　My liberty.
> …
>
> Remember I have done thee worthy service,　　　　　　247
> Told thee no lies, made thee no mistakings, serv'd
> Without or grudge or grumblings.

> プロスペロー　　何だ、お前が求めることができるのは？　　　245
> エアリエル　　　　　　　　　　　　　　私の自由です。
> ・・・
> 思い出してください、今までしっかり奉公してきたことを、　　247
> 嘘もつかず、間違いもしでかさず、仕えてきました、
> 不平も不満も言わずに。　　　（TMP 1. 2. 245-249）

　しかしプロスペローは自分の復讐が成就するまでは、エアリエルを解放
しようとしないし、エアリエルも不思議なほど従順に主人に従うのであ
る。そしてもう一人、プロスペローの支配に不満を感じ、隙あらば彼を殺
そうと狙う「魚の怪物」[2]キャリバンが登場する。この生き物の母シコラク
スは魔女という設定で、彼女によってエアリエルは松の木の中に埋め込ま
れ、もがき苦しんでいたところをプロスペローの魔法で救われた、という
設定になっている。[3]キャリバンはプロスペロー親子のために焚き木を拾
うという雑用係をさせられているが、言いつけに背くとひどい目に遭わ
されているため、主人と顔を合わせると悪態をつく。

Caliban　As wicked dew as e'er my mother brush'd
With raven's feather from unwholesome fen
Drop on you both! A south-west blow on ye,　　　　323
And blister you all o'er!

　キャリバン　おれのおふくろが掃き集めたありったけの毒の露、
大ガラスの羽根をほうきがわりにして、毒の沼から、
おめえらに降りかかりやがれ！南西の風が、毒気を運び、　　　323
そしておめえらを水膨れにすりゃいいんだ！　（TMP 1. 2. 321-324)

さらにはミランダを犯そうとしたことさえも主人の前で口走る。

Prospero　　　... thou didst seek to violate
The honor of my child.
　Caliban　O ho, ... would't had been done!
Thou didst prevent me; I had peopled else　　　　350
This isle with Calibans.

　プロスペロー　　　… お前は辱めようとした、
わしの大事な娘の操を、
　キャリバン　ほおー、そうなってりゃよかったのに！
おめえが邪魔したんだ、さもなきゃ妊娠させて　　　　350
この島じゅうキャリバンの子だらけにしてやったのに。

　　　　　　　　　　　　　　　　　　（TMP 1. 2. 347-351）

　一方、エアリエルは難破船からナポリ王の一人息子ファーディナンド
王子だけを別の場所に避難させ、そこから次の歌でプロスペローやミラ
ンダのもとへ誘い出そうとする。

Ariel　*Full fadom five* thy father lies　　　397
Of his **bones** are **coral** made
Those are **pearls** that were his **eyes**:
Nothing of him that **doth fade**　　　　400

　エアリエル　　　五尋の海底、父眠り
その骨いまは珊瑚となる、
真珠はかつて父の眼なり
その身は何も 朽ち果てず　　　（TMP 1. 2. 397-400)

　日本語訳ではわかりにくいが、原文では"Full fadom[4] five"(397 行)が
3 つの頭韻で始まる歌いだしとなっている。そして次の 3 行(398〜400)
では "bones"と"coral"; "pearls"と"eyes"; "Nothing" は "him that doth
fade"のように「海底に眠る父」が「珊瑚」「真珠」となり「父の遺骸」は
(海の中で姿を変え)何もなくなっていない、という不思議なレクイエ
ムを奏でている。この神秘的な歌に誘われたファーディナンドがミラン
ダに遭遇すると、次のセリフを繰り出す。

> *Ferdinand*　　　　　　　　Most sure, the goddess
> On whom these airs attend! Vouchsafe my pray'r
> May know if you remain upon this island,
> And that you will some good instruction give　　425
> How I may bear me here.　My prime request,
> Which I do last pronounce, is (O you wonder!)*
> If you be maid[5]), or no?

> 　ファーディナンド　　　　　　間違いない、彼女こそ女神だ、
> あの調べがささげられた！　わが祈りをかなえてください、
> あなたはこの島にすんでおられるのでしょうか？
> またお教え願えれば嬉しく思います、
> どう私がふるまえばよいか、ここで。私が一番知りたいことは、
> 一番最後になりましたが、ああ、あなたはまさに奇跡だ！*
> あなたは人間の乙女か、それとも？　　(TMP 1. 2. 422-428)

　彼女の美しさにとまどいながらも、王子は 3 つの質問をミランダに尋
ねる。427 行の"O you wonder!"(あなたはまさに奇跡だ！*)はドラマの最
後で、今度はミランダがナポリ王他大勢の人々を見て叫ぶ同じセリフで
ある。ミランダも一目で王子と恋に落ちるが、父プロスペローは魔法で
ファーディナンドの自由を奪い、労役で彼の忍耐力を試そうとする。

2. 悪役そろい踏み
　2 幕に入ると難破したもう一組、ナポリ王アロンゾー、その弟セバス
チャン、プロスペローを追放した弟アントーニオ、プロスペローの忠実
な臣下だったゴンザーローらが登場する。そのゴンザーローが 6 つのヴァ
リエーション、と 3 行の首句反復を用いて、理想国家について次のよ

うに語る。

> *Gonzalo*   And were the king on't, what would I do?   146
> …
> Letters should not be known; …   151
> And use of service, none: contract, succession,
> Bourn, bound of land, tilth, vineyard, none;
> No use of metal, corn, or wine, or oil;   154
> No occupation, all men idle, all;
> And women too, but innocent and pure;
> No sovereignty …

> ゴンザーロ—   島の王となれば、何を私は行うでしょうか？   146
> …
> 学問は奨励されず、…   151
> 奉公も、何もなくなります。契約、相続、
> 境界、領地、田畑、葡萄畑など、何もなくなり、
> 金属、穀物、ワイン、油などの使用もなくなり、   154
> 職業は何もなくなります。男はみな遊んで暮らし、
> 女もです、ただ無心に清純に生きるのです、
> 君主権もありません—

　また2幕2場では、3組目の難破者の一人、ステファーノがキャリバンをからかうのに、3つのヴァリエーションと反復を散文体の中で次のように繰り出してみせる。

> *Stephano*   If I can recover him, and keep him tame, and get to Naples with him, he's a present for any emperor...
> ステファーノ　もしこいつを治して、飼いならして、ナポリに連れて帰りゃ、最高の献上品になるだろう…　（TMP 2. 2. 68-70）

　一方、相棒のトリンキュローが中に潜り込んでいるとも知らず、ステファーノはキャリバンに酒を飲ませようと三度口を開けさせる。

> *Stephano*   Open your mouth; here is that which will give language to you, cat. Open your mouth; this will shake your shaking, I can tell you, ... Open your chaps again.
> [*Caliban drinks.*]（ステファーノ　口を開けるんだ、こいつはな、飲むと誰だって饒舌になるって代物さ。さあ猫ちゃん [6]、あーんと口を開けな。

これでおめえの身震いなんかシャキッと治るさ、嘘じゃねえ…開けな、あーんと顎をもう一度。[キャリバン、飲む] TMP 2. 2. 82-86）

3.　恋人たちの愛の誓い

　3幕1場になると、ミランダとファーディナンドの愛の誓いが各々3つのヴァリエーションによってささやかれる。ファーディナンドがミランダの美しさを"O you, /So perfect and so peerless, are created /Of every creature's best!"（ああ、あなたはそれほどに完璧、比類なく、造られている/人間の最上の美点だけで！　TMP 3. 1. 46-48）と称えるとミランダはファーディナンドに対する思いを次のように語る。

> *Miranda*　　　　　　　　　　nor have I seen　　　　　50
> More that I may call men **than you**, good friend,
> …
> The jewel in my dower, I would not wish　　　　　54
> Any companion in the world **but you**;
> Nor can imagination from a shape,
> **Besides yourself**, to like of.

> ミランダ　　　　　　　私は見たことがありません　　　　　50
> 男の人と呼べるものを**あなた以外に**、ファーディナンド、
> …
> 私の一番大事な宝石、一緒にいたいと思う人は　　　　　54
> この世にいないでしょう、**あなたしか**。
> またどんな想像力を働かせても、浮かんではきません、
> **あなた以外には**、好ましいものの姿といえば。　（TMP 3. 1. 50-57）

　そしてファーディナンドはミランダの問いかけ"Do you love me?"に対する愛の誓いをこう述べる。

> *Ferdinand*　O heaven, O earth, **bear** witness to this sound,　　　　　68
> And **crown** what I profess with kind event
> If I speak true! If hollow, **invert**　　　　　70
> What best is boded me to mischief! I,
> Beyond all limit of what else i' th' world,

Do **love**, **prize**, **honor** you. 73

　ファーディナンド　ああ天よ、地よ、私の言葉の証人となりたまえ、　68
そして私の告白を好ましい結果とともに成就させたまえ、
わが言葉が真実であれば！もし嘘偽りであれば、変えたまえ、　70
私に予定されたどんな幸運も災いに！私は
この世のあらゆるものにもまして、
あなたを愛し、うやまい、尊びます。(TMP 3. 1. 68-73)　73

　彼の真実の愛の告白にミランダは涙を流しながら喜び、自分が彼の
妻になる許しを請う。

Miranda　　　　　　　　I am a fool　　73
To weep at what I am glad of.
…
I am your wife, if you will marry me;　　83
If not, **I'll die your maid**. To be your fellow
You may deny me, but **I'll be your servant**,　　85
Whether you will or no.

　ミランダ　　　　　　　　私、何て愚かなんでしょう　73
嬉しいのに涙を流したりして。
…
私、あなたの妻になります、私と結婚してくださるなら。　83
でなければ、死ぬまであなたの侍女に。あなたの伴侶となることが
許されなくても、あなたの召使にはなってみせます、　85
たとえあなたがお許しにならなくても。(TMP 3. 1. 73-86)

　以上、二人が愛を誓うのに各々3つのキーワードを並べているのが
よくわかる。今どきは、女性がこんな卑屈なプロポーズの言葉など口に
しないのでは、という向きもあろうが、理想だからこそ、家父長制の強
いこの時代のセリフとはいえ、感動とあこがれ、もらい泣き（カタルシ
ス）[7]を味わうことのできる名シーンといえよう。

4. もう一つのロマンティック・シーン

　このようなロマンティックな場面とは裏腹に島の反対側では、ステ
ファーノらと意気投合したキャリバンが、島の魅力を次のように語る。
"Be not afeared, the isle is full of **noises**, /Sounds and sweet

airs, .../Sometimes a thousand twangling instruments/ Will hum about mine ears; and sometime voices, /That if I then had wak'd after long sleep, /Will make me sleep again, and then in dreaming,/ The clouds methought would open, ... (怖がるな、この島はいつも物音や、歌声、音楽であふれているが、楽しいだけで悪いことは何もねえ。ときにゃあ何百何千って楽器がおれの耳元で鈍い音を立てやがる、かと思えば歌声が聞こえ、ぐっすり眠ったあとでもまたすぐ眠くなる。そうして夢の中へ入っていくと、雲が割れて… TMP 3. 2. 135-141)[8]ここにもさりげなく noises 以下 3 つの音と"Sometimes"以下三度の反復が聴こえてくる。

　ミランダとファーディナンドの婚約を祝う 4 幕 1 場のシーンでは、三人の女神たちが登場する。これはプロスペローの魔術による幻覚(Some vanity of my art, 4. 1. 41)で、女神たちを演じるのはエアリエルや妖精たちという設定である。まず虹の女神アイリスが、続いて結婚の女神ジュノー、そして豊穣の女神セレスが二人のカップルに幸運を約束する。

> *Ceres*　Earth's increase, foison plenty,　　　110
> 　Barns and garners never empty;
> 　Vines with clust'ring bunches growing,
> 　Plants with goodly burthen bowing;
> 　Spring come to you at the farthest
> 　In the very end of harvest!　　　115
> 　Scarcity and want shall shun you,
> 　Ceres' blessing so is on you.

> セレス　　大地の実り、豊穣なれ　　　110
> 納屋と倉には穀物あふれ
> 葡萄はたわわに房となる
> 木の実は重く枝になる
> 春来たれ、すぐ後で
> 収穫の秋を追いかけて！　　　115
> 貧窮も欠乏も来るなかれ、汝らに
> セレスの祝福、かくあり汝らに。　　(TMP 4. 1. 110-117)

　アイリス、ジュノーもそうだが、セレスも同様に「大地の実り」から始まり「貧窮、欠乏に困らぬように」という 6 つ(3 の倍数)の祝福を新

婚の二人に与えていることが分かる。

　この余興の最中、キャリバンらがプロスペローに対し反乱を起こそうと接近していることをエアリエルが告げると、プロスペローはそのことを思い出し、余興を消し去り、次の哲学的セリフで観客を現実に引き戻す。

> *Prospero*　Our revels now are ended. These our actors
> As I foretold you were all spirits, and
> Are melted into air, into thin air,　　　　　　　　　　150
> And like the baseless fabric of this vision,
> The cloud-capp'd tow'rs, the gorgeous palaces,
> The solemn temples, the great globe itself,
> Yea, all which it inherit, shall dissolve,
> And like this insubstantial pagent faded　　　　　　155
> Leave not a rack behind.　We are such stuff
> As dreams are made on; and our little life
> Is rounded with a sleep. Sir, I am vex'd;
> Bear with my weakness, my old brain is troubled.
> Be not disturb'd with my infirmity.　　　　　　　160

> プロスペロー　我らの余興は今や終わりとなり、この我らが役者たちは
> さきほど申したように、みな妖精だったのだ、そして
> 溶けてしまった、大気の中に、淡い大気の中に。　　　　150
> そして大地に礎をもたぬこの幻の世界と同様に
> 雲を突き抜ける塔も、豪華絢爛たる宮殿も、
> 荘厳なる大寺院も、壮大なる地球そのものも、
> そう、この世が所有する全てのものは、結局は溶け去り、
> 今消え失せた無からつくられた見世物同様に、　　　　155
> あとには一片の切れ端さえも残しはしない。我々人間は
> 夢と同じもので作られている。そして我々の短い一生は
> 眠りに包まれているのだ。今、私の心は動揺している。
> この弱い心を許してくれ、私の老いた頭は混乱しているのだ。
> 心配には及ばず、我が気持ちが萎えただけだ。　（TMP 4. 1. 148-160）

　まず148〜150行は"Our revels … ended", "These … actors… were all spirits", "Are melted into air"の3つの文で[余興は消えた]こと

を、次の 151～156 行では "The cloud-capp'd tow'rs…Leave not a rack be-hind"［人の創造物は何も残らない］ことを、そして 3 つ目で "our little life Is … with a sleep"［人の一生は眠りだ］と現世の儚さを表現。それに気づいたときの「老いの弱さ」を weakness, old brain, infir-mity の 3 語が表している。

5. すべては許しの中に

> *Prospero*　　　　　　　　Now I want
> Spirits to enforce, art to enchant,
> And my ending is despair,　　　　　　　　　15
> Unless I be reliev'd by prayer,
> Which pierces so, that it assaults
> Mercy itself, and frees all faults.
> As you from crimes would pardon'd be,　　　19
> Let your indulgence set me free.　　*Exit.*

> プロスペロー　　　　　　　　今や消え失せました
> 仕える妖精たち、魔法をかける術も、
> そしてわが身に残るは絶望のみ、　　　　　　　15
> 頼るとすれば祈りのみ、
> 慈悲なる神にかくも訴えるこの祈り。
> あらゆる罪の赦しを請う祈り、
> それゆえ皆様方に罪の赦しが得られるように、　　19
> 皆様方のお許しにより私めを自由に解き放たれますように。(退場)
> 　　　　　　　　　　　　　　　　　　　　　(TMP Epilogue 13-20)

　魔法の杖も衣も捨て去り、頼りとしていたエアリエルを解放し、かつて自分を裏切った弟アロンゾーを許し、娘ミランダをファーディナンドと結婚させ、と全てを捨て去ったプロスペローは、ここで人なら誰しも生まれながらに背負う「罪」とその「赦し」を与えられることのみを祈るかのように、舞台退場の許しをこの最後のセリフに込めようとしている。プロスペローは魔法の力で島の住人、エアリエルやキャリバンらを支配していたが、最後は彼らを解放した。そのことで彼自身も人を支配することから解放されたのだ。これはキリスト教の「主の祈り」

(the Lord's Prayer)の中の「我らに罪を犯す者を我らが許すごとく、我らの罪をも許したまえ。」[9]と重なるように思われる。シェイクスピアは他人の罪を許すことなくして、自分も神の赦しを得ることはない、と「（神の）許し」と「（神への）祈り」のうちに作家活動に終止符を打ち自らを「解放」しようと、プロスペローに語らせているようである。

　四分の一世紀という劇作家活動の中で、シェイクスピアはありとあらゆる人間の生を描いてきた。王や妃や家来たち、悪人も善人も、恋人たちも、法律家も軍人も、商人も金貸しも、大人も子供も、もうこれ以上の人々を描くのは苦痛だと言わんばかりに。

"Enough, no more, 'tis not so sweet now as it was before."
（もうたくさんだ、前ほど甘美な響きではなくなった。(TN 1. 1. 7-8)

注

1) John William Waterhouse 作 "Miranda"。1875 年と 1916 年の作品。（カバー参照）
2) トリンキューローは 2 幕 2 場で遭遇したキャリバンを次のように描写する。"A fish, he smells like a fish... and his fins like arms"（こいつは魚だな、魚の臭いがする…そんで腕みたいなひれがついてる…　TMP 2. 2. 25-26/33-34）
3) "Thou, my slave,... was then her servant, .../Into a cloven pine, ...Imprison'd ... It was mine art, let thee out."（彼女の召使だったお前は松の木の中に閉じ込められ…わしの魔法でお前を出してやった。TMP 1. 2. 270-293）Sycorax（シコラクス）自身は劇中には登場しないが、デレク・ジャーマン監督版(1979)の映画ではキャリバンに授乳するシーンなどが描かれる。
4) fadom または fathom。水深をはかる単位。1 fadom は 6 feet。see Schmidt.
5) maid: RS 版の注に "a human maiden, not a goddess"とある。
6) "Liquor will make a cat talk."（酒は猫を喋らせる）の諺に因むと RS 版注は指摘。
7) 紀元前 4 世紀の哲学者アリストテレスが著書『詩学』中で、「悲劇が観客の心に怖れと憐れみの感情を呼び起こすことで精神を浄化する効果」と記したとされ、フロイトも「悲惨な話を聞いて泣く行為」を併用し、その除反応を「カタルシス」と呼び、以降精神医学界では一般に精神療法用語として定着（https://ja.wikipedia.org/wiki/カタルシス）また「演劇さらには芸術一般の、観客・視聴者に感情の激発とその後の心の軽快感, 高揚感を生ぜしめる効果」と解説される。(https://kotobank.jp/word/カタルシス)
8) このセリフは映画『英国王のスピーチ』(2010 年英・米・豪)で言語聴覚士ローグが子供たちとシェイクスピアのせりふ当てゲームをするとき用いてみせる。
9) The Lord's Prayer については後の新約聖書の章で全文を引用する。(p.183, 198)

シェイクスピア作品年代表

作品の創作年代（[　]内）については Dunton-Downer & A. Riding に従う。本文中で用いた各作品名は 1H6, MND のように（　）内に示した略称を用いる。略称は Spevack の *The Harvard Concordance* の標記に準じる。

歴史劇 History Plays	喜劇 Comedies
Henry 6, Part 1 (1H6)　[1589-1590]	
Henry 6, Part 2, 3 (2H6, 3H6)　[1591]	
Richard 3 (R3)　[1593]	
Edward 3　[1594]	**Comedy of Errors**　[1594]
	The Taming of the Shrew; Two Gentlemen of Verona
Richard 2　[1595]	**Love's Labor's Lost**　[1595]
King John　[1596]	**A Midsummer Night's Dream** (MND)　[1596]
Henry 4, Part 1　[1597]	**The Merchant of Venice** (MV) **Merry Wives of Windsor**　[1597]
Henry 4, Part 2　[1598]	
Henry 5 (H5)　[1599]	**Much Ado about Nothing** (ADO)　[1599]
	As You Like It (AYL) **Twelfth Night** (TN)　[1602]
	All's Well that Ends Well　[1603]
	Measure for Measure　[1604]
	Troilus and Cressida　[1608]
Henry 8　[1612-13]	

各作品の創作年代は当時の上演記録などから推定されたもので、処女作 1H6 についCては、2H6, 3H6 が先に書かれたという説もあるが、各ジャンルの創作時期が多少重なりながらも、歴史劇を皮切りに喜劇、悲劇、ロマンス劇へと作風が変化していることはこの年表からも明らかなようである。

悲劇 Tragedies	ロマンス劇 Romances
Titus Andronicus　[1594] Romeo and Juliet　[1596]	
Julius Caesar　[1599] Hamlet (HAM)　[1599-1600]	
Othello (OTH)　[1604] King Lear　[1605] Macbeth (MAC)　[1606]	
Antony and Cleopatra [1608] Coriolanus Timon of Athens	Pericles (PER)　[1608] Cymbeline (CYM)　[1610] The Winter's Tale (WT) The Tempest (TMP)　[1611] Two Noble Gentlemen [1614]

V 聖書における
三度のくり返し

Ｖ　聖書における三度のくり返し

1. 旧約聖書　The Old Testament

　まえがきで述べたように、シェイクスピアの文体の特徴の一つである三度の反復または3つのヴァリエーションは、聖書においてもしばしば見られる修辞法である。聖書はキリスト教の原典『新約聖書』がその母体となったユダヤ教の原典『旧約聖書』と合わさったものである。したがって、『旧約聖書』におけるこの修辞法を観察するところから始めるのが筋であろう。ここでの著者の関心は、聖書における「三度のくり返し」が旧約聖書の執筆時に用いられたヘブライ語（アラム語）において見られたのか否かである。そのためヘブライ語訳聖書、英訳聖書 [1]を並べつつ、この修辞法が原典において存在したことを証明していきたい。旧約聖書の構成は「創世記」「出エジプト記」などから成る「モーセ五書」、およびイスラエルの神話と歴史を語る 17 巻と「ヨブ記」「詩編」「箴言」など 5 巻から成る文学、そして「イザヤ書」を始め 17 巻から成る預言の書の計 39 巻から成る。本章1節ではそのうち神話と歴史についての文書である「創世記」「出エジプト記」、文学の「ヨブ記」「詩編」、預言に分類される「エレミア書」「イザヤ書」の6点をテキストにして反復の修辞法の例を抽出する。旧約聖書の生い立ちについては、参考のための解説を巻末注につけたので参照されたい。[2]

1. 1. 創世記「天地創造」　Genesis

　旧約聖書の最初の頁、この世の始まりにおいて神が天地を創造したことを伝える「創世記」(Genesis)の冒頭第 1 章については、シェイクスピアも読み親しんだであろう『ジュネーヴ訳聖書(以下 GNV と略)』の英語版を見ると、以下のように始まる。

> 1 In the beginning God created the heaven and the earth.
> 2 And **the earth** was without form, and void: and **darkness** was upon the face of the deep. And **the Spirit of God** moved upon the face of the waters. (GNV Genesis 1:1-2)
> 1 初めに、神は天と地を創造された。2 地は混沌であって、やみが深淵の表にあり、神の霊が水の面を動いていた。(新共同訳「創世記」1:1-2)

　網掛けの太字で示した3つの主語 'the earth', 'darkness', 'the spirit of

God' の後に、各々に続く述部（動詞句）が 'was without...', 'was upon...', 'moved upon...' と同じような語句をくり返しながら「神の天地創造 1 日目」を描写している。これをさらにヘブライ語聖書と重ねてみると次のようである。

tə ho wim	pə ne	al	wə ho sek	wa bo hu	to hu haya tah	wə ha a res
וְהָאָרֶץ	הָיְתָה תֹהוּ	וָבֹהוּ	וְחֹשֶׁךְ	עַל-	פְּנֵי	תְהוֹם
of the deep	the face [was] over	and darkness	and void	formless	was	And the earth

ham ma yim	pə ne	al-	mə ra he pet	e lo-him	wə-ru ah
הַמָּיִם	פְּנֵי	עַל-	מְרַחֶפֶת	אֱלֹהִים	וְרוּחַ
Of the waters	the face	over	was hovering	of God	And the Spirit

　GNV の英訳聖書に反映されているように、ヘブライ語訳には確かに「混沌の地」「深淵の闇」「神の霊」が並んでいることがわかる。

　3 節以下、1 章の終わり 31 節までは "And God..." で始まるフレーズが 27 回くり返されている。25 節では前置詞句 "after..." の 3 回のくり返しも見られる。

25 And God made the beast of the earth **according to his kind,** and cattle **according to their kind,** and every thing that creepeth upon the earth **according to his kind** (GNV Genesis 1: 25)

25 神はそれぞれの地の獣、それぞれの家畜、それぞれの土を這うものを造られた。（新共同訳聖書「創世記」1: 25）

ここも「〜にしたがって〜を（神は創られた）」の 3 つのヴァリエーションが英語版同様にヘブライ語版に以下のとおり見られることがわかる。

Habbə hemah	waet	ləminah	ha ares	hay yat	et	e lo him	way ya as
הַבְּהֵמָה	וְאֶת-	לְמִינָהּ	הָאָרֶץ	חַיַּת	אֶת-	אֱלֹהִים	יַּעַשׂ
livestock	and	**according to its kind**	of the earth	the beast	God	And made

e lo him	wayyar	ləminehu	haadamah	remes	kal waet	lə mi nah
אֱלֹהִים	וַיַּרְא	לְמִינֵהוּ	הָאֲדָמָה	רֶמֶשׂ	כָּל וְאֶת	לְמִינָהּ
God and saw	**according to its kind**	the earth	that creeps	on everything	and **according to its kind**

　シェイクスピアと並びイギリス・ルネサンスを代表する作品として「欽定訳聖書」（*the Authorized Version of the English Bible*; AV）が挙げられるが、この箇所については AV では GNV の "according to…" が "after…" に置き換えられているだけで、他はまったく同一の文言であることを参考までに挙げる。

25 And God made **the beast** of the earth **after his kind**, and **cattle after their kind**, and **every thing** that creepeth upon the earth **after his kind**:　(AV. Genesis 1: 25)

　日本語訳でもよく知られる「産めよ、増えよ、地に満ちて地を従わせよ。海の魚、空の鳥、地の上を這う生き物をすべて支配せよ。」（創世記1:28）はヘブライ語、英訳版で各々以下のような表現となっている。

'et-	ū·mil·'ū	ū·rə·ḇū	pə·rū
אֶת־	וּמִלְאוּ	וּרְבוּ	פְּרוּ
	and fill	and multiply	Be fruitful

hay·yām	biḏ·ḡaṯ	ū·rə·ḏū	wə·ḵiḇ·šu·hā	hā·'ā·reṣ
הַיָּם	בִּדְגַת	וּרְדוּ	וְכִבְשֻׁהָ	הָאָרֶץ
of the sea	over the fish	and have dominion	and subdue it	the earth

ū·ḇə·'ō·wp̄
וּבְעוֹף
and over the birds

28 And God blessed them, and God said to them, **Bring forth fruit**, and **multiply**, and **fill the earth**, and subdue it, and rule *over the fish of the sea*, and *over the fowl of the heaven*, and *over every beast* that moveth upon the earth.
(GNV Genesis 1:28)

　ヘブライ語の逐字約英語版 "Be fruitful (Bring forth fruit), and multiply, and fill the earth" が示すように、「〜せよ」の３つの命令文の後に前置詞句「over〜の上に」が同様に３回くり返されている。

創世記「エデンの園」　Garden of Eden

　この世を光と闇に分け、天地を空と海と陸とに分け、空に鳥、海に魚、陸に動物、とあらゆる生き物を創った神は、次にその監督役として

自分の姿に似せて人間第1号・アダム、そのパートナーとしてイヴを創る。二人はエデンの園で何不自由ない暮らしを神から与えられたが、一つだけ禁止事項があった。それが「食べてはいけない禁断の実」であったが、蛇の誘惑に負けたイヴが、そしてアダムもこれを食べてしまい、神の罰を受けるという話も有名である。ここで神は女・イヴには「産みの苦しみ」を、男・アダムには労働の苦しみを、そして蛇には生涯地を這いまわる苦しみを、それぞれ罰として与えた、とある。ここでは英語訳のみでこの三者と彼らに課せられた3つのペナルティを検証する。

¹⁴ Then the Lord God said to the serpent, Because thou hast done this, thou art cursed above all cattle, and above every beast of the field: upon thy belly shalt thou go, and dust shalt thou eat all the days of thy life. (Gen. 3:14)

14 主なる神は、蛇に向かって言われた。「このようなことをしたお前はあらゆる家畜、あらゆる野の獣の中で呪われるものとなった。お前は、生涯這いまわり、塵を食らう。（新共同訳「創世記」3:14)

¹⁶ Unto the woman he said, I will greatly increase thy sorrows, and thy conceptions. In sorrow shalt thou bring forth children, and thy desire *shall be subject* to thine husband, and he shall rule over thee. (Gen. 3:14)

16 神は女に向かって言われた。「お前のはらみの苦しみを大きなものにする。お前は、苦しんで子を産む。お前は男を求め彼はお前を支配する。」（新共同訳「創世記」3:16)

¹⁷ Also to Adam he said, Because thou hast obeyed the voice of thy wife, and hast eaten of the tree, (whereof I commanded thee, saying, Thou shalt not eat of it) cursed *is* the earth for thy sake: in sorrow shalt thou eat of it all the days of thy life. (GNV Genesis 3:17)

17 神はアダムに向かって言われた。「お前は女の声に従い取って食べるなと命じた木から食べた。お前のゆえに、土は呪われるものとなった。お前は、生涯食べ物を得ようと苦しむ。（新共同訳「創世記」3:17)

　以上、神は、蛇・イヴ・アダムに課した罰を３つのフレーズ "thou shalt ..." (= you shall... お前は〜しなければならぬ)で表した。

　神はイヴに産みの苦しみと一生男に支配されるという罰を与えたが、ジェンダーの平等化が進んだ現代では、いくらキリスト教でも、このような不平等はフェミニズムの立場からは支持されないだろう。だが神は男・アダムに対してはさらに厳しい罰を次のように与えている。

> **18** Thorns also and thistles shall it bring forth to thee, and **thou shalt eat** the herb of the field.
> **19** In the sweat of thy face **shalt thou eat** bread till thou return to the earth: for out of it wast thou taken, because thou art dust, and to dust **shalt thou return**. (Gen. 3:18-19)
>
> 18 お前に対して土は茨とあざみを生えいでさせる、野の草を食べようとするお前に。19 お前は顔に汗を流してパンを得る、土に返るときまで。（なぜなら）お前がそこから取られた土（ゆえ）に。塵にすぎないお前は塵に返る。」（新共同訳「創世記」3:18-19）

　新共同訳では 18 節は「野の草を食べようとするお前に」と訳されているが、ジュネーヴ版を直訳すると 14〜17 節同様、"thou shalt..."とあるので「お前は野の草を**食べねばならぬ**… 土に戻るまで…**食べねばならぬ**、… 土に**戻らねばならぬ**」と神の３つの命令が表現されていることがわかる。19 節始めの "In the sweat of thy face"「額に汗して（働く）」も聖書から引用された聖句の翻訳であることを付記しておく。

1.2. 出エジプト記　Exodus

　『出エジプト記』では、モーセが神の力で紅海の水を分け、奴隷となったイスラエルの民をエジプトから救い出し、十戒を神から授かった、などの話が有名であるが、ここにも三度のくり返しやヴァリエーションが見られ、最初の例は以下の 1 章 6〜7 節から見られる。各例文はヘブライ語−ジュネーヴ版英語訳−新共同訳による日本語の順に並べている。

way·yā·māṯ	yō·w·sêp̄	wə·ḵāl	’e·ḥāw,
וַיָּ֤מָת	יוֹסֵף֙	וְכָל־	אֶחָ֔יו
And died	Joseph	and all	his brothers

wə·ḵōl	had·dō·wr	ha·hū.
וְכֹ֖ל	הַדּ֥וֹר	הַהֽוּא׃
and all	generation	that

⁶ Now Joseph died and all his brethren, and that whole generation. (GNV Exodus 1:6)

6 ヨセフもその兄弟たちも、その世代の人々も皆、死んだが、

ū·ḇə·nê	yiś·rā·’êl,	pā·rū
וּבְנֵ֣י	יִשְׂרָאֵ֗ל	פָּר֧וּ
But the sons	of Israel	were fruitful

way·yiš·rə·ṣū	way·yir·bū	way·ya·‘aṣ·mū	bim·’ōḏ
וַֽיִּשְׁרְצ֛וּ	וַיִּרְבּ֧וּ	וַיַּֽעַצְמ֖וּ	וַיִּרְבּ֑וּ
and increased abundantly	and multiplied	and grew	Exceedingly

mə·’ōḏ;	wat·tim·mā·lê	hā·’ā·reṣ	’ō·ṯām	p̄
מְאֹ֣ד	וַתִּמָּלֵ֥א־	הָאָ֖רֶץ	אֹתָֽם׃	פ.
greatly	and was filled	the land	with them	

⁷ And the children of Israel brought forth fruit and increased in abundance, and were multiplied, and were exceeding mighty, so that the land was full of them. (GNV Exodus 1:7)

7 イスラエルの人々は子を産み、おびただしく数を増し、ますます強くなって国中に溢れた。（新共同訳 出エジプト記 1:7）

　7 節の日本語訳は新共同訳では上記のようであるが、ヘブライ語版を英語で直訳すると「イスラエルの子らが子を生み、増え、溢れ、強くなった（そこでイスラエルは子孫でいっぱいになった）」と続く。主語 "the children of Israel" を受ける動詞句が 3 つ並ぶ構文である。

　この書では、筆者とされるモーセ [3]とともにイスラエルの族長たち、アブラハム、イサク、ヤコブ、ヨセフらの名前、特に最初の三名、すなわちアブラハム、イサク、ヤコブについて全 40 章のうち 6 章までの間でその名前が 3 つのヴァリエーションとして 6 回列挙される。[4]

way·yiš·ma'	'ĕ·lō·hîm	et-	na·'ă·qā·tām;	way·yiz·kōr	'ĕ·lō·hîm
וַיִּשְׁמַע	אֱלֹהִים	אֶת־	נַאֲקָתָם ׀	וַיִּזְכֹּר	אֱלֹהִים
So heard	God	(and)	their groaning	and remembered	God

'et-	bə·rî·ṯōw,	'et-	'aḇ·rā·hām
אֶת־	בְּרִיתֹו	אֶת־	אַבְרָהָם
(and)	His covenant	with	Abraham

'et-	yiṣ·ḥāq	wə·'et-	ya·'ă·qōḇ.
אֶת־	יִצְחָק	וְאֶת־	יַעֲקֹב׃
with	Isaac	and with	Jacob

[24] Then God heard their moan, and God remembered his covenant with Abraham, Isaac, and Jacob.　(GNV Exodus 2:24)

24 神はその嘆きを聞き、アブラハム、イサク、ヤコブとの契約を思い起こされた。(新共同訳 出エジプト記 2:24)

　この他、神（主）がモーセに救いの預言を与える際に 3 つのフレーズ（多くは動詞句）を用いているのが散見される。以下、ジュネーヴ英訳版と新共同訳の日本語をもってその例を示す。

[7] Then the Lord said, I have surely seen the trouble of my people, which are in Egypt, and have heard their cry, because of their taskmasters: for I know their sorrows. (GNV Exodus 3:7)

7 主は言われた。「わたしは、エジプトにいるわたしの民の苦しみをつぶさに見、追い使う者のゆえに叫ぶ彼らの叫び声を聞き、その痛みを知った。

（新共同訳 出エジプト記 3:7）

　このように神は奴隷として苦しむ民をエジプトから約束の地へと導くことを預言する。約束の地は次の 3 つの形容詞句や節で修飾されている。

⁸Therefore I am come down to deliver them out of the hand of the Egyptians, and to bring them out of that land into a good **land** and a large, into a **land** that floweth with milk and honey, *even* into **the place** of the Canaanites, and the Hittites, and the Amorites, and the Perizzites, and the Hivites, and the Jebusites.　(GNV Exodus 3:8)

8 それゆえ、わたしは降って行き、エジプト人の手から彼らを救い出し、この国から、広々としたすばらしい**土地**、乳と蜜の流れる**土地**、カナン人、ヘト人、アモリ人、ペリジ人、ヒビ人、エブス人の住む**所**へ彼らを導き上る。(新共同訳 出エジプト記3:8)

このヤコブを修飾する3つのフレーズは、ジュネーヴ版をヘブライ語の英語逐語訳の順に並べ直してみると、1つ目の"a good **land** and a large"は"a good and large land", 2つ目の"a **land** that floweth with milk and honey"が "a land flowing milk ...",　3つ目が "the place of the Canaantie and the Hittite and the Amorite... the Jebusite"となっており、英訳版がほぼ忠実にヘブライ語に準じて訳されていることがわかる。

また神は、民の出エジプトに対して自信をもてないモーセに対して自らの絶対的な力を、次のように言い聞かせる。

¹¹Then the Lord said unto him, Who hath given the mouth to man? or who hath made the dumb, or the deaf, or him that seeth, or the blind? have not I the Lord?　(GNV Exodus 4:11)

11 主は彼に言われた。「一体、誰が人間に口を与えたのか。一体、誰が口を利けないようにし、耳を聞こえないようにし、目を見えるようにし、また見えなくするのか。主なるわたしではないか。

(新共同訳 出エジプト記4:11)

神はここで、かつてその繁栄に自信をもち、神に近づこうと試みた傲慢な人間たちの言葉を通じさせないようにした「バベルの塔」(創世記11章)のエピソードをモーセに思い出させているようである。そして神は、くり返しイスラエル民族の奴隷からの解放をモーセに約束する。

⁶ Wherefore ..., **I will bring you** out from the burdens of the Egyptians, and **will deliver you** out of their bondage, and **will redeem you** in a stretched out arm, and in great judgments.

6 それゆえ、イスラエルの人々に言いなさい。わたしは主である。わたしはエジプトの重労働の下からあなたたちを導き出し、奴隷の身分から救い出す。腕を伸ばし、大いなる審判によってあなたたちを贖う。(出エジプト 6:6)

　神は、奴隷のイスラエル人らをなかなか解放しようとしないファラオに、最後通告として、エジプトに災いをもたらすことをモーセに伝えさせる。

¹⁴ For I will at this time send my plagues upon thine heart, and upon thy servants, and upon thy people, ...

(GNV Exodus 9:14)

14 今度こそ、わたしはあなた自身とあなたの家臣とあなたの民に、あらゆる災害をくだす。(9 章 14 節)

「出エジプト記」最後の引用は、飢えるイスラエルの民に神がマナ ⁵⁾ を降らせる奇跡の話の中のモーセの言葉からである。「普段からの食べ物の蓄え」の大切さは災害に見舞われる現代にも通じる教えであろう。

²³ And he answered them, This is that which the Lord hath said, Tomorrow *is* the rest of the holy Sabbath unto the Lord: bake that *today* which ye will bake, and seethe that which ye will seethe, and all that remaineth, lay it up to be kept till the morning for you.　(GNV Exodus 16:23)

23 モーセは彼らに言った。「これは、主が仰せられたことである。明日は休息の日、主の聖なる安息日である。焼くものは焼き、煮るものは煮て、余った分は明日の朝まで蓄えておきなさい。」(出エジプト 16:23)

1.3. ヨブ記　Book of Job

『ヨブ記』『詩編』他5巻は文学の書として分類される。[6]ここでは『ヨブ記』『詩編』の2作をテキストに、3つのヴァリエーションや反復について観察する。

　『ヨブ記』の主人公ヨブは神の信頼も厚く幸福な生活を送るが、そこにサタンが現れ、様々な試練を課し、ヨブを不幸に陥れる。サタンはヨブをひどい皮膚病にかからせて苦しませるが、ヨブはじっと耐え、決して自分や神を憎むことなく、神の教えに背かなかったため、最後は再び幸福に恵まれる。物語の冒頭でヨブの人柄が次のように紹介される。

šə·mōw;	ʾî·yō·wḇ	ʿūṣ	bə·ʾe·reṣ-	hā·yāh	ʾîš
שְׁמ֑וֹ	אִיּ֣וֹב	ע֗וּץ	בְאֶֽרֶץ־	הָיָ֣ה	אִ֛ישׁ
was his name	Job	of Uz	in the land	there was	A man

wə·yā·šār	tām	ha·hū,	hā·ʾîš	wə·hā·yāh
וְיָשָׁ֖ר	תָּ֧ם	הַה֛וּא	הָאִ֥ישׁ	וְהָיָ֣ה
and one who feared and upright	blameless	that man	and was

[1] There was a man in the land of Uz called Job, and this man was an upright and just man, one that feared God, ...
(GNV Job 1:1)

　1 ウツの地にヨブという人がいた。無垢な 正しい人で、神を畏れ、…(生きていた)　(新共同訳 ヨブ記1:1)

　このようなヨブを主は大切にしたが、サタンが現れ、彼を試す。サタンの災いにあったヨブの元へ4人の使者が4つの災難を報告する。ヨブはそれに対して居住まいを正して神のみ旨を受け入れる覚悟を示す。

ʾim·mî,	mib·be·ṭen	yā·ṣā·ṭî	yā·ṣā·ṭî	ʿā·rōm	way·yō·mer
אִמִּ֗י	מִבֶּ֣טֶן	[יָצָ֙אתִי֙] (יצתי)	עָרֹ֜ם	וַיֹּ֡אמֶר
of my mother from womb	I came		naked	and he said

yə·h î	lā·qāḥ;	Yah·weh	nā·ṭan, Yah·weh	šā·māh,	ʾā·šūḇ	wə·ʿā·rōm
יְהִ֥י	לָקָ֑ח	יְהוָ֣ה	וַֽיהוָ֣ה נָתַ֗ן	שָׁ֒מָּה֒	אָשׁ֣וּב	וְעָרֹם֙
be has taken away	and Yahweh	gave Yahweh	there	shall I return	And naked

mə·ḇō·rāḵ　Yah·weh　šêm
שֵׁם　יְהוָה　מְבֹרָךְ׃
Blessed of Yahweh the name

²⁰ Then Job arose, and rent his garment, and shaved his head, and fell down upon the ground, and worshipped,

²¹ And said, Naked came I out of my mother's womb, and naked shall I return thither: **the Lord hath given**, and **the Lord hath taken it: blessed be the Name of the Lord.** (GNV Job 1:20-21)

20 ヨブは立ち上がり、衣を裂き、髪をそり落とし、地にひれ伏して言った。
21「わたしは裸で母の胎を出た。裸でそこに帰ろう。主は与え、主は奪う。主の御名はほめたたえられよ。」(新共同訳 ヨブ記 1:20〜21)

　日本語訳の「主は与え、主は奪う。主の御名はほめたたえられよ。」は、やや意味がわかりにくいかもしれない。ヘブライ語版と英訳版を直訳すると"the Lord hath(=has) given"と "the Lord hath taken it"は「主がすでにお与えになった、主がすでにそれを奪われた」と完了形で表現されており、(それゆえに)"blessed be the Name of the Lord"(主の名がほめたたえられますように)という願望を表す表現(optative)が続いている。いずれにしても "the Lord"(主)が３つ並ぶヴァリエーションであることには違いない。

　さて、サタンのヨブに対するいじめは続く。「サタンは主の前から出て行った。サタンはヨブに手を下し、…ひどい皮膚病にかからせた。ヨブは灰の中に座り、素焼きのかけらで体中をかきむしった。」(ヨブ記 2:7-8)そこへヨブの悩みを聞いた友人の「テマン人エリファズ、シュア人ビルダド、ナアマ人ツォファルの三人は、ヨブにふりかかった災難の一部始終を聞くと、見舞い慰めようと・・・やって来た。」(ヨブ記 2:11) ここで注目すべきは彼らの語り口の手法として「人の力が主に勝るだろうか?(いや勝らない)」という反語表現を概ね三度くり返すことだ。

¹⁷ Shall man be more just than God? or shall a man be more pure than his Maker? ¹⁸ Behold, he found no steadfastness in his

servants, and laid folly upon his Angels. ¹⁹ How much more in them that dwell in houses of clay, whose foundation is in the dust, which shall be destroyed before the moth? (Job 4: 17-19)

1 テマン人エリファズは話し始めた。・・・17「人が神より正しくありえようか。造り主より清くありえようか。 18神はその僕たちをも信頼せず御使いたちをさえ賞賛されない。19まして人は塵の中に基を置く土の家に住む者。しみに食い荒らされるように、崩れ去る。（ヨブ記4:17〜19）

　日本語訳では英訳版の 19 節 "How much more... shall be destroyed...?" が「崩れ去る」のように肯定文で終わっているが、英訳版を忠実に訳すと、「しみの前にどれほどのものが…崩されることだろうか？」となり 17 節の「人が神より正しくありえようか？造り主より清くありえようか？」と並んで３つの反語的疑問文が並んでいることがわかる。また 19 節の "them that dwell in houses of clay, ... in the dust"「塵に基を置く土の家に住む者」という換喩(metonymy)からは容易に「土から創られた人」が連想され、「神からみれば人間は土のようにもろい存在なのだ」ということを強調している。

　このような調子で、エリファズ、ビルダド、ツォファルの三人は代わる代わるにヨブを慰めるというより、嘆くなと三度説得する⁷⁾のだが、これに対してヨブも頑なに三度反論し、自らの正当性を主張する。7 章では人の一生を兵役にたとえる直喩(simile)を用いて、そのはかなさ、むなしさを訴える。

¹ Is there not an appointed time to man upon earth? and *are not* his days as the days of an hireling*? ＊金で雇われた人
² As a servant longeth for the shadow, and as an hireling looketh for *the end* of his work, ... (Job 7:1-2)

1 この地上に生きる人間は兵役にあるようなもの。傭兵のように日々を送らなければならない。 2 奴隷のように日の暮れるのを待ち焦がれ　傭兵のように報酬を待ち望む。（新共同訳 ヨブ記 7:1〜2）

そしてヨブは神の救いを求め、神との対話を試みる。

²⁰ I have sinned, what shall I do unto thee? O thou preserver of men, why hast thou set me *as a mark* against thee, so that I am a burden unto myself? ²¹ And why dost thou not pardon my trespass? and take away mine iniquity?　(Job 7:20-21)

わたしが過ちを犯したとしてもあなたにとってそれが何だというのでしょう。なぜ、わたしに狙いを定められるのですか。なぜ、わたしを負担とされるのですか。　7:21 なぜ、わたしの罪を赦さず悪を取り除いてくださらないのですか。(ヨブ記 7:20-21)

　ヨブの神に対する「人の無力さ」を訴える言葉はさらに続く。ときにそのいら立ちは神に対してさえも向けられているようだ。

¹ Man that is born of woman, is of short continuance and full of trouble.　² He shooteth forth as a flower, and is cut down: he vanisheth also as a shadow, and continueth not.
³ *And* yet thou openest thine eyes upon such one, and causest me to enter into judgment with thee.　(Job 19:1-3)

1 人は女から生まれ、人生は短く苦しみは絶えない。 2 花のように咲き出ては、しおれ影のように移ろい、永らえることはない。 3 あなたが御目を開いて見ておられるのはこのような者なのです。(ヨブ記 19:1〜3)

⁸ He hath hedged up my way that I cannot pass, and he hath set darkness in my paths.　(Job 19:8)

8 神はわたしの道をふさいで通らせず、行く手に暗黒を置かれた。 19:09 わたしの名誉を奪い頭から冠を取り去られた。(ヨブ記 19:8〜9)

　だがここまで沈黙していた神は最後に 38〜42 章で、自らの全能の力をヨブに示し⁸⁾、神を畏れるべき存在として生涯疑うことのなかったヨブに祝福を与える。また「ヨブのように神について正しく語らなかった」三人の男達に対しては、生贄を捧げることで罰しないという寛大な裁きを与える。(42:7〜9) こうしてヨブの物語は、彼が再び財産と子供（七人の息子と三人の娘）に恵まれ、長生きして**子・孫・ひ孫**の三代の繁栄を目にすることで死を迎え、終わりとなる。

¹² So the Lord blessed the last days of Job more than the first ... ¹³ He had also seven sons, and **three daughters**. ¹⁴ And he called the name of one Jemimah, and the name of the second Keziah, and the name of the third Keren-Happuch. ¹⁵ In all the land were no women found so fair as the daughters of Job, ... ¹⁶ And after this lived Job an hundred and forty years, and saw **his sons**, and **his son's sons**, *even* **four generations**. ¹⁷ So Job died, being old, and full of days.　(Job 42:12-17)

> 42:12 主はその後のヨブを以前にも増して祝福された… 42:13 彼はまた七人の息子と三人の娘をもうけ、42:14 長女をエミマ、次女をケツィア、三女をケレン・プクと名付けた。42:15 ヨブの娘たちのように美しい娘は国中どこにもいなかった。… 42:16 ヨブはその後百四十年生き、子、孫、四代の先まで見ることができた。42:17 ヨブは長寿を保ち、老いて死んだ。（ヨブ記 42:12-17）

　余談となるが、ヨブは計り知れない苦難の末、美しい娘三人に恵まれた。一方、リアは国王という恵まれた地位を捨て隠居した途端、三人の娘たちに翻弄される。長女ゴネリルと次女リーガンは父を鬱陶しく思い、娘たちの愛を期待して訪ねてきたその父を追い出す。ドラマの冒頭で父を裏切る言葉で失望させた三女コーディリアこそが唯一自分のことを心底案じていたにも関わらず、娘の真意を理解せず、持参金もなしにフランスへ嫁がせるが、最後は敵に捕らえられ殺されてしまう。そして失意のうちにリア自身も不遇な死を迎える。シェイクスピアは、死ぬよりつらい苦難の中で一生を生き、最後に幸福に恵まれたヨブとは対照的に、その反対の人生もあるのだ、と『リア王』をとおして私たちに語りかけている。ヨブ記の言葉を借りるなら、人は「塵の中に基を置く土の家に住む者。しみに食い荒らされるように、崩れ去る。日の出から日の入りまでに打ち砕かれ心に留める者もないままに、 …施すすべも知らず、死んでゆく」（ヨブ記 4:19〜21）のである。だがそのようなはかない人の生でさえも神は見ていると聖書は語り、一方シェイクスピアも『シンベリン』の中で、そのような人生を恐れず受け入れねばならない、なぜなら誰もがいずれ土に帰るのだから ⁹⁾ とヨブ記に共観している。

1. 4. 詩編　Psalms

　「詩編」は神に対する祈りと感謝の 140 章からなる長大な詩、即ち韻文体であるゆえに語句や文の反復も他の聖書の箇所に比べ容易に、しかも豊富に見出される。ここでは 29 章 1〜9 節における三度の反復またはヴァリエーションをその一例として挙げ、これらがいかに文中に巧みに織り込まれているかについて観察する。まず 1 〜2 章で"Give unto the Lord"（主に帰せよ）が 3 回現れる。

wā·ʿōz.	kā·ḇō·wḏ	Yah·weh	hā·ḇū	ʾê·lîm;	bə·nê	Yah·weh	hā·ḇū	1

וָעֹז: כָּבוֹד לַיהוָה הָבוּ אֵלִים בְּנֵי לַיהוָה הָבוּ

and strength	glory	unto Yahweh	Give	you mighty ones	sons	unto Yahweh	Give

qō·ḏeš.	bə·haḏ·raṯ-Yah·weh	hiš·ta·ḥă·wū	šə·mōw;	kə·ḇō·wḏ	Yah·weh	hā·ḇū	2

קֹדֶשׁ: בְּהַדְרַת־ לַיהוָה הִשְׁתַּחֲווּ שְׁמוֹ כְּבוֹד לַיהוָה הָבוּ

of holiness	in the beauty	Yahweh	Worship	His name	the glory due to	unto Yahweh	Give

[1] Give unto the Lord, ye sons of the mighty, give unto the Lord glory and strength.
[2] Give unto the Lord glory *due* unto his Name: worship the Lord in the glorious Sanctuary.　(Psalm 29:1-2)
1 神の子らよ、主に帰せよ、栄光と力を主に帰せよ
2 御名の栄光を主に帰せよ。聖なる輝きに満ちる主にひれ伏せ。（詩編 29:1-2）

　続いて 3 節から 9 節まで"the voice of the Lord..."が 7 回くり返されるが、よく見ると 3 節の中で"The voice of the Lord... "，"the God of glory... "，"the Lord ..."という文単位の三度のくり返し（ヴァリエーション）がある。そして 4 節から 5 節にかけては"The voice of the Lord..."を主語とする文が 3 回くり返され、6 節を挟んで 7〜9 節の頭で再び"The voice of the Lord..."で始まる文が 3 回繰り返されているのがわかる。

[3] The voice of the Lord *is* upon the waters: the God of glory maketh it to thunder: the Lord *is* upon the great waters.

[4] The voice of the Lord *is* mighty: the voice of the Lord *is* glorious.

⁵ The voice of the Lord breaketh the cedars: yea, the Lord breaketh the cedars of Lebanon.
⁶ He maketh them also to leap like a calf:
Lebanon *also* and Shirion like a young unicorn.
⁷ The voice of the Lord divideth the ﹈flames of fire.
⁸ The voice of the Lord maketh the wilderness to tremble: the Lord maketh the wilderness of Kadesh to tremble.
⁹ The voice of the Lord maketh the hinds to calve, and discovereth the forests: *therefore* in his Temple doth every man speak of *his* glory.　(Psalm 29:3-9)

3 主の御声は水の上に響く。栄光の神の雷鳴はとどろく。主は大水の上にいます。
4 主の御声は力をもって響き、主の御声は輝きをもって響く。
5 主の御声は杉の木を砕き、主はレバノン ¹⁰⁾ の杉の木を砕き
6 （主は）レバノンを子牛のように、シルヨン ¹¹⁾ を野牛の子のように躍らせる。
7 主の御声は炎を裂いて走らせる。
8 主の御声は荒れ野をもだえさせ、主はカデシュ ¹²⁾ の荒れ野をもだえさせる。
9 主の御声は雌鹿をもだえさせ、月満ちぬうちに子を産ませる。（ゆえに）神殿のものみなは唱える「栄光あれ」と。（新共同訳 詩編 29:3-9）

さらに 5 ～ 6 節と 8 ～ 9 節を注意して読むと、5 ～ 6 節では "The voice of the Lord breaketh the cedars: yea, the Lord breaketh the cedars of Lebanon. ⁶ He maketh them also to leap like a calf:" のように 3 つの文が並べてある。8 ～ 9 節でも同様に、The voice of the Lord **maketh** the wilderness to tremble: the Lord **maketh** the wilderness of Kadesh to tremble. The voice of the Lord **maketh** the hinds to calve, and **discovereth** the forests: *therefore* in his Temple doth every man speak of *his* glory... のように主語(the voice of) the Lord を受ける動詞 maketh (=makes)が 3 回繰り返され、三度目は maketh and discovereth(=discoveres)の 2 つの動詞句が並立する構造となっている。

1.5. イザヤ書　Book of Isaiah

旧約聖書のうち最後の 17 巻が預言 13)の書である。その中の三大預言集といわれるイザヤ書、エレミア書、エゼキエル書のうち、イザヤ書、エレミア書の 2 書に「三度のくり返し」の修辞法の例を探してみる。まずはイザヤ書 6 章 1～5 節から見てみよう。

šêš	kə·nā·p̄a·yim	šêš	lōw,	mim·ma·'al ' ō·mə·ḏîm	śə·rā·p̄îm
שֵׁשׁ	כְּנָפַיִם	שֵׁשׁ	לוֹ	מִמַּעַל עֹמְדִים	שְׂרָפִים
Six	wings	six	it	Above　stood	Seraphim

pā·nāw,	yə·ḵas·seh	biš·ta·yim	lə·'e·ḥāḏ;	kə·nā·p̄a·yim
פָּנָיו	יְכַסֶּה	בִּשְׁתַּיִם	לְאֶחָד	כְּנָפַיִם
his face	he covered	with two	had [each] one	wings

yə·'ō·w·p̄êp̄.	ū·ḇiš·ta·yim	raḡ·lāw	yə·ḵas·seh	ū·ḇiš·ta·yim
יְעוֹפֵף׃	וּבִשְׁתַּיִם	רַגְלָיו	יְכַסֶּה	וּבִשְׁתַּיִם
he flew	and with two	his feet	he covered	and with two

qā·ḏō·wōš	qā·ḏō·wōš	qā·ḏō·wōš	wə·'ā·mar, zeh	'el-	zeh	wə·qā·rā
קָדוֹשׁ	קָדוֹשׁ	קָדוֹשׁ	וְאָמַר זֶה	אֶל־	זֶה	וְקָרָא
holy	holy	holy	and said this [one]	to this [one]	And cried

²The Seraphims stood upon it, every one had six wings: **with twain he covered his face**, and **with twain he covered his feet**, and **with twain he did fly**. ³And one cried to another, and said, **Holy, holy, holy** *is* the Lord of hosts: the whole world is full of his glory.　(Isaiah 6:2-3)

(1 ウジヤ王が死んだ都市のことである。わたしは、高く天にある御座に主が座しておられるのを見た。…) 2 上の方にはセラフィムがいて、それぞれ六つの翼を持ち、二つをもって顔を覆い、二つをもって足を覆い、二つをもって飛び交っていた。3 彼らは互いに呼び交わし、唱えた。「聖なる、聖なる、聖なる万軍の主、主の栄光は地をすべて覆う。」　（イザヤ 6: 1-5）

2 節の頭で The Seraphims が登場するが、שְׂרָפִים Śĕrāp̱îm セラフィム（熾天使）14)はヘブライ語 שָׂרָף Śĕrāp（セラフ）の複数形で、後に続く“each

one had…"から双方の天使（**たち**）が各々6つの翼をもつことがわかる。そして"with twain he …"（2つ（の羽根）で顔を覆い、2つで…、2つで…）の前置詞句に先導される文が3回繰り返されセラフィムたちの姿を描写する。このように類概念(each one had…)をそれに続く種概念(with twain…)に分割する修辞法は「一致分切」(diaeresis)[15)]と呼ばれ、シェイクスピアもしばしば用いている。このすぐあとの6章10〜11節では3つずつの句が対応した構造をもつ「類節並列」(parison)[16)]が使われ、「神の声を聞こうとしない、見ようとしない、感じようとしない民衆に対して神の裁きが下される」ことが伝えられる。

[10] Make the heart of this people fat, make their ears heavy, and shut their eyes, lest they see with their eyes, and hear with their ears, and understand with their heart, and convert, and he heal them.
[11] Then said I, Lord, how long? And he answered, Until the cities be wasted without inhabitant, and the houses without man, and the land be utterly deso-late, …　　(Isiah 6:10-11)

10 この民の心をかたくなにし、耳を鈍く、目を暗くせよ、目で見ることなく、耳で聞くことなく、その心で理解することなく悔い改めていやされることのないために。

11 わたしは言った、（いつまで？）主は答えられた。町々が崩れ去って、住む者もなく、家々には人影もなく　大地が荒廃して崩れ去るときまで。

yip̄·reh　miš·šā·rā·šāw　wə·nê·ṣer　yi·šāy;　mig·gê·za'　ḥō·ṭer　wə·yā·ṣā

וְיָצָ֥א　חֹ֖טֶר　מִגֵּ֣זַע　יִשָׁ֑י　וְנֵ֖צֶר　מִשָּׁרָשָׁ֥יו　יִפְרֶֽה׃ 1

shall grow out of his roots and a Branch of Jesse from the stem a Rod And there shall come forth

rū·aḥ　　ū·ḇî·nāh,　ḥāḵ·māh　rū·aḥ　Yah·weh;　rū·aḥ　　'ā·lāw　wə·nā·ḥāh

וְנָחָ֥ה　עָלָ֖יו　ר֣וּחַ　יְהוָ֑ה　ר֧וּחַ　חָכְמָ֣ה　וּבִינָ֗ה　ר֤וּחַ 2

the Spirit　and understanding of wisdom the Spirit　of Yahweh the Spirit　upon Him And shall rest

Yah·weh.　wə·yir·'aṯ　da·'aṯ　rū·aḥ　ū·ḡə·ḇū·rāh,　'ê·ṣāh

עֵצָה֙　וּגְבוּרָ֔ה　ר֥וּחַ　דַּ֖עַת　וְיִרְאַ֥ת　יְהוָֽה׃

of Yahweh　and of the fear　of knowledge the Spirit　and might　of counsel

　前頁のヘブライ語訳はイザヤ書 11 章 1〜2 節からの引用である。同じ構文が語順を変えながら三度繰り返され、そのあとに「主の霊」が 3 つのヴァリエーションとなって表現されている。ジュネーヴ英訳版でみるとその構造がより明確にわかる。

1 There shall come forth a shoot from the stump of Jesse, and a branch shall grow out of his roots. 2 And the Spirit of the Lord shall rest upon him, *the spirit of wisdom and understanding, the spirit of counsel and might, the spirit of knowledge and the fear of the Lord*.

(Isaiah 11. 1-2)

1 エッサイ[17]の株からひとつの芽が萌えいで
その根からひとつの若枝が育ち
2 その上に主の霊がとどまる、
知恵と識別の霊　思慮と勇気の霊　主を知り、畏れ敬う霊。

(イザヤ書 11 章 1-2 節)

そこでこの構造を視覚化するために英語版の主語と動詞句を枠で囲うと、shall come forth a shoot …, and a branch shall grow …. 2 And the Spirit of the Lord shall rest …のように 3 つの文が S-V の順で並んでいるのがわかる。そして 3 つ目の文の後には the Spirit of the Lord（主の霊）の言い換え（ヴァリエーション）として「知恵と識別の霊」「思慮と勇気の霊」「主を知り、畏れ敬う霊」の 3 つが並んでいることも確認できよう。次の 11 章 3〜4 節においても同様の構文が観察できる。

3 He *shall not judge* by what his eyes see, or *decide* by what his ears hear; 4 but with righteousness *he shall judge the poor*, and *decide* *with equity for the meek of the earth*; and *he shall smite the earth* with the rod of his mouth, and with the breath of his lips *he shall slay the wicked*.

(Isaiah 11. 3-4)

3 彼は目に見えるところによって *裁きを行わず* 耳にするところによって *弁護することはない*。4 *この地の貧しい人を* 公平に *弁護し*、弱い人のために *正当な裁きを行う*。

| この地の貧しい人を公平に | 弁護し | 、 | 弱い人のために | 正当な裁きを行う |

この地の貧しい人を公平に 弁護し 、 弱い人のために 正当な裁きを行う 。
その口の鞭をもって 地を打ち 、 唇の勢いをもって 逆らう者を死に至ら せる 。（イザヤ書 11 章 3-4 節）

3 節で"not ... by ..."（〜によってではなく）が 2 回くり返された後、
"with..."（'〜公平さをもって、口の鞭をもって、唇の勢いをもって）が
3，4 節全体で 4 回くり返される構文である。否定 2 回の後、肯定 4 回
を並べることにより全部で 6 つの前置詞句（3 の 2 倍）で否定に対し肯
定を強調している。次の 6〜7 節でも同様の構文が続く。

₆The wolf also shall dwell with the lamb, and the leopard
shall lie with the kid, and the calf and the lion and the fat
beast* together, and a little child shall lead them.
₇ And the cow and the bear shall feed; their young ones
shall lie together; and the lion shall eat straw like the
bullock.
₈ And the sucking child shall play upon the hole of the asp,
and the weaned child shall put his hand upon the cockatrice
hole.   (Isaiah 11. 6-8)

6 狼は子羊と共に宿り豹は子山羊と共に伏す。子牛も若獅子も［その子ら
と］共に育ち、小さいこどもがそれらを導く。
7 牛も熊もともに草をはみ、その子らはともに伏し、
獅子も牛もひとしく干し草を食らう。
8 乳飲み子は毒蛇の穴に戯れ、幼子は蝮の巣に手を入れる。
（イザヤ書 11 章 6〜8 節）

日本語訳ではジュネーヴ英訳版にある「豹と子山羊」の後の「太らさ
れた子ら "the fat beast"[18]」を［　］で補足している。そして「牝牛と
熊」「その子ら」がともに休み、乳飲み子も幼子も危険な生き物とと
もにいても神は危害を加えない（9 節）と続く。6〜8 節をとおして
見ると、いずれも 3 種の家畜と野獣たちが、そして人が危険と隣り合
っても、弱者と強者が争うことなく平和に共存する様が三位一体とな
って描写される。

1.6. エレミア書　Book of Jeremiah

　前項のイザヤは、紀元前6世紀から 10 世紀に存在したイスラエル王国の中期時代（前8c）の預言者であるが、この項では王国後期（前7c）の預言者エレミアの言葉の中から「三度の反復」を探してみる。

　エレミア書でも、冒頭の第1章5節からエレミアが主に召命されたことが神とエレミアの対話において述べられる。

yə·ḏaʿ·tî·ḵā,	bab·be·ṭen	ʾeṣ·ṣā·rə·ḵā '	eṣ·ṣō·wr·ḵā	bə·ṭe·rem
יְדַעְתִּיךָ	בַּבֶּטֶן	(אֶצָּרְךָ)	[אצורך]	בְּטֶרֶם
I knew you	in the womb	I formed you		Before

lag·gō·w·yim	nā·ḇî	hiq·daš·tî·ḵā;	mê·re·ḥem	tê·ṣê ū	·bə·ṭe·rem
לַגּוֹיִם	נָבִיא	הִקְדַּשְׁתִּיךָ	מֵרֶחֶם	תֵּצֵא	וּבְטֶרֶם
to the nations	a prophet	I sanctified you	were born	you	and Before

nə·ṭaṯ·tî·ḵā.
נְתַתִּיךָ׃
I ordained you

⁴ Then the word of the Lord came unto me, saying,
⁵ Before I formed thee in the womb, I knew thee, and before thou camest out of the womb, I sanctified thee, *and* ordained thee to be a Prophet unto the nations.

4 主の言葉がわたしに臨んだ。
5「わたしはあなたを母の胎内に造る前からあなたを知っていた。母の胎から生まれる前にわたしはあなたを聖別し諸国民の預言者として立てた。」

　上のヘブライ語版では5節のみを引用しているが、英語版がそれに対応して、"I knew thee(=you)... I sanctified... ordained..."と3つの文を並べて、神がエレミアを預言者として認めていることをエレミア自身が語っている。次の9〜10節の例では神がエレミアに「手を伸ばし、口に触れ、彼に権威を授け」、「（イスラエルを）壊し、再生する」ことを、「壊す」の同義語を4回、「造る」を2回くり返し、その目的として伝えている。

⁹Then the Lord stretched out his hand, and touched my mouth, and the Lord said unto me, Behold, I have put my words in thy mouth.

¹⁰Behold, this day have I set thee over the nations, and over the kingdoms, to pluck up, and to root out, and to destroy, and throw down, to build, and to plant.

9 主は手を伸ばして、わたしの口に触れ主はわたしに言われた。
「見よ、わたしはあなたの口にわたしの言葉を授ける。
10 見よ、今日、あなたに諸国民、諸王国に対する権威をゆだねる。
抜き、壊し、滅ぼし、破壊しあるいは建て、植えるために。」

　旧約聖書における最後の例として、次のエレミア 23 章 2~6 節を挙げる。3 つの語句を並べながら、神のイスラエル繁栄の計画が語られる。

²Therefore thus saith the Lord God of Israel unto the pastors that feed my people, (1)Ye have scattered my flock, and (2)thrust them out, and (3)have not visited them: behold, I will visit you for the wickedness of your works, saith the Lord.
³And (1)I will gather the remnant of my sheep out of all countries, whither I had driven them, and (2)will bring them again to their folds, and (3)they shall grow and increase:
⁴And I will set up shepherds over them, which (1)shall feed them: and (2)they shall dread no more nor be afraid, (3)neither shall any of them be lacking, saith the Lord.
⁵Behold, the days come, saith the Lord, that I will raise unto David a righteous branch, and (1)a King shall reign and (2)prosper, and (3)shall execute judgment and justice in the earth.
⁶In his days (1)Judah shall be saved, and (2)Israel shall dwell safely, and this is the Name whereby (3)they shall call him, The Lord our righteousness.

2それゆえ、イスラエルの神、主はわたしの民を牧する牧者たちについて、こう言われる。「(1)あなたたちは、わたしの羊の群れを散らし、(2)追い払うばかりで、(3)顧みることをしなかった。わたしはあなたたちの悪い行いを罰する」と主は言われる。3「このわたしが、(1)群れの残った羊を、追いやったあらゆる国々から集め、(2)もとの牧場に帰らせる。(3)群れは子を産み、数を増やす。4彼らを牧する牧者をわたしは立てる。[わたしは(1)群れを食べさせ]群れはもはや(2)恐れることも、おびえることもなく、また(3)迷い出ることもない」と主は言われる。5見よ、このような日が来る、と主は言われる。わたしはダビデのために正しい若枝[19]を起こす。(1)王は治め、(2)栄え(3)この国に正義と恵みの業を行う。6彼の代に(1)ユダは救われ　(2)イスラエルは安らかに住む。(3)彼の名は、「主は我らの救い」と呼ばれる。

　上の英語版、日本語版の2～6節中で3回のくり返し（ヴァリエーション）をわかりやすく示すため各々(1)～(3)と番号を付した。このように預言者エレミアによる「3つのフレーズ」をとおして、くり返し、くり返し神の意志をイスラエルの民は聴き、彼らの中に「自分たちが従うべき精神的あるいは法的な生活規範が作り上げられ、預言者の存在は、民の精神的な支柱となっていった」と神学者の船木は述べている。[20]

注

1) ヘブライ語聖書についてはウェブサイトで閲覧できる Biblehub.com を、また英訳聖書は『ジュネーヴ訳聖書(GNV)』(1599 年)を用いる。尚、ヘブライ語は英語と異なり右から左へ読む順番となっている。各語の上のアルファベットは発音を示す。シェイクスピア作品と並び英ルネサンスを代表する文献『欽定訳聖書(AV)』(1611年)は出版されたのがシェイクスピアが亡くなる5年前であり、彼が聖書を読みその影響を受けたとすれば GNV であろうという推測に基づき、本書前半部のシェイクスピアの作品と比較する意味もあり、あえて AV ではなく GNV を使用する。

2) p. 210～211 の旧約聖書の生い立ちおよびリスト(p. 208)参照。

3) モーセが作者である可能性は低く、旧約自体が作者不明というのが通説。(山形 p. 132)

4) 2章から6章まで 2:24; 3:6; 3:15; 4:4; 6:3; 6:8; の6回-7回目が 33:1 で最後。

5) マナ：ヘブライ語: מָן、מַ の意味は、天から神が降らせた食べ物を人々が「これは何だ」と叫んだ、その言葉とされる。

6) 山形、『旧約篇』pp. 132-133

7) 5:10〜12 で「10 神は地の面に雨を降らせ野に水を送ってくださる。11 卑しめられている者を高く上げ嘆く者を安全な境遇に引き上げてくださる。12 こざかしい者の…手の業が成功することを許されない。」と３つのヴァリエーション。

8) お前は岩場の山羊が子を産む時を**知っているか**。雌鹿の産みの苦しみを**見守ることができるか**。 39:02 月が満ちるのを数え産むべき時を**知ることができるか**。（ヨブ記 39:1）この他ありとあらゆるこの世の理が全て神の手になることを神は 38〜41 章にかけてヨブに諭す。

9) "Fear no more the heat of the sun" (夏の暑さを恐れるな *Cymbeline*, 4. 2. 258) "Fear no more..."の句が３回繰り返される。ちなみにシェイクスピアもこの歌の最後で"Golden lads and girls all must, ... come to dust."(恋人らも皆…土に帰らねばならぬのだから 4. 2. 274-275)と登場人物のアーヴィラガスとグイデリウスに歌わせている。また映画『シェイクスピアの庭』(2018)では、シェイクスピアの葬儀の場面で妻アン・ハサウェイと二人の娘たちがこの歌を弔辞として朗読している。

10) レバノン：レバノン山脈を指す。

11)「シルヨン Siryon」はレバノン南部のシリアとの国境にある「ヘルモン山」を指し、現在の「シリア Syria」の語源はこの「シルヨン」（黒木英充） https://meis2.aa-ken.jp/photo_essays_201105.html

12) カデシュ：シリア西部のオロンテス川沿岸にあった古代の町。現タルアンナビミンド。トゥトモス３世（在位前 1504〜1450）時代のエジプトの記録に現れ、前 1370 年頃よりヒッタイトが支配するまでエジプトの影響下にあった。ラムセス２世（在位前 1304〜1237）時代ここで行われたエジプトとヒッタイト間の激戦は有名。「海の民」の侵入により滅びた。（ブリタニカ国際大百科事典 小項目事典）

13) 聖書には紀元前 1250 年頃のモーセに始まりサムエルやヨナ、イザヤ、エレミア、ゼカリアなど様々な預言者が現れ、夢や自然現象、神の啓示などを受けて未来を予測し、警告を発していた。この点において単なる予言とは異なる。（船木 p. 10）

14) 熾天使は九階級のうち最上の天使とされ、イザヤが神の御座の上方に見た６つの翼をもつ被造物。（オックスフォードキリスト教辞典）

15) Brook, 400. 16) Brook, 406.

16)「類節並列」(parison) cf. p. 3 他で既出。（索引参照）

17) エッサイはダビデ王の父親の名前。そのエッサイの子供ダビデ王の築いたユダ王国はその後子孫によって受け継がれて行くが、やがて神の審判により王朝は一度は切り倒される。そのエッサイの株から新芽が生えてメシア（救い主）が生まれるというのが、この 11 章 1 節の預言。

18) fat beast：食用に太らせた子牛、子羊、子豚などのこと。

19) 若枝は「エッサイの株からひとつの芽が萌えいで(イザヤ 11:1)」に対応する。

20) 船木 p. 10 参照。

2．新約聖書における三度のくり返し The New Testament

　27 の文書からなる新約聖書はギリシア語で書かれた。『マザーグース』にも取り上げられる4人の弟子たち[1]によって記された4福音書、ペテロとヨハネによる宣教を伝える「使徒行伝」や書簡集、現世の終末を描いた「黙示録」など様々な記述には、イエスの教えを伝えるために旧約聖書に劣らず巧みな修辞法が見られる。

2.1．悪魔の誘惑：マタイによる福音書 Matthew

　マタイ伝でまず取り上げるのは「荒野で修業するイエスの前に悪魔が現れ、イエスを誘惑する」4章3~10節のシーン。文単位で三度の反復例が見られる箇所を英語の逐語訳付きのギリシア語版[2]で示す。

3 και　προσελθων　αυτω　ο　πειραζων　ειπεν　ει　υιοσ
and　toward-coming　to him　the　one-trying　said　if　son

ει　του θεου　ειπε　ινα οι　λιθοι ουτοι　αρτοι
you-are of the　God　be you saying that the　stones　these　breads

4 ο δε αποκριθεισ　ειπεν　γεγραπται　ουκ επ αρτω
the yet　answering　He said　it has been written　not on　bread

μονω　ζησεται ανθρωποσ αλλ επι παντι ρηματι
only　shall be living　human　but on　every　declaration

εκπορευομενω　δια　στοματοσ θεου
out-going　through　mouth　of God

6 και　λεγει　αυτω ει υιοσ ει　του　θεου βαλε
and　he is saying to him　if son　you are　of the　God　be you casting

σεαυτον κατω γεγραπται　γαρ οτι τοισ αγγελοισ αυτου
yourself　down　it has been written　for that　to the messengers of Him

εντελειται　περι σου και επι χειρων αρουσιν　σε
shall be directed about　you　and on　hands　they shall be lifting you

μηποτε　προσκοψησ　προσ λιθον τον ποδα σου
lest at some time you should be dashing　toward　stone　the　foot　of you

7 εφη αυτω　ο ιησουσ παλιν γεγραπται　ουκ
averred　to him　the　Jeus　again　it has been written　not

εκπειρασεισ　κυριον τον θεον σου
you shall be out trying　Master　the　God　of you

9 και λεγει　αυτω ταυτα παντα σοι　δωσω　εαν
and he is saying　to him　these　all　to you I shall be giving　if ever
πεσων　προ σκυ νησησ　μοι
falling　you should be worshiping　to me

10 τοτε λεγει　αυτω　ο ιησουσ ηυπαγε　σατανα
then　is saying to him　the　Jesus　be you going away　Satan

γεγραπται　γαρ κυριον　τον θεον σου　προσκυνησεισ
it has been written　for　Master　the God　of you　you shall be worshiping

και αυτω μονω　λατρευσεισ
and　to him　only　you shall be offering divine service

次に英語の語順に並び替えたジュネーヴ版(GNV)で見てみる。(薄い網掛け部分が悪魔の誘惑の言葉；濃い網掛け部分がイエスの言葉を示す。)

¹ Then was Jesus led aside of the Spirit into the wilderness, to be tempted of the devil. ² And when he had fasted forty days, and forty nights, he was afterward hungry. ³ **Then came to him the tempter, and said, If thou be the Son of God, command that these stones be made bread.**

1 さて、イエスは悪魔から誘惑を受けるため、"霊"に導かれて荒れ野に行かれた。2 そして四十日間、昼も夜も断食した後、空腹を覚えられた。3 すると、誘惑する者が来て、イエスに言った。①「神の子なら、これらの石がパンになるように命じたらどうだ。」

⁴ But he answering, said, *It is written, Man shall not live by bread only, but by every word that proceedeth out of the mouth of God. ...*

4 イエスはお答えになった。「『人はパンだけで生きるものではない。神の口から出る一つ一つの言葉で生きる』と書いてある。」

⁵ Then the devil took him up into the holy city, and set him on a pinnacle of the Temple. ⁶ And said unto him, If thou be the Son of God, cast thyself down, for it is written, that he will give his Angels charge over thee, and with their hands they shall lift thee up, lest at any time thou shouldest dash thy foot against a stone.

185

5 次に、悪魔はイエスを聖なる都に連れて行き、神殿の屋根の端に立たせて、6 言った。②「神の子なら、飛び降りたらどうだ。『神があなたのために天使たちに命じると、あなたの足が石に打ち当たることのないように、天使たちは手であなたを支える』と書いてある。」

7 Jesus said unto him, *It is written again, Thou shalt not tempt the Lord thy God.*

7 イエスは、「『あなたの神である主を試してはならない』とも書いてある」と言われた。

8 Again the devil took him up into an exceeding high mountain, and showed him all the kingdoms of the world, and the glory of them, **9** And said to him, **All these will I give thee, if thou wilt fall down, and worship me.**

8 更に、悪魔はイエスを非常に高い山に連れて行き、世のすべての国々とその繁栄ぶりを見せて、③9「もし、ひれ伏してわたしを拝むなら、これをみんな与えよう」と言った。

10 Then said Jesus unto him, *Avoid Satan: for it is written, Thou shalt worship the Lord thy God, and him only shalt thou serve.* **11** Then the devil left him:

10 すると、イエスは言われた。「退け、サタン。『あなたの神である主を拝み、ただ主に仕えよ』と書いてある。」 11 そこで、悪魔は離れ去った。

(GNV Matthew 4:1-11/マタイによる福音書 4: 1-11)

このように原典であるギリシア語版と英訳版を並べてみることで、英訳版がほぼ忠実に原点を反映していることがわかる。ここで悪魔は3つの誘惑でイエスを唆そうとするが、イエスは3つの神の教えでサタンを退散させる。同様の記述は新約聖書マルコによる福音書1:12-13、ルカによる福音書4:1〜13にもみられるが、マルコ伝では「サタンの誘惑を受けた」とあるだけで三度の誘惑とそれを覆すやり取りはない。一方、ルカ伝では②と③の順番が入れ替わっているが、マタイ伝同様、①〜③の悪魔の誘惑に対し、イエスが各々3つの反論で悪魔を撃退している。

2. 2. 種を蒔く人のたとえ：マルコによる福音書　Mark

　次にマルコによる福音書の、イエスが神の言葉(教え)とはどのよう
なものかを様々な場所に蒔かれた種にたとえて語るシーン(マルコ4章
3-20節, cf.マタイ13:1-9; ルカ8:4-8、8:12-15) における3つの反復例を
見てみよう。ここでは原典のギリシア語版は省略してジュネーヴ英訳
版(GNV)と新共同訳だけで見ていく。

³ Hearken: Behold, there went out a sower to sow. ⁴ And it
came to pass as he sowed, that **some fell by the wayside**, and
the fowls of the heaven came, and devoured it up. ⁵ And **some
fell on stony ground**, where it had not much earth, and by and
by sprang up, because it had not depth of earth. ⁶ But as soon
as the Sun was up, it was burnt up, and because it had not
root, it withered away. ⁷ And **some fell among the thorns**, and
the thorns grew up, and choked it, so that it gave no fruit.

2 イエスはたとえで…次のように言われた。　3「よく聞きなさい。種を蒔
く人が種蒔きに出て行った。　4 蒔いている間に、**ある種は道端に落ち、
鳥が来て食べてしまった。**　5 ほかの種は、**石だらけで土の少ない所に落
ち、そこは土が浅いのですぐ芽を出した。**6 しかし、**日が昇ると焼けて、
根がないために枯れてしまった。**　7 ほかの種は茨の中に落ちた。すると
茨が伸びて覆いふさいだので、実を結ばなかった。

⁸ **Some again fell in good ground**, and did yield fruit that sprung
up, and grew, and it brought forth, some thirtyfold, some
sixtyfold, and some an hundredfold. …¹¹ And he said unto
them, To you it is given to know the mystery of the kingdom of
God: but unto them that are without, all things be done in
parables, …

8 また、**ほかの種は良い土地に落ち、芽生え、育って実を結び、あるもの
は三十倍、あるものは六十倍、あるものは百倍にもなった。**」・・・11 そ
こで、イエスは言われた。「あなたがたには神の国の秘密が打ち明けられ
ているが、外の人々には、すべてがたとえで示される。

¹² That **they** seeing, may see, and **not discern**: and **they** hearing, may hear, and **not understand, lest** at any time **they should turn, and their sins should be forgiven them**.
¹³ Again he said unto them, Perceive ye not this parable? how then should ye understand all *other* parables?

12 それは、『彼らが見るには見るが、認めず、聞くには聞くが、理解できず、こうして、立ち帰って赦されることがない』ようになるためである。」
13 また、イエスは言われた。「このたとえが分からないのか。では、どうしてほかのたとえが理解できるだろうか。

¹⁴ The sower soweth the word. ¹⁵ And these are they that *receive the seed* by the wayside, in whom the word is sown: but when they have heard it, Satan cometh immediately, and taketh away the word that was sown in their hearts.

14 種を蒔く人は、神の言葉を蒔くのである。　15 道端のものとは、こういう人たちである。そこに御言葉が蒔かれ、それを聞いても、すぐにサタンが来て、彼らに蒔かれた御言葉を奪い去る。

¹⁶ And likewise they that receive the seed in stony ground, are they, which when they have heard the word, straightway receive it with gladness. ¹⁷ Yet have they no root in themselves, and endure but a time: *for* when trouble and persecution ariseth for the word, immediately they be offended.

16 石だらけの所に蒔かれるものとは、こういう人たちである。御言葉を聞くとすぐ喜んで受け入れるが、17 自分には根がないので、しばらくは続いても、後で御言葉のために艱難や迫害が起こると、すぐにつまずいてしまう。

¹⁸ Also they that receive the seed among the thorns, are such as hear the word: ¹⁹ But the cares of this world, and the deceitfulness of riches, and the lusts of other things

enter in, and choke the word, and it is unfruitful. [20] But they that have received seed in good ground, are they that hear the word, and receive it, and bring forth fruit: one *corn* thirty, another sixty, and some an hundred. (GNV Mark 4: 3-20)

18 また、ほかの人たちは茨の中に蒔かれるものである。この人たちは御言葉を聞くが、19 この世の思い煩いや富の誘惑、その他いろいろな欲望が心に入り込み、御言葉を覆いふさいで実らない。20 良い土地に蒔かれたものとは、御言葉を聞いて受け入れる人たちであり、ある者は三十倍、ある者は六十倍、ある者は百倍の実を結ぶのである。」

(新共同訳聖書 マルコ 4: 4-20)

　ここでイエスは自分の教えを受け入れる人とそうでない人について、3つの悪い種と3つの良い種のたとえ話で、神の教えを受け入れるとどんな恵みがあるかを説いている。最初の三つ(4章4～7節)は実を結ばない（不実な）種だが、あとの3つ(4章8節)は良い場所に蒔かれ、その収穫は何十倍にも増えると述べる。そして後の12節及び15～19節では3つの悪い種を「教えを受け入れない人々」の例として言い換え、それに対し「教えを受け入れる（信仰を持つ）人」には三十倍、六十倍、百倍（とおよそ3の倍数）の祝福が与えられると弟子たちに教訓を与える。すなわち4章7節から20節までが三段構造で構成されていることがわかる。

　「種を蒔く人」のたとえ(parable)はマタイ 13:1-9; ルカ 8:4-8 でも見られる。マタイでは、マルコ最後の「ある者は三十倍、ある者は六十倍、ある者は百倍の実を…」の部分が「ある者は百倍、ある者は六十倍、ある者は三十倍の実を…」と順番が入れ替わり、ルカでは「百倍の実を結んだ」とあるだけでマルコと微妙に異なる。しかし「実を結ばぬ（神を信じない＝信仰のない）種（人）」が「道端に蒔かれたり」「石の上に落ちたり」「茨の中に入ったり」という3つの悪例は共通して描写されている。

2.3. イエス誕生の予告―ルカによる福音書　Luke

イエス誕生についてはマタイ伝でも記述があるが、その内容はルカ伝と異なっている。マタイ伝ではマリアが聖霊により既に身ごもって…と始まる。マルコ伝とヨハネ伝では誕生については語られず、イエスが荒れ野でヨハネに洗礼を受けるところから始まる。これに対しルカでは、1章 32 節で天使ガブリエルがマリアの前に現れ、彼女に受胎を告げるところから始まる。ギリシア語版、ジュネーヴ英訳版で見てみよう。

32 ουτοσ εσται μεγασ και υιοσ　υψιστου κληθησεται　και
this one shall be　great　and　son　of most high he shall be being called and

δωσει　αυτω κυριοσ ο θεοσ τον θρονον δαβιδ του
shall be giving　him　Master　the　God　the　throne　of David　the

πατροσ αυτου 33 και　βασιλευσει　επι τον οικον ιακωβ
father　of Him　and　He shall be reigning　on　the　home　of Jacob

εισ τουσ αιωνασ και τησ　βασιλειασ αυτου ουκ εσται τελοσ
into　the　eons　and of the　kingdom　of Him　not　shall be　finish

32 He shall be great, and shall be called the Son of the most High, and the Lord God shall give unto him the throne of his father David. **33** And he shall reign over the house of Jacob forever, and of his kingdom shall be none end. (GNV Luke 1:32-33)

30 すると、天使は言った。「マリア、… 31 あなたは身ごもって男の子を産むが、その子をイエスと名付けなさい。 32 その子は偉大な人になり、いと高き方の子と言われる。神である主は、彼に父ダビデの王座をくださる。33 彼は永遠にヤコブの家を治め、その支配は終わることがない。」(ルカ 1:30-33)

ギリシア語版、GNV において３つの文 "He shall be great..., God shall give... he shall reign..." で「イエスに与えられる栄光」が称えられていることが明確である。

　1章の受胎告知に続いて、2章 14 節では一般にもよく知られる「ベツレヘムの宿屋におけるイエス誕生」の様子が、天使たちの祝福のメッセージなどとともに描写される。天使たちの祝福の言葉は次のとおり。

¹⁴δοξα εν υψιστοισ θεω και επι γησ ειρηνη εν ανθρωποισ
glory　in　highest　　　to God and　on land　peace　　in　humans

ευδοκια
Delight

¹⁴ Glory *be* to God in the high *heavens*, and peace in earth, and toward men good will.　(Luke 2:14)

¹⁴「いと高きところには栄光、神にあれ、
地には平和、御心に適う人にあれ。」（ルカ 2:14）

日本語訳では３つ目が「御心に適う人にあれ」とあり、何が「あれ」か不明だが、ギリシア語版、GNV とも "glory-God"（神に栄光が）、"peace-earth"（地に平和が）、"eudokia"(=delight)-humans(men)"（人に喜びが）と、３つの祝福と祝福される三者の関係が明確である。

主の祈り（ルカ 11:2-4　マタイ 6:9-13）The Lord's Prayer

まえがき(p. ii)でも紹介した「主の祈り」はルカ 11:2-4 でイエスによって弟子たちに伝えられる。但し「主の祈り」は６つの祈り事からなるが、ルカでは３番目の"thy will be done..."がないのでそれが記載されているマタイをここでは引用する。GNV の"thy name"や"thy kingdom"の"thy"は古い英語なので"your name", "your kingdom"などと読み替えると現代英語としてより理解しやすくなるだろう。

⁹ Our father which art in heaven, [1] hallowed be **thy** name.
¹⁰ [2]**Thy** kingdom come. [3]**Thy** will be done even in earth as *it is* in heaven.
¹¹[4] Give us this day **our daily bread**.
¹² And [5]forgive us **our debts**, as we also forgive **our debtor**s.
¹³ And [6]lead us not into temptation, but deliver us from evil: for thine is **the kingdom**, and **the power**, and **the glory** for ever.　Amen.　(Matthew 6:9-13)

⁹天におられるわたしたちの父よ、
[1] 御名が崇められますように。

10 [2] 御国が来ますように。
[3] 御心が行われますように、
天におけるように地の上にも。　　　　　　　　　　　　　5
11 [4] わたしたちに必要な糧を今日与えてください。
12 [5] わたしたちの負い目を赦してください、
わたしたちも自分に負い目のある人を
赦しましたように。
13 [6]わたしたちを誘惑に遭わせず、　　　　　　　　10
悪い者から救ってください。　　　（マタイ 6:9-13）

主に対する 6 つの「〜ください」の祈り（11 行目）のあとの結びに「国と力と栄えとは限りなく汝のものなればなり。アーメン」と 3 つの語による結句が続く。ちなみに上に示した日本語は新共同訳に掲載された訳であり、実際にプロテスタント教会で祈りを合わせる場合には、注（p.207）に示す文語体 3)で捧げる。また各教派によって日本語訳は微妙に異なる。

求めよ　さらば与えられん　Ask, seek, and knock

最後に上述の「主の祈り」に続く、11 章 9〜10 節の、これも有名な聖句だが実は 3 つのフレーズから成り立ってなることを紹介する。

⁹ And I say unto you, **Ask**, and **it shall be given you**: **seek**, and **ye shall find**: **knock**, and **it shall be opened unto you**.
¹⁰ For everyone that **asketh**, **receiveth**: and he that **seeketh**, **findeth**: and to him that **knocketh**, it shall be **opened**.

　　　　　　　　　　　　　　　　　　　　　（Luke 11:9-10）

9 そこで、わたしは言っておく。**求めなさい**。そうすれば、**与えられる**。**探しなさい**。そうすれば、**見つかる**。**門をたたきなさい**。そうすれば、**開かれる**。　10 だれでも、**求める者は受け**、**探す者は見つけ**、**門をたたく者には開かれる**。

　　　　　　　　　　　　　　　　　　　　　（ルカ 11:9-10）

ここだけを引用すると何を「求めるのか」、何を「探すのか」、なぜ「門をたたくのか」は唐突に聞こえるかもしれないが、イエスは困った人のたとえ話でこの教えを提示している。答えは直前の 11 章 5〜8 節に書いてある。それゆえ「求めなさい、そうすれば与えられるでしょう。」

2.4. 初めにことばがあった―ヨハネによる福音書　John

　前述の３つの福音書は「共観福音書」と呼ばれ、「最も古く執筆された
と推測されるマルコ伝を下敷きにマタイ伝とルカ伝が書かれたといわれ
るが、それに対して４つ目の福音書ヨハネ伝は、前の３つとは旧約聖書
に対する見解や主イエスの扱い方が大きく異なる」[4]とされる。しかしな
がら文体における「三度の反復、三つの要素」を主題として取り扱う本
書においては、ヨハネ伝においてもこの修辞法が共観三書と同様に見ら
れることを証明していきたい。その最初の例が文字どおり１章１節の冒
頭「初めに言があった」の文である。

En	archē	ēn	ho	Logos		kai	ho	Logos	ēn	pros
Ἐν	ἀρχῇ	ἦν	ὁ	Λόγος,		καὶ	ὁ	Λόγος	ἦν	πρὸς
In[the]	beginning	was	the	Word		and	the	Word	was	with

ton	Theon	kai	Theos	ēn	ho	Logos
τὸν	Θεόν,	καὶ	Θεὸς	ἦν	ὁ	Λόγος.
the	God	and	God	was	the	Word.

[1] In the beginning **was that Word**, and **that Word
was with God**, and **that Word was God**.　(John 1:1)

1 初めに言があった。言は神と共にあった。言は神であった。(ヨハネ 1:1)

ギリシア語版で使われる「言葉」（"ho Logos"）と「～があった」（"en"）、
そして「神」が"Theon"で、これらが GNV の英語では"the Word"と"was"
（=existed 存在した）、"God"（神が）で、３つの言葉がそれぞれに結ばれ
て[言葉＞神と言葉＞神＝言葉]のように連携して用いられているのがわ
かる。そして次の２～５節において「神と共にあった言葉がこの世に全
てを創った」と続き、神の言葉の偉大さ、崇高さを伝える。

[2] This same was in the beginning with God. [3] All things were
made by it, and without it was made nothing that was made.
[4] In it was life, and that life was the light of men. [5] And that
light shineth in the wilderness, and the darkness compre-

hendeth it not. 　(GNV John 1:2-5)

2 この言は、初めに神と共にあった。3 万物は言によって成った。成ったもので、言によらずに成ったものは何一つなかった。4 言の内に命があった。命は人間を照らす光であった。5 光は暗闇の中で輝いている。暗闇は光を理解しなかった。 　（新共同訳　ヨハネ 1:2-5）

　このように「天地創造」が 2～5 節の途中までは、3 つの文が一つの組を成して語られるように読むことができるのだが、残念なことに 5 節後半に「暗闇は光を理解しなかった」と 10 番目の文が続くので「3 つのヴァリエーションが 3 回くり返し使われている」と断定することは難しい。が、ワルツのようなリズム（といっては聖書に失礼だが）で心地よい連続で音読できることは間違いない。その理由は 1～4 節までの各文が全て "A was B, C was D..." のように S=C/C=S（主語 be 補語）というシンプルな構成によるものといえる。

　2～5 節は英語版のみを示したが、元のギリシア語版がどうであったかについては、1 節で示した部分より明らかなので、それ以下の部分の英語版もギリシア語版に基づくものと推測してもらいたい。1 節の "In the beginning was that Word" では "was Word" のように主語-be 動詞が倒置されているが、これは "in the beginning" という副詞句が強調されて文の先頭に置かれたことによる。即ちノーマルな語順であれば、"That word was in the beginning" となるのだが、"was" を後から修飾するはずの "in the beginning" が頭に出たため、それに引きずられるように "was" と主語 "that Word" が転倒したのである。本来なら、3～4 節も同様に [A] "All things were made by it," と S-V-M（M は修飾句，ここでは by it）で始まり、次は [B] "and without it was made nothing that was made" と下に示すように語順が転倒して M-V-S のようになっている。

All things were made by it, and without it was made nothing that was made.
S　　　　V　　　M　　　　M　　　　V　　　　S

　4 節も同様、[A] In it was life, and [B]that life was the light of men

が [A] In it was life, and [B]that life was the light of men のよう
に、M-V-S and S-V-C のように、be 動詞(was)を挟んで対称的（シンメ
トリカル）な構文を形成している。これは明らかに元のギリシア語の原
文を逐語訳するうえで生まれてきた文構造といえる。

　さらに GNV が簡潔な表現を生み出している原因として、この英訳版
が 16 世紀の英語で書かれているということも挙げられる。次の 10~13
節を見ていただきたい。

> ¹⁰ He was in the world, and the world was made by him: and the
> world knew him not. ¹¹ He came unto his own, and his own
> received him not. ¹² But as many as received him, to them he
> gave prerogative to be the sons of God, *even* to them that
> believe in his Name, ¹³ Which are born not of blood, nor of
> the will of the flesh, nor of the will of man, but of God.

> 10 言（ことば）は世にあった。世は言によって成ったが、世は言を認めなかった。11 言
> は、自分の民のところへ来たが、民は受け入れなかった。12 しかし、言は、
> 自分を受け入れた人、その名を信じる人々には神の子となる資格を与えた。13
> この人々は、血によってではなく、肉の欲によってではなく、人の欲によっ
> てでもなく、神によって生まれたのである。(ヨハネ 1:10-13)

　たとえば 10 節後半の the world knew him not や 11 節後半の his
own received him not は現代英語なら"the world **did not know** him",
"his own **did not receive** him"⁵⁾となるが "did not"（仮に口語的に didn't
としても）を挟んで読むと何となく文がデコボコとした感をぬぐえない。
本著 I～IV 章で観察したシェイクスピアでも、特に弱強のリズムを生み
出すように単語が配列されたブランクヴァースのセリフでは do/do not
を用いない古い英語がかえってリズムを生み出すのに便利だったので
は、と想像される。実際はシェイクスピアの否定文や疑問文では、リズ
ムに合わせて do/do not を用いたり、用いなかったりというのが真相で
あるが、散文体の聖書でも同じことがいえるであろう。即ち聖書は黙読
してもよいが、むしろ声に出して（神の言葉が）民の耳に届くよう（響く
よう）に書かれたものなのであろう。

　構文上の特徴としてはさらに、肯定文と否定文のコンビネーションが指摘されよう。13 節後半の "… **not** of blood, **nor** of the will of the flesh, **nor** of the will of man, **but** of God" については、否定が2つ、3つと続き最後に**肯定一回**[not A, not B, (not C), **but** D 式]の表現（－　－　＋）は他の箇所でもしばしば出てくる。またこの反対に、肯定が2つ、3つ続き最後に否定一回[A, B, C, but D（＋　＋　－）]や、肯定が3つ続くパターンも見られる。他の箇所からこの例を以下のとおり挙げる。

[A, B, C, but **not** D（＋　＋… －）]の例 :

　²³ And he said unto them, **Ye are** from beneath, **I am** from above: **ye are** of this world, **I am not** of this world. (John 8:23)

　23 イエスは彼らに言われた。「あなたたちは下のものに**属している**が、わたしは上のものに**属している**。あなたたちはこの世に**属している**が、わたしはこの世に**属していない**。(ヨハネ 8:23)

[A, B, C（＋　＋　＋）]の例 :

　⁶ Jesus said …, I am that Way, and that Truth, and that Life.
(John 14:6)

　6 イエスは言われた。「わたしは**道であり**、**真理であり**、**命である**。」
（ヨハネ 14:6）

　この他、「三」に関わる記事がいくつも見出される。ヨハネ伝の中ほどの箇所では、イエスがペテロに「鶏が鳴くまでに、あなたは**三度**わたしのことを知らないというだろう」"The cock shall not crow, till thou have denied me thrice." (John 13:38) と告げる。またイエスは処刑されて死んで**三日後**に蘇り、「弟子たちの前に**三度**現れた」"This is now **the third time** that Jesus showed himself to his disciples,… " (John 20:14; 20:19; 21:14)、そしてイエスに言われてペテロは不漁だった湖に網を入れると「153 匹の魚がかかった（3 匹の 51 倍）」(21:11)。最後に「イエスは、ペテロに（私を愛するか？と）自分への愛を**三度**試される」"He said unto him **the third time**, Simon…, lovest thou me?" (John 21:15-17) とある。

2.5. 使徒言行録 Acts

　使徒言行録（使徒行伝とも訳される）の使徒とはキリストの12人の弟子たちを指す。そのうちイエスの生前、彼を裏切りそれを後悔して自殺したユダを除く、パウロ、ヨハネら11人がローマ帝国を中心に果てはインドまで宣教活動を行う。使徒言行録はその中で、特にパウロとペテロのギリシアやローマ、エルサレムを中心とした布教の様子をルカが記したものと言われている。[6)]

　まずはペンテコステ[7)]にちなむ出来事を描写した2章2～4節、さらに30節にかけて断続的に現れる3つのヴァリエーションを見てみたい。ここもギリシア語原典に英語が対応するように語句が並んでいることがわかる。以下ギリシア語版の下に英語の逐語訳を添えたものを提示する。

```
       *kai    egeneto    aphnō  ek tou  ouranou   ēchos,    hōsper
2  καὶ ἐγένετο   ἄφνω  ἐκ τοῦ οὐρανοῦ ἦχος,   ὥσπερ
   And  came          suddenly out of the  heaven   a sound   like
```

```
    pheromenēs    pnoēs   biaias   kai   eplērōsen   holon  ton
   φερομένης πνοῆς βιαίας, καὶ ἐπλήρωσεν ὅλον τὸν
   [the]rushing   of a wind  violent  and  it filled    all    the
```

```
    oikon  hou    ēsan  kathēmenoi    kai  ōphthēsan    autois
   οἶκον οὗ   ἦσαν καθήμενοι 3 καὶ ὤφθησαν   αὐτοῖς
   house  where they were sitting    And  there appeared  to them
```

```
   diamerizomenai     glōssai    hōsei pyros   kai  ekathisen eph'
   διαμεριζόμεναι  γλῶσσαι ὡσεὶ πυρός καὶ ἐκάθισεν ἐφ'
   dividing         tongues      as   of fire  and  sat      upon
```

```
   hena  hekaston autōn    kai   eplēsthēsan        pantes
   ἕνα ἕκαστον αὐτῶν 4 καὶ ἐπλήσθησαν    πάντες
   one   each   of them  And  they were filled with  all
```

```
   Pneumatos   Hagiou  kai  ērxanto   lalein    heterais   glōssais
   Πνεύματος Ἁγίου, καὶ ἤρξαντο λαλεῖν ἑτέραις γλώσσαις
   Spirit       Holy    and  began   to speak  in other   tongues
```

　＊ギリシア語の上のアルファベットはギリシア語の読み（発音）を示す。

　次にギリシア語の逐語訳を英語の語順に並べ替えた GNV の該当箇所を示す。

> ¹And when the day of Pentecost was come, they were all with one accord in one place.　²And ①suddenly there came a sound from heaven, as of a rushing *and* mighty wind, and it filled all the house where they sat.　³And ② there appeared unto them cloven tongues, like fire, and it sat upon each of them.　⁴And ③they were all filled with the holy Ghost, and began to speak with other tongues, as the Spirit gave them utterance.　(GNV Acts 2:1-4)
>
> 1 五旬祭の日が来て、一同が一つになって集まっていると、2①突然、激しい風が吹いてくるような音が天から聴こえ、彼らが座っていた家中に響いた。3 そして、②炎のような舌が分かれ分かれに現れ、一人一人の上にとどまった。4 すると、③一同は聖霊に満たされ、"霊"が語らせるままに、ほかの国々の言葉で話し出した。(使徒言行録 2:1-4)

日本語訳と合わせて GNV をみると濃い網掛け部分と薄い網掛け部分がセットになって 3 つ用いられ、同じ構文がくり返されているのがわかる。要約すると「①A 風が吹いた＞B 弟子たちに響いた／②A 炎の舌が現れ＞B 一人ずつに留まった／③A 弟子たちは聖霊に満たされ＞B 別々の言葉で話し始めた」という様である。3 つのセット文 A, B は各々 6 語〜9 語の比較的短い語数で構成され、聖書朗読で語られた場合でも理解しやすいストーリーになっている。

　次の 2 章 17 節も同様な 3 つのヴァリエーションが文の形で示されたものである。

> ¹⁷And it shall be in the last days, saith God, I will pour out of my Spirit upon all flesh, and your sons, and your daughters shall prophesy, and your young men shall see visions, and your old men shall dream dreams.　(GNV Acts 2:17)
>
> 17『神は言われる。終わりの時に、わたしの霊をすべての人に注ぐ。すると、あなたたちの息子と娘は預言し、若者は幻を見、老人は夢を見る。
> (使徒言行録 2:17)

「あなたたちの息子と娘は預言し、若者は幻を見、老人は夢を見る」という
この 3 つの文は「すべての人に（神が）霊を注がれる」（…shall
prophesy, …shall see visions, … shall dream dreams）主語は sons and
daughters, young men, old men だが shall は話者 God の意思を表すの
で直訳すると「私（神）が霊を預言させ、霊を幻の形で見させ、霊を夢に見
させよう」となり、それぞれの世代に神の霊を異なる形で注がれる、とい
う意味を 3 つに分けて換言している。これは修辞学では第 1 章の『ヘン
リー六世』の冒頭でも指摘した代換法(hypallage)[8] という手法に分類さ
れる。

　次の 2 章 25〜26 節と 39 節でも同様に文による「信仰による恵みと喜
び」そして「神の招き」が 3 つの文のヴァリエーションで語られる。

> [26] Therefore did **mine heart rejoice**, and **my tongue was glad**,
> and moreover also **my flesh shall rest in hope**,　(Acts 2:25-26)
>
> 25 …『主がわたしの右におられるので、わたしは決して動揺しない。26 だ
> から、わたしの心は楽しみ、舌は喜びたたえる。体も希望のうちに生きるで
> あろう。　(使徒言行録 2:25-26)

> [39] For the promise *is made* unto you, and to your children, and
> to all that are afar off, *even* as many as the Lord our God shall
> call. (Acts 2:39)　39 この約束は、**あなたがたにも**、**あなたがたの子供にも**、
> **遠くにいるすべての人にも**、つまり、**わたしたちの神である主が招いてくだ**
> **さる者ならだれにでも**、与えられているものなのです。(使徒言行録 2:39)

　文レベルだけでなく単語レベルでも 3 つのヴァリエーションが以下の
ように見られる。

> [25] Neither is worshipped with men's hands, as though he
> needed anything, seeing he giveth to **all life** and **breath** and **all**
> **things**, [26] And hath made of one blood **all mankind**, to dwell on
> all the face of the earth, and hath assigned **the seasons** which
> were ordained before, and **the bounds** of their habitation,
>
> 　　　　　　　　　　　　　　　　　　　　　　　(GNV Acts 17:25-26)
>
> 25 （神は）また、何か足りないことでもあるかのように、人の手によって仕え

てもらう必要もありません。すべての人に**命と息と、その他すべてのものを
与えてくださる**のは、この神だからです。²⁶神は、一人の人から**すべての
民族を造り出して**、地上の至るところに住まわせ、**季節を決め、彼らの居住
地の境界をお決めになりました。**（使徒言行録 17:25-26）

　25 節の **life and breath** はギリシア語でも ωὴν (=life)，πνοὴν (=
breath) となっているが 同義語、すなわち「（神によって）息を吹き込ま
れた（人の）命」、あるいは「息すなわち命」と考えられ、修辞的には二
詞一意(hendiadys)の用法であろう。最後の all things はいうまでもなく
神の創造したこの世のすべてのものである。26 節では「神が造り出した
(hath made...all mankind)」、「神が季節を決めた(hath assigned the
seasons, ordained：神によって定められた)」、そして「人の住処の境界も
決めた(the bounds)」と 3 つ並ぶが、「境界」はここでは the seasons と
同じ動詞 hath assigned の目的語(または the bounds の前に hath
assigned を補う)という文構造である。all mankind は新共同訳では「民
族」だが、神が造られた人間第 1 号アダムからイヴが、その子供たちか
ら…のように「すべての人間」と考えてよいだろう。その後の「季節を
分けた」「住む場所（境界）を分けた」と続くところからは、なぜ神は人
を「男と女に分けた」のかについても連想させるようである。

　使徒言行録の順番ではもとに戻るが、2 章 22 節では「主の祈り」の 13
節でみられたような単語レベルでのヴァリエーションが見られる。

²²Ye men of Israel, hear these words, JESUS of Nazareth, a
man approved of God among you with **great works**, and
wonders, and **signs**, which God did by him in the midst of
you...　(GNV Acts 2:22)

22 イスラエルの人たち、これから話すことを聞いてください。ナザレの人
イエスこそ、神から遣わされた方です。神は、イエスを通してあなたがたの
間で行われた**奇跡**と、**不思議な業**と、**しるし**とによって、そのことをあなた
がたに証明なさいました。　（使徒言行録 2:22）

　三単語のうち 3 つ目のしるしはギリシア語では σημείοις (sēmeiois)

となっており、文字どおり英語では"signs"（複数形）である。ここでの signs とは単なる印ではなく、聖書で用いられる「神威のしるし、お告げ、奇跡」の意味である。[9]そうすると前2つの"great works", "wonders"と同義語ということがわかる。"work"は今から2000年前のアングロサクソン起源の"weorc"、あるいはもっと古いゲルマン語に起源を遡る語であり、また"wonder"も同様アングロサクソン時代の"wundor"、そして"sign"はラテン語"signum"から中世の時代に英語に入った言葉である。[10]ルカはこれらの言葉をギリシア語で書き、神の奇跡を語り、それが「それぞれの言葉」で語り継がれて今日に至っていることがよくわかる。まさしく「初めに言葉ありき」だった。

2. 6. ヨハネの黙示録 Revelation

　新約聖書最後の正典が「ヨハネの黙示録」である。「黙示録」とは「ギリシャ語のアポカリュプシス（ἀπōκάλυψις：解明、啓示）を語源とし、神自身から与えられた幻想と言葉によって、信徒に事実の隠された意味を明らかにすることを目的としたものである。… 著者は自らをヨハネと名乗り、終末に起こるであろう出来事を新たに啓示した」[11]のであるが、このヨハネについては「福音書のヨハネとも、書簡集のヨハネとも異なる人物であることが想定される」[12]と指摘されている。それはさておき、ここには「過去・現在・未来」に存在する神の啓示という表現が頻繁に各章ごとに登場する。まずは1章8節から見ていきたい。

Egō	eimi	to	Alpha	kai	to	Ō	archē	kai
Ἐγώ	εἰμι	τὸ	Ἄλφα	καὶ	τὸ	Ὦ,	{ἀρχὴ	καὶ
I	am	the	Alpha	and	the	Omega	[the]beginning	and

telos	legei	Kyrios	ho	Theos	ho		ōn	kai	ho
τέλος},	λέγει	Κύριος	ὁ	Θεός,	ὁ		ὢν,	καὶ	ὁ
[the]End	says	Lord	-	God	the[One]		being	and	who

ēn	kai	ho	erchomenos	ho	Pantokratōr
ἦν,	καὶ	ὁ	ἐρχόμενος,	ὁ	Παντοκράτωρ.
was	and	who	is coming	the	Almighty

⁸ I am Alpha and Omega, the beginning and the ending, saith the Lord, Which **is**, and Which **was**, and Which **is to come**, *even* the Almighty. (Rev. 1:8)

8神である主、今おられ、かつておられ、やがて来られる方、全能者がこう言われる。「わたしはアルファであり、オメガである。」（黙示録 1:8）

ギリシア語と英語訳で網掛けを施した 3 箇所を見ると、それぞれ動詞（句）が is, was, is to come(= is going to come, will come) と現在形、過去形、未来形の順に並び、すなわち 3 つの時制で「永遠の神」を表している。同じ表現が 4 章 8 節にも使われるが、is to come は日常あまりお目にかからないかもしれない。しかしフォーマルな表現では「大統領は来週日本を訪問の予定: the president **is to visit** Japan...」のように、「すでに決定した予定」を表す際に現代英語でも用いられている。ここでは「神が来る（ことが決まっている）」ことを表し、シェイクスピアもハムレットに“If it be now, 'tis not **to come**; if it **be** not **to come**, it will be now”と語らせていた。（本書 p. 89 参照。）

　「わたしはアルファであり、オメガである。」は有名な句なので誰でも一度は聞いたことだろう。どちらもギリシア語の最初と最後の文字でラテン語や英語の A, Z と同じである。この箇所では Ἄλφα καὶ Ὦ (A and Z)の後に{ἀρχὴ καὶ τέλος} (beginning and end)と言い換えているだけだが、黙示録最後の部分では 3 つのヴァリエーションで表現しているので、これは次頁(p. 205)の 22 章 13 節を引用して紹介する。

　三度、三回、3 つと「三」に関わる表現に注目してきたが、「黙示録」では「七つの教会への書簡」(1:4-5)をはじめ、次の「七つの燭台」(1:13)、「七つの封印」(5:1〜8:1)などむしろ「七」がキーワードとなっていることはまぎれもないので、「七」を弁護しつつ、「三度の表現」を見ていく。少々長くなるが、次の 1 章 13~16 節をよく見ていただきたい。

¹³ And in the midst of the **seven candlesticks**, one like unto the son of man, [1] clothed with a garment down to the feet, and [2] girded about the paps with a golden girdle.

14 [3] His head and hairs *were* white as white wool, and as snow, and [4] his eyes *were* as a flame of fire,15 And [5] his feet like unto fine brass burning as in a furnace: and [6] his voice as the sound of many waters. 16 And [7] he had in his right hand seven stars: and [8] out of his mouth went a sharp two edged sword, and [9] his face *shone* as the sun shineth in his strength. (Rev. 1:13-16)

13 七つの燭台の中央には、人の子のような方がおり、[1]足まで届く衣を着て、[2]胸には金の帯を締めておられた。14[3]その頭、その髪の毛は、白い羊毛に似て、雪のように白く、[4]目はまるで燃え盛る炎、15[5]足は炉で精錬されたしんちゅうのように輝き、[6]声は大水のとどろきのようであった。16[7]右の手に七つの星を持ち、[8]口からは鋭い両刃の剣が出て、[9]顔は強く照り輝く太陽のようであった。（黙示録 1:13-16）

「黙示録」1章9節で、1人称「私は…ヨハネである」と自らをヨハネと称する人物がここで「人の子のような(one like unto the son of man)」即ちイエスを[1]〜[9]の9つ（3の三倍）の文で描写している。

　「今おられ、かつておられ、やがて来られる方」という神への呼びかけの言葉は、別の3つのヴァリエーションで語られる。3章7節では：

7 And write unto the Angel of the Church which is of Philadelphia, These things saith he that is **Holy**, and **True**, which hath **the key of David**, (GNV Rev. 3:7)

7 フィラデルフィアにある教会の天使にこう書き送れ。
『**聖なる方、真実な方、ダビデの鍵を持つ方、**…』（黙示録 3:7）

とあり、「ダビデの鍵」[13)]すなわち「絶対的な力をもつ神」と呼びかける。3章14節では「アーメン[14)] である方」も出て来る。

14These things saith **Amen**, **the faithful and true witness**, that **beginning of the creatures of God**. (Rev. 3:14)

14 ラオディキアにある教会の天使にこう書き送れ。
『**アーメンである方、誠実で真実な証人、神に創造された万物の源である方**が、次のように言われる。』（黙示録 3:14）

18 章 2〜3 節では、天使がバビロンの滅亡を以下のように描写する。

^{2} ... And he cried out mightily with a loud voice, saying, It is fallen, it is fallen, Babylon that great *city*, and is become the habitation of devils, and the hold of all foul spirits, and a cage of every unclean and hateful bird. ^{3} For all nations have drunken of the wine of the wrath of **her** fornication, and the kings of the earth have committed fornication with **her**, and the merchants of the earth are waxed rich of the abundance of **her** pleasures. (Rev. 18:2-3)

2 天使は力強い声で叫んだ。
「倒れた。大バビロンが倒れた。
そして、**そこは**悪霊どもの住みか、
あらゆる汚れた霊の巣窟、
あらゆる汚れた鳥の巣窟、
あらゆる汚れた忌まわしい獣の巣窟となった。
3 すべての国の民は、怒りを招く**彼女の**みだらな行いのぶどう酒を飲み、
地上の王たちは、**彼女と**みだらなことをし、
地上の商人たちは、**彼女の**豪勢なぜいたくによって
富を築いたからである。」（黙示録 18:2-3）

　ここでも 3 つのヴァリエーションが 2 か所見られる。最初の 3 つは四角の枠で囲っているが、日本語が全て「あらゆる〜の巣窟」と語調を合わせ韻を踏んでいるのに対し、GNV は「巣窟」を"**habitation**", "**hold** of foul spirits", "**cage** of every unclean and hateful birds"と 3 つ異なる訳で対応している。日本語訳は元のギリシア語 φυλακη (phylakē=prison;主格・単数・女性形) と形容詞 ακαθαρτου (=unclean)が三回繰り返されているのを忠実に訳したものであることがわかる。

　2 節の「バビロン」は日本語では「そこは」と中性とし、3 節では「彼女」と女性形で訳しているが、これはギリシア語版では βαβυλων (Babylon)およびその代名詞 εγένετο (egeneto)が女性形であるため、ギリシア語同様、文法上の性が残る英語でも "**her** fornication"などのように女性形で訳しているという違いである。

　最後はすでに 1 章 8 節で出た「アルファでありオメガである」が、今
度は 3 つのヴァリエーションで構成され、祝福される人のなすべき行為
が 3 つ示されて終わる、という表現を「黙示録」の 22:13〜14 で示す。

ego　　to　Alpha　　kai　　to　Ō　ho　prōtos　　kai　ho eschatos
13 ἐγὼ τὸ Ἄλφα καὶ τὸ Ὦ, ὁ πρῶτος καὶ ὁ ἔσχατος,
I [am]　the Alpha　and　the Omega the First　　　and　the Last

hē　archē　　kai　to　telos　　　Makarioi　hoi　plynontes
ἡ ἀρχὴ　　καὶ τὸ τέλος. 14 Μακάριοι οἱ　πλύνοντες
the Beginning and　the　End　　　Blessed [are]　those　washing

tas　stolas　　autōn　　hina estai　hē　exousia　　autōn　epi
τὰς στολὰς αὐτῶν, ἵνα ἔσται ἡ ἐξουσία αὐτῶν ἐπὶ
the　robes　　of them　that　will be　the right　　of them　to

to　xylon　　tēs　zōēs　　kai　tois　　pylōsin　eiselthōsin
τὸ ξύλον τῆς ζωῆς, καὶ τοῖς πυλῶσιν εἰσέλθωσιν
the tree　　　-　　of the　and　by the　gates　　they shall enter

eis　tēn　polin
εἰς τὴν πόλιν.
into　the　city

13 I am Alpha and Omega, the beginning and the end, the
first and the last. 14 Blessed *are* they, that do his
Commandments, that their right may be in the tree of Life,
and may enter in through the gates into the City. (Rev. 22:13)

13 わたしはアルファであり、オメガである。最初の者にして、最後の
者。初めであり、終わりである。14 命の木に対する権利を与えられ、門
を通って都に入れるように、自分の衣を洗い清める者は幸いである。
（黙示録 22:13）

　ギリシア語版と英語版はおよそ語順と語いが一致している。14 節の
「命の木の権利」は「（天国での）永遠の命」、「都に入る門」はもちろ
ん「天国への門」であろう。これは、天国へ行くことが出来るよう「衣
を洗い清め（居住まいを正して）」生きなさい、という教えであろう。

3. 聖書の名句にみる反復例

最後にここまでに紹介できなかった他の代表的な反復例を断片的ではあるがいくつか挙げて、締めくくりとしたい。

1. King of Kings, Lord of Lords

これはヘンデルの「ハレルヤ・コーラス」に出て来る有名な歌詞であるが、聖書では以下のように随所に見られる表現である。

He who is **the blessed and only Sovereign**, **the King of kings and Lord of lords,**（テモテへの手紙ー 6:5　神は、**祝福に満ちた唯一の主権者、王の王、主の主**）

"the Lamb will overcome them, because He is **Lord of lords** and **King of kings**, and those who are with Him **are the called** and **chosen and faithful**."（ヨハネの黙示録 17:14　小羊は彼らに勝利する。小羊は**主の主、王の王**であり、小羊と共にいる者たちは**召された者、選ばれた者、忠実な者**だからである。）

なお聖書に用いられた語彙を検索する Bible Thesaurus[15]で見ると、"King"は 2337 回、"Kings"は 375 回用いられているのがわかる。

2. 主を称える 3 つのヴァリエーション

1 で示した「王の王」はさらに 3 つのヴァリエーションが付け加わる場合もある。

For the LORD your God is **the God of gods** and **the Lord of lords, the great, the mighty**, and **the awesome God**（申命記 10:17　あなたがたの神、主は**神の中の神、主の中の主、偉大で勇ましい畏るべき神**...）

and from Jesus Christ, **the faithful witness, the firstborn of the dead**, and **the ruler of the kings of the earth** To Him who loves us and released us from our sins by His blood　（ヨハネの黙示録 1:5　また、**真実な証人**にして**死者の中から最初に生まれた方、地上の王たちの支配者**、イエス・キリストから、恵みと平和があなたがたにあるように。私たちを愛し、その血によって罪から解放してくださった方に）

3. 愛の教え

「**信仰**と、**希望**と、**愛**、この三つは、いつまでも残る。その中で最も大いなるものは、**愛**である。」（コリント第1の手紙 13:13）は結婚式でしばしば引用されるが、1997 年のダイアナ妃の葬儀においてもブレア首相が弔辞とし

てこの箇所を取り上げた有名な「愛の教え」の聖句である。"And now abideth **faith, hope** *and* **love**, *even* these three: but the chiefest of these *is* **love**." (1 Corinthians 13)

注

1) "Matthew, Mark, Luke and John, bless the bed that I lie on..."「マタイ、マルコ、ルカ、ヨハネ、私の眠りをお守りください」という子供の就寝前の祈り。(*Mother Goose*)

2) ギリシア語聖書 https://www.scripture4all.org/OnlineInterlinear/NTpdf/mat4.pdf

3)「天にまします我らの父よ 願わくはみ名を崇めさせ給え み国を来たらせ給え み心の天になるごとく 地にもなさせ給え 我らの日用の糧を今日も与え給え 我らに罪を侵す者を我らが赦すごとく 我らの罪をも赦し給え 我らをこころみにあわせず 悪より救い出し給え 国と力と栄えとは限りなく汝のものなればなり アーメン」(讃詠 564 番, 日本基督教団讃美歌委員会, 1982)

4) 山形, 新約篇 p. 132

5) the world knew him not や his own received him not は NRSV では the world did not know him; his own people did not accept him となっている。10 節の冒頭 He (言) は NRSV でもそのまま He である。これは that Word was God. (John 1:1) にもとづくと考えられる。

6) 関西学院大学ホームページ https://library.kwansasei.ac.jp/archives/seisho/jptrans278/index.html

7)「出エジプト記」で神の呪いを避けるため各家庭の入り口に子羊の血が塗られ、災いを免れたことを祝う祭 (過越祭) から 50 日目にあたる週の祭を表すギリシア語。クリスマス、イースターと並び重要なキリスト教の行事となっている。

8) Brook, 402 参照。「いくつかの関連する際に適切な対応語を分離させる修辞法」として MND 4. 1. 214 の例文を挙げている。 "The eye of man hath not heard, the eare of man hath not seen, ... nor his heart to report, what my dream was.(人の眼が聞いたことのない、耳が見たことのない、心が伝えることのできないもの、これが俺の夢だったのだ) cf. 1H6 (p. 2) でも指摘している。

9) 研究社新英和中辞典, "sign"の 6 番目に "seek a～" "～and wonders"などこの意味として登録されている。

10) *The Concise Oxford Dictionary* の word, sign を各々参照。

11) 関西学院大学ホームページ「ヨハネの黙示録」解説より https://library.kwansei.ac.jp/archives/seisho/jptrans/282/index.html

12) 山形, 新約篇 p. 132 参照。

13) 神はイスラエルの王ダビデと永遠の王国のための契約を結ぶ。ダビデ王家は紀元前 1070～607 年まで繁栄を続けたが、その王国が悪に傾き、神が裁きをイスラエルに下し国家を滅亡させる。このような神がダビデに与えた永遠の平和とそれを滅亡させる絶対的な力を「ダビデの鍵」と称しているようだ。(イザヤ 22:22 マタイ 16:19)

14) 祈りの最後に唱える「アーメン」は「本当に (なりますように)」を意味するヘブライ語אמן(amen)でユダヤ教からキリスト教にも引き継がれた言葉。(オックスフォードキリスト教辞典)

15) Bible Hub の HP. https://biblescan.com/searchtopical.php?q=king+of+kings

旧約聖書一覧

	書名	英書名		書名	英書名
1	創世記	Genesis	27	ダニエル書	Daniel
2	出エジプト記	Exodus	28	ホセア書	Hosea
3	レビ記	Leviticus	29	ヨエル書	Joel
4	民数記	Numbers	30	アモス書	Amos
5	申命記	Deuteronomy	31	オバデア書	Obadiah
6	ヨシュア記	Joshua	32	ヨナ書	Jonah
7	士師記	Judges	33	ミカ書	Micah
8	ルツ記	Ruth	34	ナホム書	Nahum
9	サムエル記1	1 Samuel	35	ハバクク書	Habakkuk
10	サムエル記2	2 Samuel	36	ゼファニア書	Zephaniah
11	列王記 1	1 Kings	37	ハガイ書	Haggai
12	列王記 2	2 Kings	38	ゼカリア書	Zechariah
13	歴代誌 1	1 Chronicles	39	マラキ書	Malachi
14	歴代誌 2	2 Chronicles			
15	エズラ記	Ezra			
16	ネヘミア記	Nehemiah			
17	エステル記	Esther			
18	ヨブ記	Job			
19	詩編	Psalms			
20	箴言	Proverbs			
21	コヘレトの言葉	Ecclesiastes			
22	雅歌	Song of Songs (Song of Solomon)			
23	イザヤ書	Isaiah			
24	エレミア書	Jeremiah			
25	哀歌	Lamentations			
26	エゼキエル書	Ezekiel			

旧約聖書はヘブライ語で書かれ、上記39篇の他に、第2正典やアポクリファ、外典などと呼ばれてきた旧約続編もある。現在のヘブライ語聖書には含まれない。それらはトビト記、ユディト記、エステル記（ギリシャ語）、マカバイ記1、2、知恵の書、シラ書、バルク書、エレミアの手紙、ダニエル書補遺（アゼルヤの祈りと3人の若者の賛歌、スザンナ、ベルと竜）、エズラ記（ギリシャ語）、エズラ記（ラテン語）、マセナの祈り、がある。

[新共同訳聖書：日本聖書協会]

新約聖書一覧

書名	英書名
1 マタイによる福音書	Matthew
2 マルコによる福音書	Mark
3 ルカによる福音書	Luke
4 ヨハネによる福音書	John
5 使徒言行録	Acts
6 ローマの信徒への手紙	Romans
7 コリントの信徒への手紙 1	1 Corinthians
8 コリントの信徒への手紙 2	2 Corinthians
9 ガラテアの信徒への手紙	Galatians
10 エフェソの信徒への手紙	Ephesians
11 フィリピの信徒への手紙	Philippians
12 コロサイの信徒への手紙	Colossians
13 テサロニケの信徒への手紙 1	1 Thessalonians
14 テサロニケの信徒への手紙 2	2 Thessalonians
15 テモテへの手紙 1	1 Timothy
16 テモテへの手紙 2	2 Timothy
17 テトスへの手紙	Titus
18 フィレモンへの手紙	Philemon
19 ヘブライ人への手紙	Hebrews
20 ヤコブの手紙	James
21 ペテロの手紙 1	1 Peter
22 ペテロの手紙 2	2 Peter
23 ヨハネの手紙 1	1 John
24 ヨハネの手紙 2	2 John
25 ヨハネの手紙 3	3 John
26 ユダの手紙	Jude
27 ヨハネの黙示録	Revelation

聖書の生い立ち

　シェイクスピアの反復表現という修辞技法が聖書に基づくものと主張する
目的で、聖書においても同様の表現を旧約聖書から新約聖書に至るまで主だっ
た箇所において観察してきたが[1]、そもそも聖書とはどのような生い立ちを経
て今日に至っているのかを、本書 p. 208~209 で挙げた旧約聖書、新約聖書の
一覧をもとに、概観しておきたい。

　旧約聖書がユダヤ教の原典として初めに整備され始めたのが、前述の V 章
でも触れた「モーセ五書」、即ち「創世記」「出エジプト記」「レビ記」「民数記」
「申命記」からである。これらは「出エジプト記」の作者モーセ自身によって
書かれ、口伝により残った内容が、紀元前 9 ~ 5 世紀ごろに存在していた作者
不明の文献資料から編纂されたといわれるが、これには諸説ある。[2]

　その後、「モーセ五書」以降のイスラエルの神話や歴史を記録した「ヨシュ
ア記」「士師記」「ルツ記」他の 7 巻、さらには、神が創造した人間第 1 号アダ
ムから始まり、ミケランジェロのダビデ像でも有名な、イスラエル建国の主と
なったダビデ王に至るまでの民族の系譜の書「歴代誌上」、ダビデの跡を継い
だソロモン王の業績の書「歴代誌下」他の 5 巻、また文学と呼ばれる「ヨブ記」
「詩編」「箴言」他の 5 巻、預言の書と呼ばれる三大預言集の「イザヤ書」「エ
レミア書」「エゼキエル書」と「哀歌」、「ダニエル書」などの 5 巻、そしてそれ
らに続く「ホセア書」から「マラキ書」に至る 12 巻、これらを合わせた 39 巻
からなるのが『旧約聖書』と呼ばれるものである。

　旧約聖書はヘブライ語、一部はアラム語[3] で書かれたが、聖書の後編ともい
うべき新約聖書で用いられるギリシャ語の起源になったのがヘブライ語であ
る。ヘブライ語の大きな特徴の一つは、西洋文字の発祥となったフェニキア文
字とも共通する、右から左へというつづられ方である。(本書 p. 161~180 の引
用参照) 聖書(**バイブル**)という言葉の語源がフェニキアの首都名**ビブロス**(ギリ
シャ語：Βύβλος、ラテン文字表記：Byblos)[4]にあることも触れておく。

　ギリシャ語で書かれた新約聖書は、主として福音記者たちによって語られ
るイエス・キリストの伝記 (四福音書) と弟子のパウロらが残した地中海沿岸
の人々への書簡集という形で記されたキリストの教えである。キリストの十
字架上の死から約 300 年後、迫害の期間を経てキリスト教は古代ローマの公
認宗教となる。6 世紀終り頃には、ローマの伝道師らによってラテン語訳聖書

が、異教徒であったブリテン島のアングロサクソン人にまで浸透していく。

　キリスト教の発展の本拠地となったバチカン及びヨーロッパ各地のカトリック教会では、聖書はギリシャ語・ラテン語で書かれ、教養のない一般民衆には聖職者の声をとおして「聞くことのできる言葉」でしかなかったが、中世の時代になると、聖書を自国語で読むことの伝道における必要性、及び民衆の願望が次第に高まっていく。

　イギリスでは 14 世紀末、オクスフォードの神学者ジョン・ウィクリフが初めて聖書全巻の英訳を行うも、バチカンの不興を買い、焚書の憂き目に会う。だが一部の現代に生き残ったウィクリフ訳聖書は、この時代の英語を知る上でも貴重な資料である。16 世紀になるとドイツの修道士マルティン・ルターが自国語訳聖書をもって、宗教改革を起こす。これは印刷機の普及もあり、たちどころに各国語訳の聖書が出回る結果となる。イギリスでも次々と聖書英訳の試みが起こり、「ティンダル訳」(1534年)、「クランマー訳(the Great Bible)」(1539 年)、本文でも紹介した「ジュネーブ訳」(1557 年)はシェイクスピアも愛読したであろう。さらに「ビショップ・バイブル」(1568 年)、「欽定訳聖書」(1611 年)にも影響を与えたとされるカトリックによる「リームス訳」(1582 年)等々。

　エリザベス女王の後を継いだジェームズ I 世のお声がけで作られた「欽定訳聖書, AV」の時代、聖書は清教徒（ピルグリムファーザーズ）と共に大西洋を渡り新大陸アメリカへ伝わる。そして AV を改訂した 1940 ～50 年代の「改訂訳聖書」(Revised Version: RV)や「アメリカ標準訳聖書」(American Standard Version: ASV)、さらにその改訂版となる「新改訂訳標準訳聖書」(New Revised Standard Version: NRSV, 1989)を経て、「コモン英語訳聖書」(Common English Bible: CEB, 2011)[5]へと至る。このように聖書は長いスパンの中で、その二千年の教えは残しつつ、着実に言葉は新しくなり、かつ世界のベストセラーであり続けている。

1) 本書 V 章(p. 160)参照。
2) 『オックスフォードキリスト教辞典』p. 831
3) アラム語：今から約 2000 年以上前、キリストの生きた時代のパレスチナの口語として、教養のある人々のヘブライ語に取って代わるようになりつつあった。旧約聖書の一部もアラム語で書かれ、新約聖書の中にもアラム語的思考法が反映されているといわれる。(『オックスフォードキリスト教辞典』)
4) カーギル, p. 21. ビブロスはレバノンの首都ベイルートの北にある地中海沿岸の都市。
5) 『オックスフォードキリスト教辞典』pp. 126-128; http://www.kotoba.ne.jp/word/コモン英語訳聖書

参考文献

Pendleton, Thomas A. *Henry VI Critical Essays*. Routledge. 2001.
Booth, Stephen. *Shakespeare's Language and the Language of Shakespeare's Time*. (*Shakespeare and Language*. edit. By C. M. S. Alexander.) Cambridge University Press. 2001.
Brook, G. L. *The Language of Shakespeare*. Andre Deutsch. 1976.
Schmidt, Alexander. *Shakespeare Lexicon and Quotation* Dictionary, Vol. 1 and 2. Dover Publication, 1971.
Bolton & Barber. *A Short History of the English Language,* Hokuseido. 1984.
Hannibal Hamlin. *The Bible in Shakespeare*. Oxford Univ. Press. 2013
Leslie Dunton-Downer and Alan Riding, *Essential Shakespeare Handbook*. Dorling Kindersley Ltd. 2004.
McDonald, Russ. *Shakespeare and the Arts of Language*. Oxford University Press. 2001.
Boitani, Piero. *The Gospel according to Shakespeare*, Univ. of Notre Dame Press. 2013.
Crystal, David. *The History of English.* Kinseido. 1993.
The Oxford English Dictionary: https://www.oed.com
The Concise Oxford Dictionary. 6th edition. Clarendon Press. 1976.
Jespersen, Otto. *Modern English Grammar on Historical Principles*, Part IV, Routledge, 1931.
Young, Robert. *Young's Analytical Concordance to the Bible*. Hendrickson, 1998.

G. L. ブルック『シェイクスピアの英語』三輪伸春他訳 松柏社 1998.
E. A. リヴィングストン『オックスフォードキリスト教辞典』木寺廉太訳 教文館 2016.
レスリー・ダントン=ダウナー, アラン・ライディング『シェイクスピアヴィジュアル事典』水谷八也・水谷利美訳 新樹社 2006.
ロバート・R・カーギル『聖書の成り立ちを語る都市 フェニキアからローマまで』真田真由子訳 白水社 2018.
梅田倍男『シェイクスピアのレトリック』英宝社 2005.
大山敏子『英語修辞法』第三版 篠崎書林 1960.
中野清治『英語聖書の修辞法と慣用句』英宝社 2014.
中尾俊夫『英語発達史』篠崎書林 1979.
山形孝夫『図説 聖書物語 旧約篇』河出書房新社 2001.
山形孝夫『図説 聖書物語 新約篇』河出書房新社 2002.
船木弘毅監修『図説 地図とあらすじで読む聖書』青春出版社 2004.
ウィリアム・シェイクスピア『夏の夜の夢』小田島雄志訳 白水Uブックス 1983.
ウィリアム・シェイクスピア『ハムレット』小田島雄志訳 白水Uブックス 1983.
ウィリアム・シェイクスピア『新訳ハムレット』河合祥一郎訳 角川文庫 2003.
ウィリアム・シェイクスピア『オセロー』木下順二訳 新潮社 1951.

ウィリアム・シェイクスピア『オセロウ』菅泰男訳　岩波文庫 1960.

ウィリアム・シェイクスピア『オセロー』小田島雄志訳　白水 U ブックス 1983.

ウィリアム・シェイクスピア『オセロー』松岡和子訳　ちくま文庫 2006.

『聖書 新共同訳 旧約聖書続編つき』日本聖書協会 2002.

青木敦男・古庄　信共編『シェイクスピアは三度がお好き?!－ *The Winter's Tale* に見る修辞的表現について』（『藤原博先生追悼論文集－見よ野のユリはいかに育つかを－』より）英宝社 2007.

古庄　信『シェイクスピアの修辞法に関する一考察―「ヘンリー六世第 1 部」に見る反復表現について』学習院女子大学紀要第 9 号 2007.

-----『シェイクスピアの修辞法に関する一考察―「ヘンリー六世第 2 部」に見る反復表現について』　学習院女子大学紀要第 10 号 2008.

-----『シェイクスピアの修辞法に関する一考察―「ヘンリー六世第 3 部」に見る反復表現について』　学習院女子大学紀要第 11 号 2009 年

-----『シェイクスピアの修辞法に関する一考察― *Othello* に見る反復表現について』学習院女子大学紀要第 13 号 2011.

-----『シェイクスピアの修辞法に関する一考察― *The Merchant of Venice* に見る反復表現について』学習院女子大学紀要第 14 号 2012.

-----『*Macbeth* における言葉の魅力について―韻律と修辞法の観点から』学習院女子大学紀要第 15 号 2013.

古庄　信『シェイクスピアにおける修辞法の研究〜 *The Taming of the Shrew* における反復技法について』学習院女子大学紀要第 16 号　2014.

古庄　信『シェイクスピアの修辞法に関する一考察－「夏の夜の夢」における反復技法について』学習院女子大学紀要第 22 号　2020.

古庄　信『シェイクスピアの修辞法に関する一考察－「ヘンリー五世」における反復技法について』学習院女子大学紀要第 23 号　2021.

「化学辞典（第 2 版）」森北出版 2009.

ジーニアス英和大辞典 小西友七 大修館 2001.

URL

http://www.genevabible.org/geneva.html

https://www.biblegateway.com/passage/?search=Genesis+1&version=GNV

https://www.biblegateway.com/versions/New-Revised-Standard-Version-NRSV-Bible/

https://biblehub.com/interlinear/genesis/1.htm

https://www.scripture4all.org/OnlineInterlinear/NTpdf/mat4.pdf

https://frenchmoments.eu/coat-of-arms-of-the-french-republic/

https://drfrancisyoung.com/2016/01/21/the-gold-angel-legendary-coin-enduring-amulet/

https://www.bible.com　（新共同訳聖書）

https://www.historic-uk.com/HistoryUK/HistoryofEngland/The-Longbow/https://en.wikipedia.org/wiki/Royal_Arms_of_England

https://ja.wikipedia.org/wiki/カタルシス; https://kotobank.jp/word/カタルシス

https://library.kwansei.ac.jp/archives/seisho/jptrans/282/index.html

https://biblescan.com/searchtopical.php?q=king+of+kings

http://textview.jp/post/culture/14116

https://sites.google.com/ site/nestle1904/. the Nestle 1904 Greek New testament.

http://www.kotoba.ne.jp/word/コモン英語訳聖書

あとがき

　学生時代、シェイクスピア劇の原語上演に没頭し、私の大学 4 年間はまさにシェイクスピア漬けの日々であった。入学したすぐ翌日にはケンブリッジ版『十二夜』の台本を持たされ、稽古に参加、先輩たちの迫真の演技や舞台作りの面白さにたちまち憑りつかれた。2 年生になると『ハムレット』のホレイショ役を与えられ、見えない亡霊に向かって"Speak to me"[1)]を連発。3 年生では『空騒ぎ』の主役ベネディックを演じる。相手役のベアトリスは、後にご主人と共にシェイクスピアの事典[2)]を翻訳された 1 年先輩の T 嬢。彼女のようなネイティブ並みの滑らかな英語を話す日本人女性には未だかつてお目にかかったことがない。そのベアトリスと"skirmish of wit"[3)]を舞台で演じた日々も今は懐かしい思い出である。

　当時在籍した大学の英文科にはシェイクスピア演習なる授業科目もあり、4 年次の卒論は当然、シェイクスピア専門の英文学のゼミに入って書くものと思っていた。ところがある日、英語学の先生に誘われたことがきっかけで、その後、大学院の修士、博士課程の 6 年間でひたすら OED を引きまくるはめになった。だがそのおかげで、英語学の視点からシェイクスピアを読む姿勢を身につけていったように思う。ただ何となく、雰囲気だけで読んでいた学生のときと違い、400 年以上も昔の詩聖が紡いだ言葉が今日の英語の土台になっていることを意識し、現代英語と比較し、声に出して読んでいくと、そこに「三度のくり返し」があることに気づいた。

　そして 2005 年にこの反復技法について論文を書き始めた頃から、いつかまとまった出版物にしたいと思いつつ、やがてこのシェイクスピアの技法は聖書の表現に基づくのではないかと考えが至る。そして洗礼を受けた教会の篠原信牧師にギリシア語訳とヘブライ語の聖書をお借りして、勇んで本書を書くための準備を始めた。だが、大学の雑務を言い訳に、遅々として進まない執筆作業は、10 年の歳月を過ぎてもまだゴールが見えないように思われた。2 年前には、温かく見守って下さったその篠原牧師も体調を壊され、ついにこの成果をお見せできないまま召天された。しかし 2019 年末に始まったコロナ禍は皮肉なことに、この本の完成に拍車をかけることになり、ようやく脱稿の日を迎えることができた。ページをめくってもめくっても「三度、三回、三つの〜」のくり返しで、さぞ退屈されたであろう読者の皆様には、最後まで(?)お付き合い頂き、感謝申し上げる。同時に、15 年前に書き始め

た論文をそのまま本にしても面白くないことは明白であり、なるべく一般読者にも関心をもってもらいたいという希望のもとに、本書の書きぶりも 15 年の歳月とページを追うごとに次第に変わっていることをお断りしなければならない。悪しからずご了承頂きたい。

　1章から4章まではシェイクスピアのドラマに見られる「三度」をジャンル別に、そしてストーリーを辿りながら観察するという構成にした。これらのほとんどの章は、著者の勤務する学習院女子大学で発行された紀要論文に投稿した原稿を元にしたものであるが、5章の聖書に関する部分は本書のために新たに書き下ろした。しかし本書で取り上げた「三度」の例は一部であるが、およそ全貌を明らかにする目標を達成できたのではないかと自負する。

　聖書では三度の反復の他に、「三人（組）の登場人物」がしばしば現れる。創世記では「神とアダムとイヴ」をはじめ、ヨブ記では三人の助言者たち、新約聖書ではイエス降誕を祝う東方の三博士たち、ザーカイとイエスと民衆、追いはぎに襲われた旅人を無視した祭司、レビ人、助けたサマリア人、等々。そしてシェイクスピアも然り。ヴァイオラとオーシーノ、オリビアとセバスチャン、トビーとマライア（『十二夜』）。バッサーニオとポーシャ、ネリッサとグラシアーノ、ロレンゾーとジェシカ（『ヴェニスの商人』）など、ロマンスは三組のカップルで彩られている。悲劇はどうか？こういう視点で読む（観る）と、いままでとは違った聖書やシェイクスピアの世界が見えてくるのではないだろうか。

　最後に、天国の篠原信先生に、また各章の扉ページに素敵なイラストを提供してくれた長女と短期間で原稿に目をとおしてくれた次女に、そして拙著の出版の労をお取りくださった英宝社の佐々木元社長および編集部の下村幸一氏にお礼を申し上げつつ、ひとまず筆を置きたい。

　本書の出版については、一部学習院女子大学の出版助成金によるものであることを付記しておく。

2021 年 3 月 24 日

古庄　信

---

1)　*Hamlet*,　1幕1場の Horatio のセリフ。本書 pp. 82-83 参照。
2)　本書参考文献リストを参照。
3)　"skirmish of wit": ADO 1. 1. 63　機知の小競り合い。ドラマの中では才気煥発なベアトリスとベネディックは顔を合わせると必ず機知合戦をくり広げる。

著者略歴等

略　歴：学習院大学文学部大学院博士課程満期退学(1985)，九州女
学院短期大学 (現在九州ルーテル学院大学) 講師(1985)，学習院女
子短期大学助教授(1990)，学習院女子大学助教授を経て現在，　同
女子大学教授. 英国サセックス大学リサーチ・フェロー(1993-4)

著書・論文：*Progressive English Reading* 文化省検定教科書高等学
校外国語科リーディング用 (共著) 1995 年初版・株式会社尚学図
書，『バターン遠い道のりのさきに』レスター・テニー著 (共訳・
監訳) 2003 年 梨の木社，『*Practice English Grammar* 英語をより
深く学ぶための英文法テキスト』(共著) 2004 年教育出版，『藤原
博先生追悼論文集―見よ野のユリはいかに育つかを―』青木敦
男・古庄　信共編 (共著) 2007 年英宝社，シェイクスピアの修辞
法「三度の反復」他に関する論文 (学習院女子大学紀要) 多数。

シェイクスピアは三度がお好き?! ―沙翁と聖書にみる反復表現―

2021 年 10 月 29 日　初版発行

著　者　ⓒ 古庄　信

発行者　佐々木　元

発行所　株式会社　英　宝　社
〒101-0032　東京都千代田区岩本町 2-7-7
TEL：03(5833)5870　FAX：03(5833)5872

ISBN 978-4-269-72155-5 C3098
製版・印刷・製本：日本ハイコム株式会社